当代中国最具实力中青年作家作品选

女真中短篇小说选

黑夜给了我明亮的眼睛

女 真 著

中国言实出版社

图书在版编目（CIP）数据

黑夜给了我明亮的眼睛：女真中短篇小说选 / 女真著. -- 北京：中国言实出版社，2016.9
ISBN 978-7-5171-2009-4

Ⅰ. ①黑… Ⅱ. ①女… Ⅲ. ①中篇小说－小说集－中国－当代②短篇小说－小说集－中国－当代 Ⅳ. ① I247.7

中国版本图书馆 CIP 数据核字 (2016) 第 230549 号

出 版 人： 王昕朋
责任编辑： 胡 明
文字编辑： 张 丽
封面设计： 水岸风创意文化

出版发行 中国言实出版社
地 址：北京市朝阳区北苑路 180 号加利大厦 5 号楼 105 室
邮 编：100101
编辑部：北京市海淀区北太平庄路甲 1 号
邮 编：100088
电 话：64924853（总编室） 64924716（发行部）
网 址：www.zgyscbs.cn
E-mail：zgyscbs@263.net
经 销 新华书店
印 刷 阳谷毕升印务有限公司
版 次 2016 年 10 月第 1 版 2022 年 1 月第 2 次印刷
规 格 710 毫米 ×1000 毫米 1/16 15.5 印张
字 数 220 千字
定 价 40.00 元 ISBN 978-7-5171-2009-4

目录

儿子上树

儿子苗壮爬树了。

爬上了一棵大柳树。

接到陈老师告状电话时，再开一会儿就到虎石台了。乘客是一家三口，大包小裹。孩子去职教城信息工程学校上学。一般情况下，去虎石台的客人她是拒绝的，那地方偏，再给一脚油儿，到大城市铁岭了，回程通常空跑，拉不到乘客，白耗油，划不来。从城区到虎石台，中间经过大片庄稼地，虽然马路宽绰，不堵车，城郊交接处庄稼地绿色养眼睛，对一个身单力薄的女司机，却显而易见暗藏杀机。出租车公然拒载会被投诉，每一次她总还得找个说得过去的理由。通常她会焦急地说：不好意思，忽然接到学校老师电话，孩子在学校惹祸了，老师让赶紧过去。

一个需要开出租车养家糊口的女司机，孩子还不省心，也许这是她从来没被投诉拒载的理由吧。大多数人还是善良啊。

下午两点多，她在火车站南广场邮政中心附近，看到了招手的一家三口。靠边停车，摇下窗户，听见他们说去虎石台职教城。犹豫的当口，一家三口就上了车。她不好再说什么，一边起车一边寻思着是什么让自己破了规矩。是那个孩子长得跟儿子有些像吗？都是黑黑瘦瘦的那种类型；还是他们的辽东老家口音？她家曾经有一大堆辽东岫岩山区的亲戚，那些来城里求学、治病、找工作，然后不屈不挠要到家里串门，或者住上一阵、依依不舍地离开的七大姑八大姨表姐堂弟，是从前家里父母经常闹矛盾的重要起因。在街上又听到岫岩老家的口音，她的心莫名颤动了一下。其实，父母都已经离去好几年了，但他们的乡音，她永远怀念。如果，他们还能活着，她愿意听他们曾经让她在邻居面前抬不起头来、夹杂着脏话的谩骂和争吵。

来自她老家的这三口人显然不熟识路——虎石台在沈阳城的北面，认识路的，会走火车站北出口而不是南出口。明显的南辕北辙呀。关好车门，摁下计时器，起车拐向北陵大街，到中医药大学路口上崇山东路，又从鸭绿江街往北拐。剩下的路，基本不用拐弯，一直开下去就差不多了，比较省心。还有不到两个小时就该跟夜班交车了，她心里估算了一下，这个白天，她已经拉出二百多块钱。如果从虎石台回来能捎上客人，今天收三百没问题。鸭绿江北街是城市向北新延伸出去的街道，路宽车少，她开到了将近七十迈。大白天的，在拥挤的城市里，这个速度是不敢想象的，也是要被拍照罚款的。开快车省油，感觉也爽。

手机铃声，就在她刚有了一点爽的感觉时响起来了。她手机里存着陈老师的号。看来电显示，心咯噔一下，一种不好的预感油然升起——一定是儿子又淘气了。

她的预感准确得让她伤心又着急，身子气得要哆嗦。儿子又淘气了！淘得简直没边了！淘得太有想象力了！陈老师在电话里声音焦急：苗壮妈妈，你赶快到学校来吧，你儿子蹿大柳树上了，谁喊都不下来！我们都不敢再劝了，怕他一不小心掉下来！

陈老师年轻，还不到三十岁，长一张嫩白娃娃脸，看上去只有二十五六，说是在读大学生有人信。关婷婷听出她的声音带着哭腔，能够想象得出她的表情，再想到儿子这会儿正悬在大树上，随时可能掉下来摔个头破血流胳膊折腿断，一个急刹车，她把车靠边停下，眼泪不争气地流下来了：对不起，你们下车吧，我儿子上树了，我得回去救他！不收你们钱了！

车上的三口人，显然没有精神准备。他们坐着不动。男的问：这是什么地方？女的不高兴：你把乘客这么扔在半路，你不怕我们投诉你呀？！小孩儿脸上明显兴奋：姨，你儿子几岁了？！

客人不肯下车，让她冷静了些。心里估算一下，到职教城，顶多还有五分钟的车程。她停车的地方，前不着村、后不着店，连公交车的影儿都没有，更别提出租车。把客人这么扔下，确实有些过分。而且白跑了这么远的路，白搭油钱，有被投诉的风险，还可能有巨额罚款跟着呢。她咽口唾沫，用手背使劲揩干眼泪，重新挂了一档：对不起，我太着急了，马上到了，我还是送你们过去吧。

因为她的妥协让步，三口人一改刚才车上的沉闷，开始说话。小孩儿说：姨，爬树一点不危险！我最爱爬树了！女人嗔斥他：还有脸说呢，不好好学习，就知道淘气爬树掏鸟儿蛋，现在的孩子哪有像你这样的？你要知道努力，能考个重点高中，咱们还用抛家舍业跑这么远路来学修理电梯吗？咱将来考大学，考公务员，当科学家好不好？

三口人叽叽喳喳，五分钟一眨眼就到。收钱时，男人给了她一张50元纸币。她准备找零，男人说：妹子，算了吧，你也不容易，谢谢你没把我们扔下。在你之前，我们拦了两辆车，一听说来虎石台，都赶紧跑了，只有你停了。你是好人哪。回去慢点开，别太着急。小孩子轻巧，上个树什么的，摔不下来，没事儿。

她没心情听宽慰的话，开车往回蹽，很快挂上四挡。客气话好说，谁着急谁知道。敢情不是你们家孩子。她在心里嘟囔。儿子淘气不假，极富创意地爬树却是头一次。这会儿他没事吧？万一从树上摔下来，有个好歹，她没法活了！

离婚时，男人是要儿子的。她没给。舍不得。自己身上掉下来的肉啊。儿子那时才三岁，咿咿呀呀喊妈妈，奶声奶气。男人早晚得再找女人，她不能让儿子受后妈的气。

车到学校门口，已经三点多了。勉强挤了个位置泊车，锁了车门赶紧往学校门口跑。离放学还有一会儿，学校大门、小门紧闭。她走小门，冲门卫师傅喊：我儿子爬树了！

再不用二话，电动门马上闪开一条缝儿。一个应该上课的孩子不进教室，上了学校最高的那棵大柳树，这是校园里的爆炸新闻，门卫哪能不知道？何况还开进来一辆消防车，门卫正勾着脑袋往那个方向张望呢。进了校门，她就看到学校最里边靠近厕所二层小楼的地方，停了一辆红色的消防车，树底下已经铺上了气垫子，几个老师模样的人，还有戴头盔的消防队员，都在树底下站着，仰头往上面看。她心跳加速，堵到嗓子眼儿了。看来儿子确实爬树了。看来儿子还在树上，目前还算安全，没摔下来。她急着往树底下跑，坡跟鞋跑着不利索，脚崴了一下，差点摔个跟头。趔趄了一下，接着往前跑。她看到了消防队员、校领导、陈老师，还有校医。王校医她认识，有一次儿子跟同学打闹，胳膊扭伤了，就是王校医给包扎的，那次也是她到学校领的儿子。陈老师冲她摆了下手，娃娃脸通红，脸蛋画浑儿，明显哭过：就等你了！我们说话都不好使，他说什么不下来！你再不来，校长准备请消防队员站梯子上去了！

气喘未定，站到气垫的边缘，仰头往树上看。树很高，树叶正浓，但她能看见儿子。儿子还是早晨离家那身，蓝运动校服，白球鞋。树有多高？十米、二十米？她估计不准。二层以上的楼高肯定有的。大柳树看上去有些年头了，是校园里最资深的一棵，树干粗实，但是到了儿子栖身的树顶，从下往上看，树枝很细，顶多也就拖把杆那样吧；儿子是树枝上很小的一团儿，那小团儿身子不动，两条腿偶尔晃荡一下，他晃荡一下树枝也跟着忽悠一下，马上就要折了的样子，她的心跟着就往嗓子眼儿外面拱一下。儿子随时可能掉下来。儿子像树上挂着一只不老实的穿了衣服的小猴子。那么高的树，他怎么上去的？她从来不知道儿子还会爬树。她小的时候，很多孩子会爬树，她虽然是个女孩子，也跟着起过哄。山梨长在大树上，爬上去才能够着，谁够着算谁的呀。在岫岩老家，她跟着老家的孩子们爬树摘山梨，还跟着打枣、打核桃、掏鸟蛋。那时候她不知道爬树危险，也真没眼见身边哪个孩子从树上掉下来。老家的大人，对小孩子上树，好像并不阻拦。跟现在城市里的家长大不一样。现在城市里的孩子，还有会爬树的吗？会爬也没用，也没有树给你爬呀，城市拓展先砍树，大树砍得差不多了，路边的树经常是为了凑绿化的数刚刚栽上的，阴凉没有锅盖大，胳膊粗的树，不禁爬，也确实没看到过有人爬；公园里的树，是禁止攀爬的。但就算有了可以让人爬的树，家长敢让孩子上去比量吗？爷爷、奶奶、爸爸、妈妈、高价雇来的小阿姨，不错眼珠地盯着，从小到大，走出视线都不敢吧，还能让孩子冒风险爬高？不可能的事儿。站在树底下，大人还怕树叶、鸟屎掉下来把宝贝儿砸了呢。这个淘气的儿子苗壮，他什么时候学会爬树了？这是第一次吗？他为什么要爬树呢？跟同学打仗，躲到树上去了？还是跟哪个同学打赌闹着玩？

她站在树下，清了清嗓子，仰头看上面，想了一会儿，只憋出一句：壮壮，你晚上想吃什么？

树上的两条腿不动了。一个很小很小的脑袋瓜往下探。

儿子的声音听上去很小，像来自非常遥远的地方：妈妈，真是你呀？你交车了？

还没呢，待会儿交。

吉野家双拼套饭行不？

行。

再加一杯饮料。要醒目。

行。

妈妈我想自己下来。

你行吗？

行。但得把那个垫子撤掉。

儿子，你可真逞能，像你那个不争气的爸一样！她在心里恨恨地骂着，无奈地把目光投向身边的那些人。

商量的结果是，可以把气垫撤掉，但大人们要站在树下，万一孩子掉下来，保证能够接住。安全第一！

气垫撤掉了，她的心也快从嗓子眼儿蹦出来了，感觉自己站不住了，马上就要堆到地上。

众人瞩目之下，一只穿着校服的小猴子，从树上噌噌噌就出溜下来了。

身手灵巧、轻盈，从树上到树下，一气呵成，中间没有停顿，落地也很稳。吊在嗓子眼的心一下子落下去了，她第一时间冲上去，一把将儿子拽到面前，手伸出去了，想狠狠扇他一记耳光，却在碰到儿子的脸时，变成了不太温柔的抚摸。

儿子笑嘻嘻的：妈，说话算数，吃吉野家去吧！

好像他没闯祸，是个有功之臣。

不行，你得先跟老师们道歉，还得谢谢叔叔们！

道歉。感谢。保证。那些在学校犯了严重错误、闯了祸的孩子和家长应该做的一系列事情，关婷婷和儿子一起又操练了一遍。

从学校出来，离交车还有一会儿。她开车，带着儿子，就近又拉了一位客人。出租车人歇车不歇，她开白班，夜班车主老邱自己开。老邱是个严谨的人，丁是丁卯是卯，每天的交接班时间前后不差五分钟，她不想破了规矩。他们交接车的地方，在长途客运站老邱家附近，离乐购超市不远。吉野家就在超市一楼。她到鸭绿江街，在中石油加满油，把车开到老地方停下，等老邱时，顺手掸着车上的灰。她是个干净人，愿意看车清清爽爽。她最看不上去那些浑身是灰、泥猴似的出租车。人整天在那种车里待着，能舒服吗？三分钟之后，老邱出现，看见苗壮在车边站着，眼睛眯成一条缝儿，两只大手把苗壮拎起来，使劲抛向空中，接住了，又狠狠撴地上：儿子，是提前放学，还是又淘气啦？！

老邱有女儿没儿子，见到男孩儿总愿意捉弄一会儿，有时直接就把孩子整哭了。他把苗壮抛向空中的那一刻，她的心忽悠一下，又吊到嗓子眼儿了。

儿子安好无损，在地上站稳了。关婷婷脸上挤出来一个笑，把差一点涌出来的眼泪憋了回去：邱哥，我们走啦，油加上了，明天见。

坐在吉野家，看对面儿子有滋有味吃双拼套饭，苗婷婷牙疼，一点儿胃口都没有。真想马上弄明白，儿子为什么要爬树？！儿子很馋，但平时都是吃她做的饭，很少有机会到外面。能吃吉野家，对他来说就是一顿了不起的盛宴。看儿子贪婪的吃相，她的嘴几次张开又闭上。她怕自己忍不住发火。公众场合发火，总归不文明、不体面。她见过那种当众教训孩子的家长，大人吼、孩子哭，很丢脸，很没意思。关婷婷是一个爱面子的女人，为了面子，她甚至可以忍着，不去催男人拖延的抚养费，宁可自己多开车受累。

他们一起回家。儿子拉着她的手。在陌生人眼里，他们是多么幸福的母子！妈妈年轻，长得不丑；儿子背着大书包，小呀么小儿郎，背着书包上学堂，正是在学校读书无忧无虑的好时光。她多么不想张嘴问儿子为什么，多么想把这种看上去很幸福的时光无限延长。

可她毕竟还得张嘴问。不能这么糊了巴涂地就放过他。万一从树上摔下来，轻则残疾，严重了可能要命，怎么能这么虎呢？！多大啦？十岁啦，四年级啦，不小了！

一定得问！

像往常一样，他们拉着的手，直到上楼也没松开。是儿子先把她手放开了，他习惯掏钥匙亲自开门。进了家门，看儿子换完鞋，把书包放下，她把脸一绷，厉声喊一句：跪下！

儿子哆嗦了一下，扭头，惊恐地看着她，听话地跪下了。

就是不说为什么。同学打你了吗？老师惩罚你了吗？爬树好玩吗？知不知道危险？

儿子一句话不说。既不说为什么，也不说不为什么。反正就是不说话。我可以跪下，但我也可以不说话。苗壮同学就是这么一个倔脾气的不爱说话的孩子。平时，除了跟她交流吃食，他很少主动跟她说什么。这孩子言语太金贵。刚上学时，她私下里问过老师儿子上课表现如何，老师说：挺好的，有时候做点小动作，课堂上绝对不说话，当然也从不主动发言。

如果他能说出来为什么爬树，现在，她宁愿他上课乱讲话。

晚上十点多，苗壮同学还是不说为什么爬树，也不跟她求饶。她去厕所两分钟，回来，发现儿子歪在地上，已经睡着了，哈喇子淌到地板上。把儿子抱起来，放床上，眼睛潮乎乎的。她在心里发誓，以后万一不得不拒载时，再也不能拿儿子闯祸搪塞了。她甚至自责——儿子这么淘气，是不是让自己撒谎咒的？！

漫漫长夜，头半夜她睡不着，思绪万千。后半夜睡得还算踏实。觉是自己的，身体是自己的，日子是自己的。没有过不去的坎。白天还得开车呢，不睡好觉怎么成？

夜晚过去，白天到来。太阳照常升起。走路送儿子去上学。接老邱的车，拉了一个去航空航天大学的活儿。然后，开车向东，直奔虎石台。早晨接车时，老邱打开后备厢让她看，里面有一个捆扎结实的行李包。她一眼认出来，是那个去职教城小男孩儿的行李。昨天她着急往儿子学校赶，小男孩儿的父母，一定也是被她的焦急感染了，下车时竟然把后备厢的行李忘记了。她记得那个小男孩儿刚刚十五岁，初中毕业。这么大的孩子，非常可能是头一次独自离家生活，那行李，当父母的行前不知道精心准备了多少天吧？下车时三口人没跟她要发票，如果她不去找他们，他们是很难找到她的。将心比心，她得最快时间把东西给人家还回去。

塑胶跑道上，穿校服的学生们正在军训摔正步。她到学生处，把行李的事情说了。学生处的老师打开电脑，帮她查老家岫岩的新生，查出来有个男孩儿叫关颖达，跟她一个姓。广播了一会儿，关颖达怯怯生生走进来，穿着灰黑色的校服，人显得更黑、更瘦了。看见关婷婷，男孩儿愣怔一下，迅速笑了，露出一口白牙：姨，我跟我爸妈说你是好人，肯定能把行李送回来，我说对了！

关婷婷着急拉活儿，没空扯闲篇儿，放下行李就走了。但她给关颖达留了电话。孩子再三请求：姨，我爸妈说了，如果你能把行李送回来，让我一定要一个你的电话。他们说还会再来沈阳办事，用车的话，提前给你打电话。姨，你真是好人，谢谢你。

空车往城里开。在鲁迅美术学院附中那儿，来活了——四个年轻人，文艺青年的范儿，两男两女，男的扎小辫儿、打耳钉，女的穿布鞋、套宽宽大大扎染花布衫。他们要去工业博物馆看摄影展。那地方在铁西，北一马路呢，距离不近，是个好活儿。

又一天的忙碌开始啦，她很快就把那个小男孩儿忘记了。但她不能忘记自己的儿子。儿子是她的心头肉。昨晚跪了那么长时间，早晨起来，儿子好像把头一天的事情全忘了，好像他没爬过树，妈妈也没罚他跪。上厕所，洗脸，吃面包，喝牛奶，背好书包，站在门口，等她锁门，一起下楼。她家离学校，走路十分钟。儿子可以自己走着去，她不放心，每天陪到学校门口，风雨无阻。儿子学习一般。这是跟淘气一样让她着急的事。男孩子立事晚。她只能这样安慰自己。盼着儿子能早一天懂事，在学习上更用功。

让她万万想不到的是，七天之后，苗壮同学又上树了！

这次，爬的是松树。

那天晚上他应该在补习班学英语。苗壮同学英语不好，期末只考了79分，班里倒数第一。她着急，听陈老师建议，在中医药大学附近找了个补习班，每周两个晚上去上课。儿子上课两小时，她去北陵公园走路。天天在出租车里窝着，腿脚活动不开，肚子见长。北陵正门神道上，每天晚上七点开始都有人结队暴走。暴走的队伍有十几个，速度不一，放音乐，喊口号，飒爽英姿，是北陵公园的一景。她没有时间天天跟着走，一周最多走两个晚上，也算对自己有个安慰，是她生活中难得的奢侈。看着儿子进了教室，她转身往北陵公园走。九月中旬，沈阳的夜晚已经凉爽了，正是走路的好时候。

凭感觉，已经走了半小时。身上出汗，浑身的毛孔都张开了。在皇太极广场那儿，她主动掉队，放慢速度往北走消汗。她准备慢走到神水桥边，再往回走。她要回去接儿子。每次她都是提前二十分钟到教室门口，等儿子放学出来时，她的汗也消得差不多了。这个晚上，慢走的路上，她看见路旁的一棵大松树下，围着一大圈儿人。一年四季，晚饭后的北陵公园里，人不是一般的多，乌乌泱泱，走路、游泳、放风筝、打太极球、跳舞的，到处是人，但通常情况下，没有人会围着一棵大松树。那棵树虽然很高大，也是编了数字序号、入了名册的古松，却不像北陵后身那些拴满红绳有人叩拜的观音树、夫妻树、大神树那么有名，平时不会有人关注。一棵没有名气的大树突然被人关注了，肯定发生了什么事情。她踮起脚往人堆里看，没看出什么。左右看客们都在仰头往上看，她也跟着往上看。树上有什么可看的呢？经常来北陵公园，她知道这棵树上没有松鼠。北陵公园有松鼠，一般都在陵后，尤其大神树下的松鼠，每天早早起来等待游人喂食，也是北陵公园的一景。这么晚了，松鼠该休息了，难道松鼠也有淘气不肯睡觉的吗？

她在树下看了一会儿，没看出什么门道。想走，却听旁边一位喊：动弹了！我看到他动弹一下！

她问：什么动弹了？

树上有个小孩儿，刚才有人看见他爬上去的。

原来这个城市里还有跟她儿子一样爱好的孩子，有机会认识了，可以让他跟苗壮会会呢。关婷婷抽身准备往回走，想了想，又站住了，声音不自觉大了起来：谁看见树上小孩儿多大？长什么样？！

十来岁，黑瘦瘦的。

热心人告诉她。

她的心怦怦怦怦怦怦，又快从嗓子眼儿里出来啦！不对呀，他这会儿应该在教室里上课呀，怎么能跑出来呢？！

她往人堆里挤，再抻脖子努力往树上看。三百多年的大松树，树干笔直，又粗又壮，树冠宽大，直上云霄，像挂在人头顶上的一把巨伞。大松树下，个子再高的人也显得非常渺小。北陵公园里的松树，冬天下雪的时候最好看。那时候松枝上挂满了雪或者冰凌，远远看去，像一朵朵银色的巨伞，是人们雪后拍照留念的最美丽的背景。可是，这会儿，关婷婷希望公园里没有任何树，包括大松树——假如北陵公园没有树，也就不会有人爬了，也就不会让她担惊受怕了！

站在树下，她仰起头，往上看。天黑透了，虽然有路灯，树上也是黑乎乎的，除了黑暗和树的轮廓，基本看不见什么。她不甘心，把手拢在嘴边，试着努力往树上喊：壮壮，是你吗？！

因为她的呼喊，围观的人一阵骚乱，继而又都安静下来。有人看她，有人专注看树。突然，人群骚乱起来，原来是树上移下来一个影子。起先是松鼠那么大，影影绰绰，然后像一只小猴子，然后，看出来是一个人的孩子。大树底下围观的人，呼啦啦涌到树底下，堆成了人墙，许多人伸出了胳膊。关婷婷脸颊上有热流，但她的手也努力向上伸着，没有空去抹。从树干上出溜下来的孩子，在人群里居然能够准确找到喊他的那个人。关婷婷把他拥在怀里，不知道拿他怎么办！

松树和柳树不同。苗壮同学的手黏糊糊的，能把她的手黏上。松树有油脂，有柳树没有的芳香，是松鼠们的家园。这是他爬松树的理由吗？

回家。这一次，关婷婷没有罚他跪下。像第一次爬树一样，苗壮同学仍旧不肯说为什么要从课堂上逃出来，为什么要爬上北陵公园的大松树。关婷婷不知道拿他怎么办。如果再罚他跪下，他给你来个离家出走怎么办？！她只能在心里无数次感叹：这么淘气的孩子，怎么就让我摊上了呢？！

大自然最美丽的秋天，一晃儿就过去了。

漫长的冬天，说来就来了。

沈阳的冬天，不是一般的冷啊。

冷也得上路。一个女出租车司机每天的生活，周而复始。

车轮上的生活。她可能是城市里每天跑路最多的女人。从繁华同时也经常堵车的太原街、中街，到崭新的铁西、浑南、沈北新区，到一般人叫不出来的无名街巷、不起眼儿的小胡同。出租车司机的生活既单调又新鲜。耳边永远是发动机的嗡嗡响，车轮与地面的摩擦声。你不知道今天都会去哪儿、碰到什么样的人。眼睛里是街边随时可能招手的乘客，心里想着乘客要去的地方怎么走便捷，怎么走不堵。她不怕累。累意味着你有钱可挣。累还意味着身体好。她记得妈妈还在的时候，常说：我不怕干活，能干活意味着身体还好。现在，她就是妈妈说的那种能干活意味着身体还好的女人。

但是，她怕手机铃声。尤其白天。她的手机铃声很少响。偶尔有熟人打电话叫车，再就是陈老师。摊上一个淘气的儿子，你就得时刻准备着接老师的告状电话。小孩子打架动个手，顶多皮肉伤，没什么大不了的，抹点药水、道个歉、赔个三百两百。她怕儿子再上树。万一从树上掉下来，不是残疾，就是死亡。那是要她命的事。她开车在城市里走，眼睛里是路边招手的乘客、车前车后车左车右的车辆，还有路边的各种树。新栽的小树，细枝嫩干地在路边站着。偶尔还能看到一两棵大树，在那些还没来得及拆迁的老街老巷。偶尔想到儿子上树，每次都是念头刚一闪现，就让她赶紧掐灭，好像儿子上树是她的念头引起的。有时，她会想象儿子将来从事什么职业。出租车就不让他开了，儿子总归应该比她更有出息吧？像那个小老乡关颖达去学修电梯？儿子敢上树，至少说明他没有恐高症。她弟有恐高症，怕坐飞机，人去澳洲，移民了，多少年不回来一次。人活在世上，大概都是有病的。爱上树也许就是一种病。据说人是猴子变的，本来都应该会爬树。那些会爬树，能从树上摘果子吃的祖先，肯定比不会爬树的老祖宗更容易活下来。也或者，只会爬树摘果子，但不会在树下讨生活的祖先都早夭没留下后代呢？所以现在会爬树的人才越来越少了？一边开车一边听广播，有一天她听新闻里说，南方的一所大学，开了一门课，专门教大学生爬树。好像是厦门大学？厦门大学是在福建吧？她没念过大学，对大学没有研究，但她一下子喜欢上了这个准备教学生爬树的大学。说明这个大学认为爬树也是本事吧。她准备有时间研究一下，鼓励儿子考那里。当然，她不会跟儿子明说爬树的事情。不能提醒他。

万一，他从此改了呢？

有些事情，不能想。好像只要你一想，本不该发生的也发生了。苗壮同学三个月没爬树了。就在关婷婷认为儿子可能把上树这件事忘记了的时候，苗壮同学老毛病又犯了。

苗壮同学真的太有创意了。

这一次，他爬上一棵圣诞树。

这一次，不是陈老师打电话。

那会儿她正在铁西拉活儿。下雪了，路不好走，她开着广播，听交通台介绍路况。漫天大雪把城市搅得一塌糊涂。到处堵车。街上的人比平时多。圣诞节商场打折促销，多少人扎堆儿这一天进商场。马路两边的街道或者商场的橱窗里，圣诞树披挂彩灯，没到夜幕降临，就已经五彩斑斓。圣诞节上街的人舍得花钱，从早晨接车，活儿没断过。但她其实不喜欢这样的日子。马路上雪还没来得及扫，路滑，车跑不起来，走走停停，费油，实际收入并不比平时多。路况不好，肇事的风险比平时更大。从早晨接车，她已经看见好几起追尾事故。

小心开车，认真听路况介绍。绕开堵车的路段，对乘客、对她自己都是必须的。中街还行，太原街、中华路一带严重堵车，没有三个绿灯通不过。她不明白同是商业街，为什么中街不堵太原街堵，有什么特殊情况？难道中街的商场不促销、去的人少吗？不太可能。她在司机群里自言自语随便嘟囔几句，群里很快有回应：太原街那边堵车，听说有人爬上圣诞树，消防车过去解围，逛街的人看热闹，路过的车也靠边看热闹，就把路堵死了。她回说：不会是农民工出来讨工钱吧？听说有爬烟囱、爬楼顶上准备跳楼讨工钱的。又有人接她话：好像不是，听说是俩小孩儿。

俩小孩儿。她在心里笑了一声。谁家的孩子这么淘气，比她儿子还能耐，大圣诞节的竟然轧伙儿爬树玩，还是什么圣诞树。肯定不会是儿子苗壮。儿子今天上学了，她亲自送他到校门口，看着他进去的，他怎么可能去太原街？那会儿车不动地方，她看下表，应该是下课时间，便掏出手机，给陈老师打电话，想问问儿子近况。陈老师老半天才接电话，不知道在什么场合，周围闹闹哄哄。问她：苗壮妈妈，您有事吗？苗壮到家了吧？关婷婷不解：苗壮不是在学校上课吗？陈老师说：今天半天学，苗壮没告诉您吗？中午就放学了呀！

学校今天半天学，苗壮竟然没告诉她。她往家里打电话。没人接。苗壮同学放学不在家好好待着，去哪儿了呢？不会去太原街爬树了吧？圣诞树是什么做的？在她的印象里，那就是长长短短的木头杆甚至塑料杆上加点装饰，做成树状，哪里是什么真正的树！哪有那么多真正的树让你砍！

结不结实呀？谁家的孩子怎么就会想到去爬圣诞树?！冰天雪地，地上邦邦硬，真要掉下来，那还有好?！

乘客到地方，她收了钱，急忙调头往太原街跑，庆幸自己这会儿在铁西而不是更远。路边多少人招手，她视而不见。过了沈阳站，眼见着路开始堵了，一眼望不到头的都是车，进不得退不得，她恨得手拍方向盘，喇叭声起，前面车以为是摁它，喇叭比后车还响还冲，一时间喇叭声一片，比夏天的蛙塘喧闹得多，让人没事也心慌。

街上乱套了。车走不动。再往家里打电话，还是没人接。看来有必要给儿子也配个手机。儿子要过手机，她没答应。真想马上下车，把车门一锁，跑步去太原街。还有一站地距离，跑步五分钟，走路十分钟。但车怎么办呢？车如果是她自己而不是老邱的，她真就把车扔下不管了。车终于能动弹了，拐了挺远的一个地方才把车泊下。她锁了车门，往太原街跑。自从离婚，她没逛过太原街。太原街东西贵，不是她消费的地方。她买东西都去五爱市场，那地方批发，零售也比大商场便宜。不逛太原街的另一个理由，是苗壮的爸在这里上班。就不愿意进他的气场。太原街是步行街，有很多促销的摊位，只有行人没有车。她在太原街上跑，从南头跑到北头，又从北头折回来，速度不慢。她在体校练过短跑，有童子功。看到几棵高大的圣诞树，却没见围观的人群，没看见圣诞树上有小孩儿，没看见红色的消防车。她的心慢慢放下了。看来，群里消息不实。会不会有人知道她家儿子爬过树，故意跟她开玩笑？

这个玩笑开得有点狠。

她但愿这是个玩笑。

但是，爬圣诞树这事儿，还真不是个玩笑。

她从太原街离开，回到泊车位，正准备继续拉活儿，手机响了。一个陌生的座机号码，里面的声音，却是儿子的：妈，我在派出所，警察叔叔让你马上过来一趟。

儿子的声音很淡定，她却毛了，不知道儿子在派出所里什么情况，戴手铐了吗？挨打了吗？会不会抓起来进管教所？儿子的淡定让她摸不着底，她宁可听见他的声音里带着害怕，带着哭音。她去派出所，还得跑！

儿子在。儿子的爸在。还有一个男孩子，关颖达，居然也在。

儿子没戴手铐。关颖达也没戴手铐。俩人在派出所也不老实，狗扯羊皮，你扯我一下，我瞪你一眼，让她看着心烦，恨不得马上把儿子扯出去，找个没人的地方，胖揍他一顿！

这两个不省心的孩子，他们怎么联系上的？她回家是说过有个念信息学校的叫关颖达的男孩也爱爬树，那是拿他教育儿子呀——如果光想着爬树、不好好学习，最后连个像样的高中都上不了。他们居然能联系上。真是神奇呀。真是一丘之貉呀。还一起上了圣诞树。

他们怎么想的？！

事情闹大了，连派出所都进了。

最近一次跟派出所打交道，那还是好多年前了——跟苗壮爸离婚，给他往外迁户口。

被训得狗血喷头。当着两个孩子的面，和不在一个户口簿、挺长时间没见过面的前夫。现在什么形势知道不？圣诞节呀！我们维稳累得没空睡觉！你们作为监护人，怎么当的？！这叫扰乱公共秩序！知道不？！你们自己管不好孩子，可以找地方帮你们管！中年警察眼睛通红，不知道是缺乏睡眠累的，还是让两个孩子气的。怒气冲天。

从小到大，关婷婷没听过这么重的话。错在自家孩子，她无话可说，无地自容，只盼警察放儿子回家。

她心里怕警察真的送儿子去少管所，也怕前夫借机跟她争夺监护权——如果他真动了这个念头，形势对她不利呀：瞧瞧你把孩子带什么样了，警察都可以作证！

关婷婷跟老邱请了假。她得在家休息。血压高。头晕，迷糊。看不得街边的树。

苗壮的爸，把欠下的抚养费，一次打她银行卡里了。

她躺床上，学校王校医，给她打电话，耗尽她一块电池。话委婉，关婷婷却听得懂。苗壮同学屡次三番上树，班主任有压力，校长有压力，学校有压力，教委都有压力了。孩子淘到这份上，对学校的声誉有影响，有可能影响今后的招生吧。校长本来有可能竞聘教委主任的。出于对苗壮同学健康成长的责任，作为校医，她建议关婷婷带孩子去看心理医生。

爱上树真的是一种病？需要看心理医生吗？

除了医生，她还能求助谁？

两个孩子，她都不懂。

她不懂关颖达。那天从派出所出来，她开车把关颖达拉到自己家，跟关颖达的爸再次通话，告诉他孩子自己领回来了，让他放心。刚才警察也让关颖达给家长打了电话，关大哥太远，赶不过来，在电话里把儿子托付给一面之识的关婷婷。回家的路上，她听关颖达给他爸打手机：爸，太原街人老多了，我和苗壮比谁爬得快，苗壮比我爬得还快呀，没想到！我俩上树以后，那么多人都不逛街了，都来看我们俩。爸，我告诉你在圣诞树上看太原街什么感觉吧——你会觉得下面的那些人都非常小，哈哈！

这孩子，他学修电梯，是不是想着站高楼大厦顶上，把下面的人都看小？

苗壮同学怎么想的？她想知道，也仍旧问不出。他在派出所里并不畏惧，警察虎着一脸横肉大人孩子一起训，关婷婷哭的心有，人家跟关颖达在一起嘻哈玩闹，没事儿人一样，也根本不在乎很长时间没见面的亲爸脸色铁青、眼睛瞪得老大。

从来没见他跟另外一个孩子在一起这么快乐，这么投缘，行动一致，有说不完的话。

爱上树真的是病？也许真的应该带他去医院，听医生怎么讲？

躺在床上，她又想，或许应该带儿子去检查遗传？她自己就是一个曾经上过树的孩子，是不是她这个当娘的把爱上树的基因遗传给儿子了？

她从来没跟儿子说过自己也曾爬过树。她听说有些病是父传女、娘传儿的。想到是自己把爱上树的毛病传给了儿子，她感到无比内疚。

盼着儿子快长大。

活到她这个岁数，没看见谁还有闲心想着上树！

黑夜给了我明亮的眼睛

那个女人进来之前，先拉开车门，问他："师傅，可以把空调关上吗？"

这个夏天格外闷热。三伏天，乘客大多嫌空调不凉，出租车上下客频繁，保温性差，加上他舍不得油，温度开得不够低。像她这样要关空调的，少。林子大了，什么鸟儿都有，乘客说关，那就关。他这个人好说话。为人民服务么。况且这个女人虽然说话温柔，很有礼貌，看着像商量，却有一种不容置疑的气势。不知道是干什么的。出租车司机，尤其夜班司机，愿意琢磨乘客的身份。闲着也是闲着，天天在街上压马路，眼睛里除了红绿灯、机动车就是行人，太单调，琢磨点啥好挨时光。在厂子上班时，他就是个爱琢磨的人，小点子、小发明不断，当过创新标兵。厂子减员，开上出租车，老习惯没改。

开白班时，注意力相对集中。要听交通台的路况广播，公司的派活通告，司机群杂七杂八的消息。白天路况复杂，空车时向马路边踅摸乘客，车多，人多，警察也多，得时刻小心。白天乘客的身份相对容易辨别。去火车站、机场的是旅行者，去商场的是购物者，去写字楼的是白领，去学校的是老师、学生。晚上不一样。夜色降临，人与人之间一下子暧昧起来。从酒楼、大饭店、洗浴场所出来的，尤其让人琢磨不透。越来越琢磨不透。十年前刚开出租车时，他还以为自己琢磨得挺透。夫妻关系，同事关系，情人关系，同学关系，朋友关系，生意关系，八九不离十。你听上几句话，看几个动作，差不多。现在不行了，越琢磨越糊涂了。拉这个女人之前，他刚从皇姑房产局那儿过来。一个女人，三个男人。女人坐前面，上车先说了一个浴池的名字。这个女人恍惚面熟，仔细一想，真还想起来了。是机床厂的。具体干什么的不清楚。重型厂和机床厂挨着，搬迁开发区之前，两个厂就隔了一道墙，两个厂的工人经常互相到对方的食堂吃饭或者打水、洗澡，像一家人。工厂里男人多女人少，他对女人有印象，看来女人对他没印象。他这个人长得平凡，掉人堆儿里找不着，对他没印象很正常。后面三个男人，其中一个也是机床厂的，跟女人是两口子！他想起来了，有一年搞技能大赛，那小子上台表演过，是个钳工。好像手艺还不错。不知道是不是还在厂子里上班。现在的机床听说都数控了，用电脑操作，老钳工还能派上用场吗？他想张嘴搭讪两句，忍了忍，把嘴巴闭严了。人家并没有认出他来。而且还有两个陌生人，万一人家不想让他认出来呢？挣点辛苦钱得了，别节外生枝。到了浴池门口，女人自己下车，让他稍等，进浴池呆了半分钟，上车，扭头告诉后面："这儿没有了。以前有来着。再换个地方吧。师傅，你知道这一带哪儿有小姐吗？"

一句话让他差点背过气去。见过男人找小姐，没见过老婆带着老公还有别的男人一起出来公然找小姐的，即使就是给那两个男人找吧，也他妈的太邪性了。现在的老婆，已经不在乎到这种程度了吗？

到了一个更大一点的洗浴中心门口，他说了一句"这儿有"，三男一女齐刷刷下去了。他踩上油门开始跑。这儿真有吗？他不知道。也许有。主要是他心里别扭，不想再看见这几个货。

往北陵这个方向溜达。开到成龙花园门口，就看见这个女人招手。看她的气势，许是有钱人家的大奶，也许是二奶。成龙这儿曾经住着沈阳先富起来的一拨人。这儿的地理位置好，紧挨着北陵公园，离省政府也近。现在住这儿的也不是一般人家。多少都得有点钱吧。女人的年纪介于三十到四十之间。上车时带进来一股淡淡的香水味。挺高级的。他把空调关掉，问："去哪儿？"

"中街。"

还行。开夜班车，他愿意在城里晃荡。夜晚的出租车，麻秆打狼两头怕。司机提防乘客，乘客也提防司机。几起恶性绑架出租车案件，都发生在晚上。刚才他急于把那几个货放下去也是加了小心。一个女人三个男人，大晚上的，真要是动手，麻烦。不是他愿意往晦气上想。两口子都能一起出来找小姐了，谁知道还能干出什么事情来。其实乘客晚上出来多少也防着出租车司机。经常有送客的记下出租车号，明显的留一手。碰到这样的乘客，他反而放心了。

中街在城里，很早以前叫四平街，老沈阳城的繁华地带。商场林立。这个时间商场已经关门了，黑灯瞎火的，女人上中街干吗？去玫瑰大酒店？也许她只是到成龙花园这儿来串门，看熟人，真正住的地方是玫瑰大酒店吧。听口音可能不是当地人。女乘客让人放心。只要她半途不停车，不再往车上招人。顶多也就不给钱。司机哥儿们里流传着一个段子，说某夜班司机拉了一个女孩子，跑了挺老远的路，女孩子还挺健谈，跟司机聊得挺高兴。到地方，女孩子大大方方告诉司机：“大哥，我没钱给你，要不，我让你看一眼？”

他从来没碰上过这种事情。他甚至不认为这种事情是真的。没准儿是某个夜班司机给自己解闷儿的性幻想。开夜班车的司机，跟当年车间里上夜班的工人一样，黑白颠倒，生活都不正常。你下班时老婆正熟睡或者该起床上班了，你在家睡觉时大多数人正在外面忙忙碌碌。想入非非也正常。

这个女人不像那种女人。穿长裤、短袖T恤上衣。很正经地坐到后面，不像有的乘客偏爱副驾驶。其实他愿意乘客坐后面。彼此都方便安全。

“中街什么地方？”中街范围一大片，有单行道，问清楚了少走冤枉路，免得起纠纷。也是借机会想听女人说话。女人的声音挺好听，不是地道的沈阳话，有点像吉林、黑龙江那边的声音。沈阳话土，没有那边的话好听。

“玫瑰大酒店。”

猜对了。猜对了的感觉很爽。女人把后面的车窗摇下来，他也把前面的摇下来。夜风吹走了车里原来窒闷的凉气，外面的空气是热的，他身上一下子出了汗，但车速带进来的夜风，很快将热吹走了，变成了一种通透的爽。出汗的感觉其实挺好。夏天出不来汗，不舒服。他出过汗，又被风吹散了，身体比原来闷在空调里舒服多了。夜晚的崇山路车比白天少，可以开到六十迈。他从后视镜往后看一眼，女人在向外面看，面无表情。

从柳条湖桥向南拐，过小北关街，过天后宫，从小南门拐向大南门，再一个弯儿，已经能看见玫瑰大酒店了。玫瑰大酒店刚建起来时是沈阳挺高级的地方，在中街一带鹤立鸡群。现在一般了，落伍了，更高级的地方多的是。五里河那一带，万豪、喜来登，太原街的商贸，铁西的好多大酒店，都比这儿豪华。他把车停在酒店的路口。酒店在路东侧，栅栏与车道隔着，那边是步行街，不通车。女人坐着不动，他提醒了一下："到了，车进不去了。"

女人有一会儿没说话。也没有掏钱的动作。然后，她说："师傅，麻烦您往音乐学院那边儿开吧。我不在这儿下了。"

这个意外让他不快。这条路是单行道，从南向北行驶。为了把女人送到离酒店最近的地方，他已经从南往北拐了弯儿。音乐学院在南边，现在往南行，他还需要绕着走，是一种挺别扭的走法。司机顶讨厌这种拐弯抹角。况且你就是改变了主意，也应该早点儿说话，别等着到了地方再言语啊。

他从后视镜往后看，观察着女人："音乐学院的南校区，还是北校区？"

南校区出城了，在浑南，得过浑河大桥，远着呢。晚上他不爱走。北校区在三好街，三好街是电脑街，白天车堵得厉害，这个时间还行。

"三好街的那个。"

"噢。"女人对沈阳挺熟悉。至少她知道音乐学院在三好街。没准儿她就是音乐学院毕业的。沈阳音乐学院出了不少唱歌的名人。这种联想让他又认真看了一眼女人。听说有的女名人不化妆跟平常人一样，你根本就认不出来。女人的眉眼儿，细琢磨挺耐看。那也认不出来她是谁。他很少有时间看电视，偶尔看也是看电视剧，对唱歌的一点不熟悉。他是个球迷。在厂子上班那会儿经常去五里河看球。这么晚出来闲逛，不让开空调，没准儿就是出来透气的闲人。在空调里憋了一天，受不了了，又不敢自己散步，干脆坐出租车吧。如果是这样，那他今天的活儿挺合算。一个有钱的女闲人，在街上没有目的地走走逛逛，不会少了他的车钱，比他在小区门口蹲着等活儿强，比他在大马路上空跑强。已经十点半了，从现在往后，打车的人越来越少了。

车拐了几个弯，重新开始从北往南开。到文萃路，开始往西走。离音乐学院很近了。女人一直不吱声，必须提醒她一下："您到音乐学院正门吗？"音乐学院的正门在三好街，后门与电视台一路之隔。不在一条街上。

"正门。"

又不吱声了。一男一女，两个人，在夜晚的出租车上一声不吭挺难受的。晚上开车，他愿意遇见饶舌的乘客。那样时间过得快。没办法，遇见这么个主儿，人家不爱说话，咱也别讨人嫌吧。

车停到音乐学院门口。三好街卖电脑之前，音乐学院的大门看上去很宽敞，现在被两边的大楼欺得小门小户的了。门口没有人出入，灯光昏暗。女人仍旧不动弹。他有点急："您是到音乐学院吗？到了。"

不用回头，他也知道女人根本就没动弹。别告诉我你又改主意了！还好，女人从后面递过来一张百元大钞。票儿大了点。要找她六十多呢。出租车司机都愿意要零钱。万一碰上假钞，不但没挣着钱，还得往里搭。现在假钱做得比真的还真，谁能一下子辨认那么准。他犹豫了一下，想问女人有没有零钱，没等张嘴，女人说话了："师傅，对不起，我不在这儿下了，您放心，我会给您钱的，我先把钱放您手里。我就是出来散散心，麻烦您随便开吧，别出城就行。"

他知道自己遇上麻烦了。这个女人有问题。不差钱。或者说不差这点出租车钱。不知道她是差点啥。被老公甩了？跟铁子吵翻了？不可能是什么问题都没有。一个年轻女人，什么问题没有，半夜三更的，花钱让出租车拉着满城跑，精神病啊？最简单的办法是收了她的钱，把该找的钱给她，告诉她自己还有事，或者干脆就是该收车了，请她就地下车，另请高明。街上空车有的是。一个较真儿的女人，也许会告他拒载，那也比他遇见更大的麻烦强。可是万一她今天晚上遇见什么不测呢？比如被害了，失踪了，他的麻烦就更大了，跳进浑河也洗不清了。他小的时候还真在浑河里洗过野澡，被老爸发现了一顿胖揍。也许没有人看见他载过这个女人，也许她安全回家里跟老公安心过日子去了，什么事情也不会发生，但他的心会不安。也许会一辈子不安。就像当年他开天车时出过的那个事故。铁笼子钩没挂到位，掉下去了，差一点砸上人。下面有作业的工人，砸上就是死，没商量。他到现在有时候还做噩梦，醒来时浑身冰凉，嗓子里咸咸的。所以，厂子精简到他时，他虽然很难过，还是认了。他不下别人下。总得有人下。至少不会再出现那种事故了。他会开车，不开天车了，到马路上开出租。老天爷饿不死手艺人。

踩了一脚油门，车子往前蹿去。到三好街和文化路路口，车往西拐。

只要不出城，那就上铁西吧。铁西的马路他闭着眼睛都能开。上了二十年班的地方啊。虽然现在铁西变化很大，工厂大部分都迁走了，原来的厂区变成了商品房，那他也知道哪个小区原来是什么厂。鼓风机厂、机床厂、重型厂、啤酒厂，都搬走了。头几天他陪外甥去看房，外甥看上新开发的一个小区，他一到那儿就乐了：不就水泵厂吗？连厂子进门的那几棵大树都没砍。他认识不少水泵厂原来的老人儿呢。他青年点儿的一个女同学，回城以后就在水泵厂上班。

女人不爱说话，让她听广播吧。他调台。女人说："师傅，麻烦您把广播关了吧。我想清静清静。"

女人的声音不对头。哭了！他想把车靠马路停下，犹豫一下，接着往前开。他不是慈善机构，没有必要替女人省钱。但是忍不住咕哝句："这么伤心啊？"不知道她听见没。想清静清静，看来是吵架了啊。

女人又说一句："不好意思，您接着开吧。"

那就接着开。他想告诉女人，什么事别想不开。车到山前必有路。人不可能一辈子总好，也不可能一辈子总走屎运。他从青年点回城时，以为自己运气好。当上工人了么，还是国营大厂，多少人羡慕啊。谁知道留在青年点的一些同学，上中学时还没他成绩好呢，因为没回城，恢复高考时拼命复习考大学，结果后来当大学教授了，当官了，而他一直就是个工人，最后还精简回家了。怨谁呢？能直接挣钱了，家里不让他考，他自己也觉得当个工人不错了。只能怨自己目光短浅。头些年，沈阳机床厂的职工股上市，多少人悔青了肠子。想当年机床厂卖职工股，一块钱一股，机床厂的工人有不愿意买的，拿着手里的指标到重型厂这边卖，一个指标五十块钱，可以买一千股。职工股后来上市了，最高三十多啊，还不算送股，翻了几十倍，能买辆夏利。当年有人问过他买不买，他手里有一千块闲钱，但是没买。就不明白股票是怎么回事。也后悔过，但并不是十分后悔。机床厂那边有个人，原始股买了不少，发财了，进了大户室，辞职专门去炒股票，熊市时，家当全套里了，人竟然疯了，进精神病院了。你说，当年那财发的，好还是不好？他没发财，也没疯。他下岗了，他的儿子念的是公费研究生，将来的生活会比他强吧。生活不就是这样？

他想用自己的经历劝说女人，话到嘴边，还是没说。你知道人家是干什么的？一个老百姓，说出来这点儿小道理让人笑话。

手机响。是木琴的声音。很好听。小时候他在少年宫听过木琴演奏。他把车窗往上摇了摇，风太响，女人也许听不清楚。他听见女人说：“对，我出来倒垃圾，没带钥匙，风一吹把门带上了。我现在外面，你什么时候回来？”

撒谎！谁家倒垃圾穿这么整齐，身上揣手机，还带百元大钞，还到处乱跑，还哭？给她打电话的也许是她男人吧，在外面有情况了，不回家，女人找不到更好的理由，编了这么个谎言，哄男人回家？

管她呢，只要她主动要求下车，他的任务就完成了。这趟活儿有点让他不省心，可钱上没亏。是个大活儿。再挣上一百，他今晚就可以收工了。给车加满油，回家睡觉！

他听见女人吩咐他：“师傅，回皇姑，到陵东街，海德公园。”

不对呀？她不是从成龙出来的吗？怎么又去海德公园了？两个地方倒是不远，理儿上不对！成龙是她家？海德是她家？话里的意思，应该是海德！这个女人，不那么简单！老公没在家，自己出来约会，然后闹别扭了，不想回家？老公回家没人，给她打电话催她回家？

一直挺同情女人，难道是另外一个男人更应该让人同情？

想不明白！现在的人真是复杂啊！昨天晚上，也是十点多，他在重庆小天鹅火锅店门口揽了个活儿。一男两女。一个女的坐副驾驶，一男一女坐后面。后面俩人唠得挺投机，亲亲热热，说着下周三男人的老妈过生日，女人想去捧场，又怕男人的老婆看出来什么。两个人商量着去了怎么说。前边的女人还给后面的俩人出主意。先送前面的女人下车。他有点看明白了，后面俩是情人，铁子，前面的女人是后面女人的女朋友。前面的女人住三经街，后面的女人住浑南。住三经街的女人下了车，车往浑南开，后面的俩人动作越来越大，他假装没看见。女人下车时男人还亲了她一口。到浑南河畔新城，把后面女人放下去，男人告诉他回城里。车往城里开，男人打电话，嗓门儿挺大，你想不听都不行：“燕儿，你在哪儿？”燕儿是前面女人的名字。“还在楼下凉快啊？我马上过去，住你这儿，今晚不走了！”车到三经街，他刚才放女人下去的地方，那个叫燕儿的女人已经等在小区门口，两人挽着手进了小区。他在院门口愣怔了好一会儿。什么事儿啊！真的想不明白！男人到底跟他妈的哪个好啊？见过跟女人好的，没见过这么好法的。他已经琢磨了二十四小时，还是没琢磨明白。那两个女人之间知不知道啊？他觉得自己活得越来越糊涂了。

就像眼下，他不知道这个坐了他车的女人是不是应该让他同情。她闹心，想清静，半夜三更在陌生人的出租车上哭，可是她跟男人撒谎。

海德公园建在原来的体育学院，出过不少世界冠军。这个女人住的地方风水不错。车停海德公园门口。女人说："钱够吗？不用找了。师傅能把你手机电话告诉我吗？以后晚上我想用车可不可以给你打电话？我顶讨厌饶舌的司机，你这个师傅好。谢谢你。"声音依旧温柔，一点儿没有哭过的痕迹。她记下电话，下车，向海德公园门口一个中等身材的男人走过去。没有拥抱，没有握手。倒是像两口子。男人交给她什么东西。真是钥匙？她没撒谎？他想把车开走，却又想再待一会儿。他想看着女人安全地走进小区里。女人转身进了小区，可是那个男人并没有陪她一起进去。男人竟然朝出租车走来，打开车门，第一句话是："师傅，把空调开开成吗？"

成！乘客的要求就是命令。他把窗户摇上，打开空调。空调的凉气让他露在外面的皮肤马上绷紧了。男人穿休闲西裤、皮鞋、面料很厚的T恤，一看就是出入高级场所的成功人士。他是那个女人的丈夫吗？回来以后为什么不上楼？他问男人："您去哪儿？"

"中街。玫瑰大酒店。"

很好。很有意思。像一个故事。原来那个女人去玫瑰大酒店并不是心血来潮。也许男人是她的丈夫，在外面有了情况，女人知道他在那个酒店，已经想上去闹了，临时改了主意。所以她才哭，才想清静清静。这么解释合理吗？

有那么一点道理。

这两口子，都是沉默寡言的人。他打开广播。男人没反对。

夏天的这个夜晚，他走了一条差不多相同的路线。第二次比第一更快。感觉上是。但他对男人和女人坐他车上感觉不一样，尤其男人和女人好像还有什么关系。一种说不清楚的什么感觉。仍旧走崇山路，走柳条湖立交桥，走小北、天后宫，从小南往大南拐。车到玫瑰大酒店楼下，刚才女人下车的地方，他把车停下了。男人递给他一张二十元的钞票，看他仔细找零钱，还他让把票据打出来。他看着男人下车进了酒店，犹豫着是在这儿等会儿，还是去马路上溜达。这个时间，街上的人已经很少了。他决定在原地等一会儿，但没决定是关了空调还是继续开着等。他不喜欢空调，这个时间外面已经不那么热了。但万一再上来个乘客是喜欢空调的呢？这么打开、关上的最费油。

等了二十分钟，没有人叫车。手机就是这时候响起来的。吓他一跳！谁会在这么晚的时间给他打电话？但愿不是家里老爸犯病了。还好，是一个陌生的手机号码。他把广播关掉，接听："你好。"

"您好。"是一个陌生又有点熟悉的女声。"我是刚才坐您车的乘客。"他已经听出来了，是那个女人。她拉了什么东西在车上吗？他回头看一眼，看不出来。"我麻烦问您一下，刚才你送的那位客人是在玫瑰大酒店下的车吗？"呵呵，今晚的故事还没完啊。她知道是他载走了她的男人？她在院子里没回家往外监视男人哪！"你能过来接我一下吗？"

能。为什么不能？他不想掺和进一个复杂的故事，可他没干别的，只是给一个女人当司机，女人出手很大方，会合理地给他报酬，何乐而不为？手艺人，挣一点辛苦钱。况且这样的客人让他想入非非，让一个酷热的夜晚过得飞快。

一脚油门，车轰地起动了。开出去一百米，猛然想起女人不喜欢空调。他把空调关上，把窗户打开，让午夜的夏风呼呼地吹着自己。在空调这件事上，他跟女人爱好相同。刚才在海德公园门口，有那么一瞬间，他甚至想过女人可能是个瘾君子，男人只是给她送货的人。现在看来，那会儿的判断是错的。

住在高档住宅区的有钱人不一定幸福。坐出租车花钱不眨眼的女人也不一定幸福。趁着一个红灯的机会，他活动了一下很难受的腰。拉完这趟活儿，他决定收工回家，睡觉。他实在是有些坐不住了。奔六张啦，年龄不饶人啊。

老娘的非常伴奏

星期六的早晨，米拉是在《威尼斯狂欢节》声中醒来的。没睁眼睛，但他知道，肯定是他亲爱的老娘打开了音响。米拉身子拱拱，翻个身，想接着睡下去，却只是多眯了一会儿，再睡不着了。《威尼斯狂欢节》之后是《野蜂飞舞》，逼真的嗡嗡声就像真有一群野蜂在你耳边盘旋。老娘放的这张碟，全是快节奏的曲子，《马刀舞》《颤抖的树叶》《拉德斯基进行曲》，在这种节奏里，除非神仙，一般人想睡懒觉，那是做梦。

睡不成懒觉米拉也不起来。他闭着眼睛假装没醒。他的伪装逃不过老娘的火眼金睛，一只温热的手抚摸着他的脸："眼毛动了，装什么相？"

"妈妈，困。我还想再睡一会儿。"

"睡吧。"老娘的手拿走了。但米拉知道，老娘不会把音响关掉。顶多把声音调小一点儿。教手风琴的翁老师说，对音乐的感觉是一点一滴积累起来的，有时间米拉你得多听碟。翁老师的话对老娘是圣旨。每天早晨，老娘的第一件功课就是到米拉的房间里来放音响。除了早晨这会儿，米拉没有时间听音乐。晚上睡觉的时候他得听英语。

这个早晨，米拉讨厌音乐。他想多睡一会儿。天天早起上学，好不容易到周末，睡个懒觉多好啊！米拉把被子拉过头顶，脸藏到被窝里。被窝里很闷，有一股隔夜的浊气。但在被窝里音乐声能显得远些，米拉希望再睡一会儿。米拉快要迷糊过去的时候，被子掀开了，有光亮，米拉还是睁不开眼睛。一股凉意让他忽然感觉膀胱胀得很。他闭着眼睛坐起来，下床去上厕所。一泡长尿放出去，再回到床上，被窝里已经多了一个人。是老娘。老娘一边抚摸着他的肩膀，一边说："你听人家拉的这首《颤抖的树叶》，再听听你自己拉的，有什么区别？"

这就是老娘的风格，一边跟你亲热一边批评你。没睡成懒觉的米拉很恼火，睁开眼睛嘟囔说："妈你自己拉个试试，《颤抖的树叶》可累人了，一会儿就膀子疼。"米拉说的是实话，连翁老师都说了，这种抖风箱的技巧不是一天两天就能练成的，每次少练一会儿，累了就去练别的。可老娘好像没听见翁老师说的话，每次都让他多练一会儿，练完琴的米拉膀子酸胀酸胀的，没有半个小时根本恢复不了。老娘总是一边给他按摩一边说："不吃苦能长琴吗？你看郎朗，能成世界著名的钢琴家，还不是从小刻苦？有时候他一天能练十多个小时呢！你才练多长时间？一个小时就喊苦？"

郎朗是中国琴童的楷模。人家爸爸，为陪儿子练琴，连工作都不要了。郎朗现在每年在全世界巡回演出，肯定也挣了好多好多的钱。郎朗小时候在米拉现在的这所小学读过书。头几天郎朗回国，校方邀请他回来搞活动，学校门口张灯结彩，氢气球高高飘扬，比六一儿童节还热闹。区里、市里来了许多领导，记者们的闪光灯晃人眼睛。米拉手拿花束站在欢迎的队伍里，一边喊着口号一边想，完了，这回老娘更有理由督促他了。现在，老娘不是按他预想的做了？

米拉不想听老娘说这些，钻出被窝，说："我不困了，我要起床。"

米拉起床看《儿童漫画》。米拉跟同学说过，长大了他要办天天都出版的漫画书，让小朋友天天快乐。现在的《儿童漫画》一个月才出两本，米拉看完一本就眼睛发蓝地盼另一本。没有新的，只好把过期的找出来。但是，老娘不让米拉多看漫画，还以明年不再订阅威胁米拉。没办法，米拉只好挤时间偷偷看一会儿。老娘看他又在翻《儿童漫画》，就说："别看了，吃完饭得去上琴课。"

"今天中午吃什么？"上完琴课，老娘通常会带米拉去外面吃饭，算是一种奖赏吧。老娘说了，琴课上不好，这顿饭就没了。老娘很生气："你怎么不问今天琴课学什么？光知道吃！哪顿饿着你了？！"

米拉不敢吱声了。

星期六是米拉上琴课的日子。

一年前第一次上翁老师的课，米拉就惹老娘生了气。米拉一见老师面，就问："老师，你是名师吗？"老师愣了一下，说："我不是名师。""真遗憾。""遗憾什么？""你要是名师，我自然就是高徒了，练琴也省劲儿了，不用像现在这样总挨我妈训。"老师说："米拉，你这名字好，一听就像搞音乐的。"米拉却说："老师，我这个米拉跟音乐没关系，我这个米拉是踢足球的，我爸说他特崇拜那个踢球的黑人。"如果就说说这些，老娘也许还不会生气。米拉话匣子打开，关不住了，告诉老师："老师，教我你得费点儿劲，我五音不全。""你怎么五音不全？""多来米发索拉西，老师你看我名字里是不是缺了五个音？"

上课了，米拉一会儿一提问，还跟老师犟嘴。老师讲民歌《小放牛》，告诉他："想象一下，夏天的早晨，田野里雾蒙蒙的，一个小男孩，去外面放牛，可能他还骑在牛背上，这种情景是不是很美？这首曲子你要弹得很抒情，很欢快！"米拉对老师的讲解不服气："老师，小孩给地主放牛，他怎么还能欢快呢？我看他不能欢快。""我没说是给地主放牛，你不会想象成是给自己家放牛？""那也不能欢快，小孩应该上学。再说，让小孩放牛，那不是童工吗？用童工非法，老师。""你怎么知道用童工非法？""我在电视里看到的。"米拉一个劲儿地说，他没看出来老娘在一边直皱眉头。刚一出门，老娘就训他："你傻不傻？咱们来上课是要交学费的，每一分钟都是钱，你不好好听老师讲课，辩论来啦？看你下回再这么多嘴多舌！"

米拉上琴课爱说话，为这事没少挨老娘的训，可米拉不长记性，今天，用老娘的话说，他又"犯病"了。

米拉背好了琴，老师说："来一遍《春节序曲》，看看你这周练得怎么样。"

引子没拉完，老师喊停："米拉我问你，你这周练琴没？""练了。""练了怎么上周的毛病一点没改？""我哪儿没改呀？我改了。""米拉你这种练琴态度不行。你得把过年的气氛表现出来，很欢快的那种感觉。你现在拉成什么样了？有气无力，一点气氛都没有，像有病的老头老太太过年。这曲子这么好听，你不喜欢？""喜欢。""喜欢为什么不好好练？""我觉得练琴没什么用处。也不能当饭吃。""怎么不能当饭吃？老师现在不就是靠琴吃饭？”“那怎么吃啊？手风琴能吃？琴谱台能吃，还是琴谱能吃？老师你净骗人！”

老师瞪了米拉一眼，一副想发作的样子，忍了忍，起身出去了。米拉的腿上挨了老娘一脚，不吱声了。老娘恶狠狠地说：“米拉，你不能把嘴闭上？你再说一句废话，今天中午别想吃肯德基！”

老娘知道什么话在米拉的身上能起作用。老师从外面进来，重新开始上课时，米拉一句话不说了。课上完了，老师帮他把琴放下来，问他：“米拉，你确实不喜欢练琴吗？其实你是个挺聪明的孩子，老师喊两嗓子，对你严厉一点儿，你就能对。你得端正学琴的态度。要不然，你妈在这儿陪你，你每天也花不少时间，你练得不认真，时间不是白费了？跟老师说心里话，喜欢手风琴吗？”米拉回头偷偷看一眼老娘，想了想，小声说：“不喜欢。”“不喜欢为什么要学？”“我妈选的。”“那你喜欢什么？”“我喜欢说相声。”“说相声有意思？”“有意思，能逗人开心，哈哈笑。”

从琴房出来，米拉不敢正眼看老娘。他用眼角的余光观察着老娘的表情，心里有些害怕。不用说，老娘肯定又生气了。不生气才怪。看来今天的肯德基吃不成了。米拉很伤心。

“米拉，今天中午你想吃什么？”出乎米拉的意料，老娘竟然先开口了。

“妈，你原谅我了吗？我以后一定好好练琴，上课不说废话。”

“你想吃什么？汉堡还是老北京肉卷？”

“汉堡，薯条，橙汁。妈我能吃圣代吗？”

“能。”

“我要草莓味的！妈，我以后一定听你的话。妈，今天晚上回家我想再练一会儿琴。”

“好孩子。”

“妈，我以后一定少惹你生气。妈，你以后也一定要少生气。你生气的时候不好看。”

“是吗？”

“是。妈你生气的时候像个老妖婆似的。对不起妈妈，我又惹你生气了！”

在肯德基，米拉和老娘坐对面。米拉吃，老娘看。老娘说她不爱吃洋快餐，待会儿她去吃刀削面。老娘坐了一会儿，忽然问：“米拉，你听现在放的是什么曲子？”

米拉停止咀嚼，侧耳听了一会儿。肯德基里很吵，他们的位置正好挨着游戏区，有两个小男孩一边打着滑梯一边欢呼。隐隐约约地，米拉听出来好像是《蓝色多瑙河》。米拉以前练过。米拉说对了曲子的名字，老娘的脸色好看了些。老娘说：“米拉，不是妈对你太严厉。你想想看，上一堂课的学费，够你吃两顿肯德基的。你不好好上课，那不是把肯德基丢了？”

米拉用舌头舔着流到手指头上的番茄酱，心里很疼。不认真上课就等于丢了两顿肯德基，如果这样联想的话，米拉心里能不疼吗？两顿肯德基啊！

吃过晚饭，老爸喊米拉下楼踢球。米拉看了一眼坐在沙发上不说话的老娘，说：“我答应我妈要练琴的。”

“今天不是上琴课去了吗？上课这天可以不练琴，我给你求情。我说，行不？”老爸冲老娘喊。

老娘一点面子都不讲，鼻子里哼了一声，说：“米拉，该干啥干啥去，听到没？”

米拉看一眼老爸，做个鬼脸：“听到了。”

米拉要去练琴，老爸不乐意了：“我说，你能不能给孩子点儿自由的空间？让他下楼踢踢球，活动活动胳膊腿儿，不行吗？孩子整天圈在屋里，太可怜了。”

老爸这话听起来有点打抱不平的意思，老娘也不乐意了：“你眼睛里就只有足球！练琴不也是一种活动？”

“两码事儿嘛。再说，米拉长大又不当音乐家，非得逼他练琴干什么？”

“练键盘乐器大小脑协调好，可以促进智力发育，你说练琴有没有用？”

“我就不信爱迪生小时候练过手风琴。”

“请你不要当着孩子的面吹冷风好不好？冰天雪地的，愿意踢球你自己下去吧。”

老爸给米拉求情不成，冲着儿子挤挤眼睛，真的自己抱个足球出去了。没办法，这个家，他不是一把手。

米拉只好去背琴。又是《春节序曲》。老师说这首曲子要欢快，过年了么。米拉努力在自己的脸上做出欢快的表情，被老娘一声断喝，欢快的表情马上消失了："米拉你怎么回事？让你把曲子拉得欢快一点儿，你把脸上的表情做得那么欢快有什么用？用旋律表现出欢快，不是用你的脸，明白没？"

"明白了。"

"明白还不快练？"

米拉眼睛看着琴谱，心里却在想着正在楼下踢球的老爸。米拉其实也不喜欢足球，他觉得大家抢一个球踢很野蛮。但是跟练手风琴比起来，米拉倒宁愿去踢球。至少逃出了老娘的监督吧。老爸倒是自由了。看来还是长大了好。米拉正这样想着的时候，肩膀上又挨了一巴掌："你想什么呢你？这段反复哪去了？说说，你在想什么？把琴放下，今天不练了！"

放下琴，老娘和米拉躺到床上说话。老娘说："米拉，说心里话，妈妈很伤心。你可能不理解妈妈为什么非得逼着你练琴。妈妈跟你说过，练琴能使一个人更聪明。而且音乐是所有艺术里最高级的，它是一种世界性的语言，不管你走到哪里，可能语言不通，但只要音乐响起来，人人都能理解。"

"既然音乐这么好，妈妈你怎么不练琴？"

"妈妈小时候家里穷，买不起琴，也交不起学费。"

"我懂了妈妈。我一定好好练琴。妈妈我以前错怪你了。"

"错怪我什么？"

"我练琴的时候你对我那么狠，我以为你是我的后娘呢。不都说后娘对孩子狠吗？"

"傻孩子，后娘对孩子狠是不给他们好吃的好穿的，哪有后娘逼孩子练琴的？"

"我明白了妈妈，你还是我的亲娘啊。莫扎特他爸也逼他练琴，还把他关在屋子里不让他出去呢。莫扎特的爸也是亲爸。妈妈我今晚不想听英语，你给我放莫扎特的音乐好吗？"

星期天的早晨，米拉是在吵嘴声中醒来的。家里就三口人，还能是谁在吵？老爸昨晚看足球，看完英超看德甲，看完德甲看西甲，一直到后半夜米拉起夜上厕所，电视还开着。老爸看球看累了，早晨不起床，想睡懒觉，老娘掀了他的被窝：“不是说好今天带米拉去森林公园吗？你这人怎么这么肉？”

老爸觉没睡够，不愿意起来：“你让我再睡一个小时行不行？觉不睡好，我开车你们敢坐？”

米拉又有事干了。老娘说：“米拉，趁你爸睡觉，咱们再练会儿琴。”

米拉说：“不公平，我爸睡懒觉，我却得练琴，大人小孩不是一个待遇？”

老娘的眉头锁着，一脸的不高兴：“昨晚谁跟我表态来着？睡一宿觉就忘啦？”

米拉昨晚说过什么，他没忘。不过米拉说他不舒服。老娘过来摸了摸他的头：“怎么这么热？发烧啦？”

米拉知道，老娘最怕他发烧。发烧就得打吊瓶，打吊瓶老娘就得耽误工作，耽误工作就得扣奖金，这些米拉都知道。米拉还知道，自己根本没发烧。他只是把额头放在暖气片多烤了一会儿。暖气那么热，米拉的头能不热吗？

老娘要带米拉去医院，米拉说：“妈，带点药得了，也许我一看见雪就不发烧了。”

米拉把自己的秘密告诉还赖在被窝里的老爸，老爸一下子从被窝里钻出来，大声嚷：“我说，咱们赶紧走吧，我睡好了！”

森林公园在郊外，那里有一座野生动物园。暑假的时候，学校组织夏令营，米拉跟老师和同学去过。野生动物园里有老虎，狗熊，还有大象。坐在观光车里，动物们在车前车后走来走去，甚至把鼻子贴到观光车的玻璃窗上，很刺激。米拉只是想不明白，从来不喜欢出去玩的老娘，大冬天的怎么忽然张罗去看动物了？

米拉的疑问很快就有了答案。老爸开车，米拉和老娘坐在后排座。老娘说：“哎，你把那张《手风琴曲库》的碟放上。米拉，待会儿到动物园，你要认真观察狗熊的一举一动。”

“为什么？”

“翁老师说，下周要教你《熊跳舞》。是一首二重奏的曲子，翁老师跟你和奏。”

“原来是醉翁之意不在酒。我说老天爷怎么开恩让我们爷俩出来透气。”正开车的老爸回头揶揄。

米拉家的惨剧，就发生在老爸回头的那一瞬间——

一辆满载客人的旅游大巴，从对面拐弯处猛地冲了过来。从米拉的角度看，那辆大客车简直就是冲着米拉一家三口人撞过来的！

在米拉的惊呼声中，老爸猛地向右打轮，躲过大客再往回打轮时，路面太滑，小轿车一头栽进路边的积雪之中。

一家三口，受伤最轻的是老娘，其次是老爸，他们受的是皮肉伤。米拉的伤势最重。米拉没系安全带，左臂骨折，住进了骨科医院。

现在，米拉不但练不了琴，连学都上不成了。老娘请了假天天护理米拉，米拉心疼地问：“妈，你不去上班，是不是要扣工资？那我们还有吃肯德基的钱吗？”

老娘的眼睛里含着泪水：“米拉，你这孩子，都什么时候了，还想着吃？妈妈恨不得替你受伤，还在乎那点儿工资？生命和健康，比工资重要多了，你说是不是米拉？”

米拉点了点头。夹了石膏的胳膊，非常难受。米拉咧了咧嘴，老娘看到了，说：“米拉，你看妈妈给你带什么来了？”

“《儿童漫画》？”

“不是。看那种书你总笑，对伤口愈合不好。我给你带来了CD随身听，你听听，全是手风琴曲子。烦的时候解解闷儿吧。”

“妈，你愿意听我心里话吗？”

“你说吧。”

“妈，我现在心里有些矛盾。我想早点出院，好能出去玩，跟同学们在一起。可一想到出院以后还得练琴，我又想，干脆我这手别好了，那样我妈就没法让我练琴了。”

米拉说完，暗自得意地观察着老娘的表情变化。

他看见老娘的嘴张得像一个大大的O，O里面黑洞洞的。

唉，亲爱的老娘，接下来她会说什么呢？

桥栏上的舞蹈

A

去菜市场的路上，苏点点被桥上的女子绊住了。

一个轻生者。秋风鼓起长发，像黑色的旗帜。

随时可能投身桥下。长发跃跃欲试，仿佛在前面探路。

小轿车、面包车、公交车，一辆，再一辆，唰唰唰唰，呼啸而过。轻生者不回头。

没有一辆车停下。

桥上的风景很好。当初选房子，恰逢端午。从城里出来，河南岸大片养眼的新绿，以及刚刚拔地而起沙盘般整齐干净的楼群，构成了与拥挤老城不同的景致，让她长舒一口气，让她发现，多少年来，原来自己胸口上一直有块石头压着。从前，过河南岸的新城买房，很多人是投资，实际入住的不多。文化人聚居的艺术家园，刚搬来那两年，晚上亮灯的，没几家。最近几年才渐渐热闹起来。新开发的楼盘，生活设施不配套。文化单位，有点穷庙富和尚的意思——团里的人，在城里有各种各样的营生，收学生开班教课，走穴演出，各有各的道行。学生和演出场所基本都在城里，住河南岸，学生过来不方便，收入必然受影响。有的家庭，还涉及孩子上学问题。转学不容易，要花钱，这边学校还没配套，好学校少。这算近忧。如果远虑呢，1998 年发大水，南岸大片的稻田地，包括他们现在住的这地界儿，全淹了。这种事，哪怕百年一遇，还是不遇为好。

但，房价是真便宜。

因为地价便宜。没有实权缺少钱的单位，集资建个房，好地方能轮上？这就不错了。这是最后的机会，以后集资建房也不可能了啊。

房子的缺点是住出来的。公交车不配套，买菜也不方便。南岸有小市场，青菜不如北岸新鲜，品种也不全，价钱还贵。家庭主妇苏点点，每周末过大桥去北岸买菜。

骑自行车。一次买足一周。有冰箱真好。

不上班以后，时间不是问题了，一大把一大把的。走路过去，两天去一次，一次不买多，拎着不沉，就当练功了。虽然，早已经不用上台表演了。歌舞团转企，够三十年工龄，或者到了五十岁的，都可以退休。老了，退休不是坏事，可以拿着事业单位的退休工资，一级演员，退休金正经不低呢，比上班时开的还多。有好几年，单位开不了全资，百分之六十。那叫惨。最苦的，是那些三四十岁、不够退休条件的，上不上下不下，想退休也退不成，想离职又下不了决心，就是离职了，其实也未必能干好别的。唱歌跳舞、吹笛子拉弦，从小学的这个，不靠这个吃饭靠什么？正是拖家带口的年纪，难。更年轻些的好办，二十多岁刚入团不久的小丫头、小小子们，正值当跳的年龄，只要功夫好，在哪都能吃碗饭，可能吃得还不错。跳舞是吃青春饭，年轻时你没挣到名、没挣着钱，再没有别的本事，那就甘于普通人吧。

万幸，女儿不用靠跳舞为生。

一般她很少在桥上停留。风景这东西，像团里的女演员，台下观众觉得神秘，掌声、鲜花，风光无限，一旦你身处其中，你就是一分子，所有的难事、囧事、想哭的事你都知道，同时在感受，那你就不会觉得神秘了，也很少再会有兴致去天天咂摸。别的不说，就女演员的脚，哪个不是七扭八歪、伤痕累累？没伤病过的有吗？台下观众看的是舞姿，是胸脯、脸蛋儿、胳膊腿，谁会往脚上看呢？呵呵，舞蹈演员的脚其实难看得很，变形了呀。苏点点夏天从来不穿露脚趾头的凉鞋。

从桥上匆匆经过，不敢在高处多站。

老刘说她有恐高症。

但是，这个上午，苏点点刚走上桥不久，不得不站住了。不看风景，盯着桥上的那个女子。女子站在桥中间，靠西边；苏点点在桥南头，靠东边。她看到的是女子的侧背影。桥上偶尔有人来回走动，一般情况下，很少有人在桥上长时间停留。从远远地看见桥，就见到桥上有个小人影儿，一直到了桥头，人影儿更清晰了。那个女子，粉色上衣，白色长裤，留着飘飘长发。桥上的风很大，她的头发在动，在秋风中飞扬，给苏点点的感觉，有着一头飘飘长发的这个女子，好像可能随时从桥上跃身而下。

桥离河面，有三十多米的距离。潺潺流水，深不可测。秋天的大太阳，把河面照耀得金光闪闪，俨然一条金河。

心一下子被什么揪了起来，很疼。站在桥的这一边，这一头，她不敢再往前走。想起很多年前，那个叫苏点点的年轻女子，曾经有过那些悲壮的时刻。在悬崖边。生与死之间，只隔着纵身一跳。山上游客缕缕行行，挤着往铁链子上系连心锁。没有人注意她站了很久，两手空空。不止一次，想过要纵身一跳。跳啊！跳啊！只需轻轻一个翻身。对她而言，这样的跨越易如反掌。她能轻松翻过去的栏杆，还要高得多。

下决心往下跳，不那么容易。

死是不容易的。

活着更不易。

舞台上的 A 角，跳不上就跳不上了吧。如果因为不能再跳 A 角就去跳崖，那这个世界上人口会减去多少？她认为自己比那个 A 角好得多，别人也这样认为，但你就是跳不上 A 角了。甚至连 B 角都跳不上了。这就是命运。命运无处不在。就像那些连群舞都跳不上的，因为业务不行，早早离开歌舞团，转行去做行政，当资料员、打字员，成了公务员，多数人当上了处长、副处长。也有的早早就跳不动了，去音乐学院或者师范学院的舞蹈系教学生，现在也都是教授、副教授，带着研究生，职业寿命比她们这些跳得好的长得多。她们这些当年经常上台的，业务尖子，没到三十岁开始走下坡路，四十人老珠黄，五十刚过，一刀切，集体回家歇菜了。看看杨丽萍，人家能跳这么大岁数，还能上春晚，出风头，你就只能退休。有地方说理吗？去哪儿说？

自从退休，晚饭后去河边散步，苏点点从来不去街心广场。纯心绕着走。一年四季，一群花里胡哨的中老年妇女在那儿跳僵尸舞。她懒得看见。不艺术。音乐和舞姿都不艺术。曲子俗，歌词也假。难为她们天天听。

在桥头站住，不敢再往前走。怕惊着粉衣女子。纵身一跳，有时候就差外界的轻轻一推。你不知道那一推是什么。也许就是一句话，或者一个眼神，一种味道。在悬崖边，终于没有那一推，所以她悬崖勒马，回来了。死是不容易的，需要勇气。

集资建房选楼层，别人往高处走，据说可以看见河景，她却选了一楼。一楼有个小花园，可以种花、种菜，但这不是她最初的想法。她没下过乡，没种过地，不知道怎么种，也没兴致种。就是不想住在楼上。站在高处，她怕自己忍不住，哪一天还想往低处跳。住在一楼，无处可跳，跳了也没用，还没有舞台上的托举距离地面远呢，只能踏踏实实在地面上站着了。

粉衣女子，还在那儿站着。

她悄没声往前走，像一个漫不经心的过客。不敢走快，怕惊着女子，成为轻生者的轻轻一推。其实中间隔着四条车道呢，人家也压根没回过头。从桥头到女子站立的地方，她好像走了十年。她希望这个过程中女子没有扭头看她，这样，就有机会在接近的时候一把抱住她。童子功，动作快、敏捷，苏点点相信自己还是能够抱住她的。然后，劝她，让她先离开大桥，让她了断轻生的念头。

人生没有过不去的坎！

女子仍旧没有回头。

现在，苏点点和女子之间，只隔着四条车道。车流不断。桥上没有斑马线，想马上过去只能违章。她是个规矩人，习惯走斑马线、红绿灯。但在轻生者面前，斑马线、红绿灯算什么？什么都不是。

趋步，大跨。一着急，不知不觉想迈舞步，好在有收敛，没把动作全做到位。腿脚还利索。大红的衣裳，在车流中，与平常人走路不同的表演性很强的夸张动作，格外抢眼。一辆奥迪 A6 在她经过时放慢速度，司机在车里给她白眼，也许是在说：精神病啊？也难怪招人骂，正常人谁这么走路？大多数车，速度依旧，呼啸而过，见惯了横穿马路不要命的司机们，连白眼都懒得给她。

过到对面，离轻生女子只有一米远。没站到她身后，和她并排站立。

她的红，和轻生者的粉，像两朵并开的花朵，在秋风中、在桥边，鼓鼓荡荡，随风怒放。车在她们身后唰唰唰，基本都在七、八十迈。她们是司机眼中的风景吗？

她侧过脸去看女子。也就三十多岁吧？多年轻。像她站在悬崖边的岁数。女子并不看她，忽然双手拄到水泥栏杆上，身子前倾，头往下抵，苏点点心快跳出来了，一个跳跃窜过去，抱住了女子的肩膀！

女子哆嗦了一下，扭过头来。

苏点点看到一张已经不年轻的、泪流满面的脸。

B

媳妇出门时，老刘正在院子里端详向日葵。歌舞团的舞美，年轻时络腮胡须，长发飘逸。台柱子看不上他，台柱子嫁的人一般非富即贵；跳群舞的，倒颇有几个对他青眼有加。几个小姑娘，其实长得都不赖。他在其中挑了最安静、最不爱说话的一个，和她生了一对双胞胎女儿。女儿长大了，天仙一样美，一个居旧金山，一个留在墨尔本。千呼万唤不回来。多少次说邀请爸妈过去长住。他们不去。一个跳舞的，一个画舞台背景的，就会说“叶斯”“闹”“固的白”，去当哑巴、聋子吗？

退休了，在家画画。当年读美院，是想做一个画家。命运安排他画了半辈子舞台背景。再不用为舞台操心，不用为领会导演意图劳神了，不用看团长指指点点了，为什么不画自己的东西？舞台背景画什么样，他自己说了不算；就是最后画好了，也在灯光的调节下忽明忽暗，观众连导演都可能不知道是谁，只关注主演，更别说舞台美术是谁了。只有自己的画，才是属于你自己的东西。

他喜欢山。天气好的时候，他愿意带着画具去本溪大山里写生。住老乡家里，花不了几个钱，还可以呼吸新鲜空气，吃绿色食品。春天的野菜，蕨菜、刺嫩芽、大叶芹，夏天的瓜果梨桃，秋天的苞米、板栗，都是他的最爱。也省得天天在家听媳妇嘟囔了。那个不爱说话、文文静静的小姑娘，什么时候变成碎嘴婆了？最近一段时间，还爱跟他闹脾气呢，只要他一整理画夹子，说出门写生，人家就跟他摔脸子，话里话外，说他在外面“有情况”了，不知道跟哪个小妖精钻老林子呢。他笑说你应该去医院看更年期。要不你跟我一起钻老林子？她不去。没下过乡，也不想下乡。怕蚊子、怕蛇，对住老乡家里没法上水冲厕所表示无法忍受。

她出去时，没告诉他。大铁门咣当响了一声，他以为她是出去倒垃圾。他在小花园里，支了个画架子。一直没想好怎么下笔。种了一园子向日葵，不为吃瓜子，为那种感觉。想一想那个凡·高。人家没有工资，没有退休金，没有会跳舞的老婆，没有双胞胎女儿，可人家画出那么让人痴迷的向日葵。生活上要知足，艺术上要不知足。当年一起学画的大学同学，说他退休以后有进步。这么多年做舞美，把你坑了！他笑笑，不接话。就当人家是在安慰咱一个退休老头儿吧。其实，仔细想一下，咱也不算老哇。没到六十岁的男人，在歌舞团浸泡了三十多年，举手投足，言谈话语，一身的歌舞团范儿，走到外面，艺术的味道挡不住往外冒，还是有回头率的，也就算个年纪大点的老小伙儿吧。至少唬唬那些大龄未嫁的女青年没问题的。哈哈！

他准备画向日葵。他把小花园里的向日葵照片晒到网上，墨尔本的那个就说了，要老爸一张水粉。那他得画两张，给旧金山的那个也备上。双胞胎就这样，只要一个人张了嘴，另外一个即使没说，想法也差不多，早晚得找上来。

太阳高了，向日葵稍稍抬起头。他能看出向日葵转动时细微的动作。看得眼睛花。口渴，肚子也饿了。平常，他在院子里待久了，媳妇会给他续铁观音。进屋里去找热水。饮水机热水竟然没打开。走遍三个房间和客厅，没发现媳妇在哪儿，道一声京白：“点点，你在哪儿呢？”

人生的荒谬，处处不在。俩孩子小的时候，他们只有一个单间，家里没有孩子的空间，狠了心把他们送去住校。住进大房子了，孩子们却不回来，看都懒得看一眼。

查看了两个卫生间，还是没发现媳妇的影子。莫非又去买菜了？买菜也不能这么长时间不回来呀，已经中午了！他拿起电话拨她的手机号，手机在客厅沙发上欢快地唱着《大红枣儿甜又香》。她小时候学舞时跳过的一支曲子，《红色娘子军》最有名的一段。出门时落下的吧。这个人，现在经常丢三落四。他在沙发上坐了几分钟，心里忽然阵阵慌乱。抓上一顶帽子，他也出了门。

她经常走的那条路，他知道。无非就是买菜呗，东张西望，东挑西拣，磨磨蹭蹭。女人进市场都这样。但万一是别的什么事情呢？有那么几年，她爱出去旅游。国内的大山，让她去了个遍。女儿从小住校，不怎么用她管。没有演出，闲着也是闲着。连西藏都让她去过了，连珠峰大本营都去过，就差珠穆朗玛峰了。还不让他跟着一起去，连旅游团都不跟，就自己背个包瞎跑。不吱声、不吭气，犟，纯粹一头母驴。他甚至以为她是在外面有情况了。果真那样，他也拦不住。仔细观察，又不太像。她这个人，不爱说话，不爱跟人用言语交流，年轻的时候，他以为那是文静、腼腆，后来他琢磨，那也可能就是性格有问题。别是抑郁症啊。有一次他壮起胆，说陪她去医院看抑郁症。她一个星期没理他。现在她变啰嗦了，爱唠叨，听上去烦，但他心里踏实多了。

家里半天没人唠叨，他心慌。不踏实。抓上帽子，出门去找。锁门的时候，特意摸了下兜，检查一下带没带上速效救心丹。自从团里的灯光在北陵公园晨练心脏猝死，他们这帮年龄差不多的，都揣上这个了。互相提醒。有备无患。价钱不贵，关键时候救命。世界上最心疼你的，就是你自己。老天爷收人，不光收年龄大的，还收那些心情不好的。灯光的媳妇也曾在团里跳群舞，跟灯光闹离婚，分居两年多。败家娘们儿，这下好，彻底分居，阴阳两界了。

秋天的太阳很好。中午了，有些晒。秋傻子晒死人。应该找一个有大片向日葵的地方去看看。黑龙江那边产瓜子，那边能找到大片的向日葵。地广人稀，有农场啊。准备给女儿画的向日葵迟迟动不了笔，也许因为家里的花园太小了，找不到凡·高的那种感觉。大片的向日葵，像森林一样，在秋阳的照耀下，才会有那种燃烧的、扭曲的感觉吧。水粉和油画的表现不一样，还是得琢磨。

但愿老太婆会放他出去，别再唠叨什么跟小妖精去钻林子。没权没钱，身上就剩下那点所谓的艺术气息，小妖精就肯跟你去钻林子？太有想象力了吧？太把艺术看值钱了吧？

心跳加快。他在桥头站住了。大桥中间，一红一粉，两个小人儿，紧紧挨着，像抱在一起，在蓝天下格外刺眼。尽管离得还很远，那红色的衣裳、红色的身影，他太熟悉了。苏点点喜欢红，从年轻穿到老。身材还没变形，苗条。那个粉是谁呢？肯定是个女人。在一起过了多半辈子，他知道苏点点是喜欢男人的，没看出来她有别的倾向啊。那么，出了什么事情呢？那个小粉人儿，她是谁啊？！她们在说什么？站在大桥中间，多危险啊！

他让自己稳了稳神，向着大桥中间跑。一辆帕萨特摇下副驾驶的窗玻璃，司机速度放慢，朝他吼：老头儿，别在桥上跑马拉松啊，疯啦，多悬哪！

他没听清人家说啥。继续跑。

C

中国人爱说：一江春水向东流。

这是经验之谈。

中国的大江大河，大多从西向东。黄河、长江，都是。水往低处流。西高东低啊，地势如此。而她脚下的这条河，却从东向西。浑河再往下走，汇成大辽河，从营口入渤海。大的趋势，是从东北向西南。在中国的河流中，这种走向极特殊。河流也有看上去不按常规走的时候。

就像他们的生活。

让她心痛的消息，是从网上看到的。没有人打电话通知她。除了那个人，还有别人知道她是他生活中的存在吗？那个人，在夜深人静的后半夜，穿着昂贵的名牌西服，投身于她脚下的这条河。报纸上的说法是：抑郁症。

她不相信。那么聪明能干的一个人，家大业大，呼风唤雨，生活优渥，怎么会得抑郁症？！

跟他在一起的时候，没看出来他抑郁。挺开朗的，甚至可以说过分爱笑。从来没见他拧眉头。那时候她年轻，不懂事，糊里糊涂的，跟他走到一起去了。后来才知道，他有老婆，有孩子。跟他闹呗。当然是想嫁给他。我一个大姑娘家，你不给我名分算怎么回事？

他说，不能离婚。影响生意。不可能。

她不想影响他生意，但也不甘心就这么维持现状。那些比你更有钱更有地位的，都是没离过婚的吗？扯淡！就说你是在骗我好不好？！

拉锯、协商。最后他许诺她：只要你不提结婚的事，你想怎么着都行。

那就供我念书。我离开远远的，再不会对你产生影响。我走！她申请了一所美国的大学，读研，接着又读博士，摆出了一辈子读书到底的架势。她家里穷，供不起她出国留学。你不稀罕我，我走。不想再受折磨。曾经的读书理想，因为遇见他而实现了。但这不是她当初预想的。人生不知道在哪拐弯儿。当初考上公务员，家里已经乐疯了，她自己也乐疯了。那是她三年备考的结果啊，赶上范进中举了。没想到有一天她会自己提出来辞职，一竿子跑美国念书，还不回来了。

在外面读书，他按时把学费、生活费打给她，从没拖延过。也想把他忘掉，却怎么能忘掉呢？有时，甚至还非常想念他。她的身体。

了解他的行踪，不难。各种门户网站上，经常可以查看到他的行踪消息。又到哪儿投资了新楼盘，讲了什么观点。他是财经记者追踪的对象。建筑学出身，盖房子应该算他本行吧，做得好，不意外。曾经设想，博士毕业时，让他来趟美国。参加她的博士典礼，见证一下。虽然仍旧没有结婚，仍旧没有男朋友，但她不会再缠着嫁给他。婚姻这事儿，水到渠成，勉强不得。工作已经找好了，到西海岸的一所大学去教书。一个农村出来的丫头，能站到美国的大学课堂上讲课，她知足。

说到底，得感谢他。他让她看到了外面的世界。

发了邮件，他挺长时间没回。一个月以后，回了简单的两个字：再说。

再说。既不是肯定，也不是否定。那是他留给她最后的字。比他此前跟她说过的所有的话都更让她在意。有禅机。再说——什么时候说？在哪儿说？说什么？对谁说？说还是不说？在飞机上，她一遍又一遍琢磨这两个字。每一个字对应一行泪水。

天下人都知道了那个结果。一个晚上，后半夜，他出家门，到小区门口，打了一辆出租车。衣冠楚楚，却跳进了浑河。

黄河洗不清的，浑河能洗清？

看到这个消息时，她正在安大略湖旅行，犒劳自己这么多年辛苦读书、终成正果。晚上睡不着，上网，这样的消息让她痛哭一晚。订了第一时间回来的机票。下飞机，才想到自己不知道应该去找谁倾诉。当年短暂工作过的单位，有三两位偶尔还有联系的同事，他们能够告诉你的消息，还没有网上多。他是一个有争议的人。生意场上，竞争激烈，得罪过人，也没什么不正常。不正常的是，临走之前一个月，他跟一家有过来往的私营老板借了五百万，提的现金，给人家打了收据。五百万呐！据说这笔钱下落不明。他的家人，不承认知道这笔钱。

作为一个有钱的已经决定了要去投河的人，他要那么多现金干什么?！

最后一次给她学费，是在一年前。她在邮件上回复他：去向已定，我可以自立了。

他一个字都没回。

他们偶尔通电子邮件，说事，不提钱。彼此都明白意思。他们之间，一直都有类似的默契。

站在桥上，曾经的怨，变成了对自己的恨。那五百万，跟自己有没有关系？如果当年不是自己逼婚，他是不是就不用跟别人借五百万了呢？这五百万，是不是压倒他的最后一根稻草？那么大的家业，五百万应该只是九牛一毛，为什么在最后时刻瞒着家人借钱?

如果真是抑郁，她是他抑郁的原因吗？哪怕只是之一?！

当年，她心里想的，只有这个：让你骗人！让你不离婚！

找到他媳妇的手机号。电话打通了。她说自己是他的校友，在美国留学，刚回国，想见见她。人家回绝了。对不起，我不认识你。冷冰冰的声音，有些沙哑，但听不出来悲伤。听不出来她长得什么样儿。听说她是一个官的女儿，长得不漂亮。他这个人，低调，对家人有保护意识，不让他们在媒体前露面。她在网上，没搜到过他媳妇的照片。

报纸上说，家里人知道他抑郁，曾经轮流看护他。

果真如此吗？到底没看住?

想知道他投进了哪一段河。总得让她有一个祭奠的地方吧？报纸、网上，都没有透露。语焉不详。

叫了辆出租车，到桥头。如果在桥中间停，司机再傻，也不会放她下来的。听说，最后载他的那个司机，还受过警方传讯。何必耽误人家拉活儿挣钱。从桥头走到桥的中间，不过三两分钟。

他们曾经一起经过这段桥。那年冬天，去三亚。从机场回城里，并排坐在车后座。还记得他身上的那种气味。

桥上的风，很大。如果风能洗净罪恶。如果水能带走悔恨。她也可以纵身一跳。

站在桥上，看河水向西而去。老家就在河水流去的那个方向。她还没回去看一眼。家乡人看她是衣锦还乡，她真正的内心，谁知道？那个跳进河水的人，其实她对他也根本不了解，是这样吧？他的内心，到底有过什么、承受过多大的压力？难道就不能对她透露一点点？难道她不配替他分忧？世界上最神秘的，既不是百慕大三角，也不是马航 370 最后的去处，而是无数人无数种心思，幸亏大多数死去的人都会把心思带走，要不然人心会让世界爆炸，不是吗？！

站累了，她想趴到栏杆上，让自己休息一会儿。

旁边一个女人，冷不防跳过来，紧紧搂住她！

把她的眼泪吓没了。

她们在一起说话。有个陌生人可以说话，挺好。揩干眼泪，告诉红衣女人：她生活在海外。从小在浑河边长大，很多年没回来过了，也许以后也很少能回来。她只是来跟这条河告个别。

红衣女人说，她曾经是个舞蹈家。她有个女儿在旧金山。还有个女儿在墨尔本。都好几年没回来了。

她们并排站着，一起看河。这一带的河水，无浪，宽阔，可以行驶游船。如果不看周围的环境，你判断不出来这是一条什么样的河流。站在桥上，从上往下看河水的时候，不要长时间盯着一片水面看，要偶尔抬头换换视角，要不然，容易头晕。

头晕就容易栽下去。

很久以后，一个清瘦小老头跑过来，给红衣女人扣上一顶草帽，啰里啰嗦，嗔斥她：这么长时间在太阳地里晒，你抹防晒霜了吗？小心又过敏！

他们一致请她去家里喝茶。他们说家里的院子种着向日葵，很好看。

她迅速挤出一点点笑，谢绝了。

他们并排离去的背影，让她又想起那两个字：再说。

我们的疼痛

有啥别有病。病了，就真别硬挺。得正确面对。该住院、手术别迟疑。

理儿是这个理儿，但大夫宣布收我住院时，我心慌慌，嘴还属鸭子的：这就让我住院啦？没有心理准备啊！我回去准备一下，明天来行不？

女大夫手里两张彩超单子反复对看，面无表情：你看你都流血块了，上次的增生是1.1厘米，过一周，你口服止血药一点用不顶，还变成2.1了，越长越厚，什么时候流完？流那么多血，我怕你时间长了感染、贫血，住院可以化验一下病理，看看到底因为什么增生。你不是有医保吗？你住院治疗比看门诊划算。

大夫说的表面听是好话，为我好，但话里面藏着杀机，让我心里哆嗦。我在网上反复查过，我这病状，严重的就是那个谁都忌讳的——癌。嘴属鸭子，心已经软了，腿早已经快抬不起来了。我不再跟大夫说话，把大夫唰唰唰写好的住院单和手里的病历本、医保卡塞给伊糖：走吧，住院去吧，办手续去吧，对不起你，我以为不用这么麻烦你呢。

我对自己的病有不好的预感。伊糖是我大学同学，在这个城市里，是我还能信任的几个人之一。上午我打电话，她那边急够呛：你怎么不早说？你还等什么？八抬大轿去请你啊？！赶紧的，上医院。你拿上医疗本、医保卡，打车过来接我。我陪你去。

她知道如果住院手术的话，我可能找不到签字的人。她可以冒充我姐，就像我冒充过她妹。

女人这辈子，不容易。一个月一次这事儿，小时候，你比别人来得早，那是早熟。晚了，也是病，发育不正常啊。看妇科病，大夫忘不了问的一句话就是：你几岁来的？我现在的毛病是，那个事儿，赖着不走了。第七天还有的时候，我已经心里打鼓了。第八天，我郁闷了。第九天，我害怕了。第十天，我心里说，你再不走我得看大夫了。第十一天，处长临时派我出个公差去北京。等我陪着北京人民一起呼吸了几天雾霾回来，讨厌鬼已经陪我半个月了。我借口出差太累，跟处长请了一天假，去医院看病。

上次初诊，大夫让我做彩超，验尿，然后给我内诊，开了一周止血药口服。医嘱一周后如果还不止，马上过来复诊。回家以后看交费单子我才反过味儿，验尿那项看的是怀孕没。已经多长时间没男人碰了，怀的哪门子孕？！又不是圣母玛丽亚！我在心里骂大夫无良，为多挣钱，乱开化验单，我哇哇淌血呢，怎么可能怀孕！交试管时，小护士皱眉头：你那个了吗？大夫知道不？我当时回答她：我就是为这个看大夫的，大夫怎么可能不知道？小护士请示旁边一个领导模样的白大褂，那人扫了一眼化验单，说：验吧。

好吧，我阴性。没怀孕。怎么可能！

这次复诊做彩超，排队时，我把初诊经历当笑话给伊糖讲，伊糖眼睛瞪我：没你想的那么阴暗。估计大夫是想排除宫外孕。宫外孕也可能导致出血。

伊糖她娘是曾经的妇科大夫，伊糖小时候经常在妇科病房跟大夫、护士们厮混，她这样说，估计是有根据的吧。

我人病多疑，想多了？

复诊的结果，大夫说需要做病理，我得住院。

办完住院手续，换好病员服，大夫、护士轮番登场。告诉我：可以马上手术，但不能打麻药。周五，还下午了，麻醉师下班了，如果你想打麻药，就得等下周一。我用眼神咨询伊糖，伊糖把头扭到一边去，不看我。过了一会儿，小声嘟囔：你自己决定，估计就是疼不疼的问题。你掂量一下你自己能不能忍住吧。

我问大夫，是不是比生孩子更疼？自己生的那种，不是打麻药手术剖腹。大夫说，应该差不多吧。我心里酸，还疼，但大夫的话坚定了我的信心。牙一咬，做吧！

早好早利索。让大夫一说，我对病理这事儿还真上心了。万一中大彩呢？那我得重新做后半生规划呀。

量血压，验血型，做心电图。挺吓人的。

伊糖给我手术签字。护士问她是我什么人，她顺嘴溜达一句：爱人。白大褂们一齐扭头，她伸下舌头，正经道：我她姐。

好吧，我就不详细说怎么手术的了。我只能说我很疼。生女儿是十八年前的事情了，我自己生的，我记得很疼。但我得说，一般情况下，生孩子的疼女人能够忍受。那种一阵一阵的疼，疼，疼，疼！快挺不住的时候，又不疼了。然后再疼。周而复始，等你实在挺不住了，想说粗话、骂那个让你怀孕的男人，骂天下的男人，想让医生无论如何给一刀吧，赶紧把孩子拿出来吧，那个时候，通常孩子也该生下来了。所以我说，造物的伟大处处能够体现，让女人生孩子只是其一。但人是渐忘的动物，当我已经忘了具体的疼而只记得抽象的疼时，具体的疼又来了。大夫说得没错，跟生孩子差不多，很疼，很疼，只不过，生孩子时是阵痛，疼一阵还能歇一阵，身子疼，你心里却是甜的，因为有一个新生命乃至新生活在等待你，而眼下的疼却是持续的，没打麻药，大夫生生用手术刀往下剜啊，疼得我浑身拔凉拔凉。除了咬紧牙关硬挺，我还能怎么着？！大夫把刮下来的东西送去做病理了，来自我身体之内的血肉，几天之后，可以通过数据然后通过大夫转告我，我的身体出了什么毛病。

手术做了多长时间？很长吧？伊糖后来告诉我说是四十分钟。手术结束，大夫问：需要家属进来帮你穿衣服不？

我犹豫了一下，试着动动腿：不用，我自己能行。

人要脸面、要尊严。如果可能，我不会告诉伊糖我的病。如果可能，我会自己走出手术室。

坐起来穿裤子，下手术台踩上鞋，一步步挪出手术室。伊糖在门口站着呢，看我出来，坏笑：你挺厉害呀，我耳朵贴门口，想听你怎么嚎，怎么没听见呢？

臭丫头，这时候还拿我开心。我把手放她手里，让她搀着我回病房。她手心热乎乎的。

我3床。我回病房时，2床在打点滴。从我住院进病房，她没离开床，一直在打点滴，她说一天要打9袋子。

伊糖把我安顿躺下，问：晚上想吃什么？我回家给你做去，顺便给你带用的东西。我建议你这几天别回家，就在这儿住。我点了点头。知道她是好意，但也能听出潜台词。回家有什么意义？孤家寡人，想倒杯水都喊不到人。不如就在病房呢，万一有情况，还可以找护士、大夫。

伊糖说：你要不嫌的话，我家里有现成的就给你拿，缺什么再买。你好好躺着，等我回来啊。

我嘴又属鸭子的了：干脆你别回来了，你家博导和儿子还等着你呢。你去门口肯德基，买个老北京肉卷给我就行，黑灯瞎火的你还折腾什么？

伊糖"呸"一口，走了。

伊糖老公大她三岁，博导，研究经济学，优秀。他们的儿子，才上初中。小家伙帅，学习也好。

我在床上躺着，无所事事。没有电视、没有电脑、没有报纸、没有书。只有手机和2床的点滴。2床不说话时，我好像能听见药水滴滴答答往她的血管里淌。

理论上，我可以随时打电话告诉任何我认识的人，我病了，刚刚做完手术，其中一定有人会来看我，就像我去医院探望过别人。但事实上，我却一个人都不想、也不能告诉。我爸妈，他们在另外一个城市，年纪大了，平时都是我回去看他们。告诉他们只会增加他们的负担，让他们白操心。我姐在美国。她已经四年没回来了。我的丈夫——前夫，我不知道他这会儿在哪儿。他现在是别人的丈夫，一个三岁女孩儿的爸。我的女儿。宁宁。想到宁宁，我的眼泪止不住流下来。我以为再不会为她流泪了，没想到今天又没忍住。我生病的地方是她胎儿时住过的。她住过十个月，一天不多，一天没少，准时就来见我了。老天爷替我给她准备的小房子还在，她却没了。她陪了我十年，被白血病带走了。丈夫说咱们再生一个。那时我已经四十多，不敢生了。下决心生时，怎么也怀不上了。我说咱们离婚吧。你再找个年轻、没有心理创伤的，你可以再有个孩子，儿子、女儿都行。一开始他不离，说一辈子陪我。两年以后，他走了。

我不怨他，我同意他走的。男人的身体和心，是勉强能够留住的吗？

他现在是一个三岁女孩儿的爸。

决定不打麻药做手术那会儿，大夫问我生没生过，那时候我就想哭。大夫、护士还有伊糖看着呢，我忍着。现在，病房里只有我和旁边的2床，一个陌生人，我又不认识她，我也不怕她笑话，我的眼泪哗哗就止不住了。

2床也在抹眼泪。她左手背上扎着点滴，右手接电话，情绪激动，说几句话把手机放下，抹完眼泪接着拿手机再讲。我不知道她在跟谁讲话，但听出来她在控诉手术时没人签字。大姐、二姐送她入院，手术前却拒绝签字。她们认为她的丈夫应该过来签字。她们给她的丈夫打电话，她丈夫在电话那头说，你们在就行了，我这边工作离不开，干吗非得我回去？谁签不行？

最后是她大姑姐过来了。

2床对手机讲：我人生太失败了，手术时连签字的人都没有。我理解我大姐、二姐，她们是生王强的气。她们认为王强对我不好。她们认为我手术他不来太没人性了。那时候我还给王强解释呢，说他确实太忙了，为了多挣点钱，给孩子攒学费，不来就不来吧，你们当姐姐的签字不是一样？谁想到我不解释还好，我替他解释，她们更生气——你都病成这样了，他不张罗带你看病，他想干什么？！她们不签字，我只好让王强给他姐打电话。我大姑姐过来替我签了字，大夫才给我做手术。我是半麻，大夫说话我全听见了，我明白着呢。大夫说：看样子至少四五年以上，这病人是铁打的呀？她不知道疼啊？再不做都飞了。大夫、护士说的我都听见了。我怎么不疼呢，我早就疼了。谁子宫里长个大瘤子不疼呢？我挺长时间了上厕所都是半蹲着，站时间长了腰也疼。我以为就是累的呢。我打工从来没少过两份。我住院之前，你们都看见我在柜台前跟你们一起卖手机，你们不知道我下班以后还去肯德基呢。我做保洁，一小时八块钱。我经常回家时坐最后一班公交车，到家时已经快11点了。我一天多挣几十块钱，我女儿一天的饭钱出来了。我现在觉得最对不起的就是我女儿。她中考成绩不好，我一点没埋怨她，从小到大，我没花钱给她补过课。现在的孩子哪有不补课的？我一跟我家那口子说补课，他就说：一个女孩儿，念几天书得了，补什么课。我知道他是心疼钱。我女儿没考上重点高中，我连普通高中都没让她念，再花三年学费，估计她也考不上大学，何必拿钱打水漂呢？我说姑娘你上旅游学校吧，那儿有个幼师专业，听说毕业给分配工作。当幼儿园老师不挺好的么？现在家家都一个孩子，家长拿幼儿园老师当回事，工作也算体面。旅游学校不用考，拿中考成绩申请就行。学费也不高。我女儿哭了好几天，想不通。她想上高中。她说现在城里孩子哪有不上高中的。孩子挺听话，最后还是去念幼师了。就是太胖了，每次上舞蹈课回来都喊腿疼。好了，我不跟你说了，我手机没电了。你不用来看我，我知道你老板最不乐意员工请假，我就是想跟你说句话，心里亮堂一点儿。我住院的事你别告诉别人，也不是什么光彩的病。吃饭的事情你不用担心，待会儿我大姑姐来。昨天晚上是我亲大姐过来陪我的。我手术前打了两袋子血，800 C C。我贫血，大夫说我营养都让那个瘤子吸收了。你们总说我脸色不好，可能是肝有毛病，都错了，其实是贫血。我一想到血管里有陌生人的血就恶心。万一是有艾滋病的呢。不输血大夫不给做，说我血只有 50，做不了。我手术打过麻药，手术完以后恶心，加上疼，基本一宿没睡。我大姐抱我坐了一宿。我哭了一宿，受不了时就掐她。她一下没还手。我妈不到六十就走了，我大姐像我妈一样，我不掐她掐谁？中午我让她回去了，她也五十多的人了，挺不了太长时间。待会儿我大姑姐来，你放心吧啊？

护士进来给我打点滴。看 2 床哭，训她：2 床，你这病跟坐月子一样，你眼睛不要了？别哭了啊？你看你手术虽然晚了点，毕竟还是很成功的，摘除得很干净，你不是捡了条命一样？你应该高兴才是。一会儿你女儿放学过来看你，孩子看你这样得多上火，啊？

2 床很听话，止住哭，看护士给我打针，建议我像她一样打左手：你不是还没吃晚饭吗？待会儿吃饭你用得着右手。

她说的有道理，我把左手伸给护士。我的血管很细，晚上还没吃饭，护士拍了半天才找到位置。

药水滴滴答答从架上袋子落到塑料小葫芦里，再从小葫芦顺着针管往我的血管里流。如果不是 2 床一再跟我说话，我的眼泪一定流得更多。我不好意思流着眼泪跟陌生人说话。2 床是个饶舌的女人，但愿她晚上睡觉不说梦话。我一个人独惯了，跟一个饶舌女人住一个病房，这个晚上要够呛啊。

2床嘴碎得很，我不听也得听：姐你是干啥的？机关干部是不？我一看你牙长得那么整齐那么白就是干部，像公务员。你看我牙长得就不好，我这叫四环素牙，小时候吃药吃的。听说现在做烤瓷牙一颗得好几百块钱，我不舍得。像你这样住院的花不了多少钱。我不行。我是自费。我以前卖方太油烟机，那家老板工资开得少，但给上医保。我现在小北手机市场卖手机。买我家山寨机的一般都是批发，在城边的市场，几百块钱卖农民工、学生。姐我告诉你，山寨机用不住，听说还吃流量，话费哗哗的。姐我这是看在咱们住一个病房的缘分上告诉你。我什么病？我子宫里长个肌瘤，拿出来时大夫给我看了，瘤子装在塑料袋子里，我还摸了一下，硬的，一块钱一个的那种大馒头那么大。我说这几年我肚子怎么摸上去硬硬的。大夫一边手术一边说，你拣了条命，再不做就飞了。飞了啥意思你懂不？我估计你比我懂，一看你就有文化。我们家姐妹五个，我最没文化，到处打工。我现在的老板不给上医保，我自己也没舍得钱交。我要是早两个月交了，医保生效了，现在手术也可以不自费了。但我疼得不行了，来医院检查，大夫问我要钱还是要命？我当然要命了，这不，就把手术做了。大夫说手术再晚，我命就没了。姐，你说我命咋这么苦呢？这么大个手术，我丈夫都不来给我签字。

她又开始哭。

我羡慕她还能哭出来。好歹她还有丈夫，可以名正言顺地要求人家来签字。我呢？连丈夫都走了，给别人当丈夫去了。我跟谁说去？

2床心肠热，一边哽咽，一边问我：姐，你没吃饭是不？有人送没？一会儿我大姑姐过来给我送饭，我让她多做点儿？反正也不费什么事。我大姑姐他们一家子都是司机。昨天她过来给我签字时说了：王强在班上，请不来假，我替他签字吧。谁签还不一样。姐你说她说的话是不是没道理？怎么能说谁签都一样呢？丈夫和大姑姐是一回事吗？我和我丈夫过日子，又不是跟大姑姐过日子！我丈夫也是从小没妈，跟他姐长大的，他跟他姐关系很好，他姐离婚以后一周至少上我家三次。昨天我从手术室出来，你猜她问大夫什么？当着我的面啊！她问大夫我子宫摘除没。我明白她意思。我要是子宫摘除了，她可能让她弟弟跟我离婚！姐你见过这样的大姑姐没？是不是太狠了？

我不知道说什么。我子宫还在，丈夫一样跟我离婚。离不离婚也许跟子宫的健在与否有关系，但不是绝对必然关系。但我不知道说什么，怎么说。一个素昧平生的女人，就因为我们住在一间病房，我就可以跟她说心里话吗？我不习惯。我甚至想让她闭嘴，让我清静一下，想一想自己的事情。她小嘴不停，继续说。也好，我自己的那些事情，越想越伤心，索性不想。也许是老天爷派她来救我呢。

姐，你是不是觉得我挺愚昧？来住院之前我大姐问我多长时间了，我说有好几年了，她差点动手扇我。手都抬起来了。她就是那么说的：你愚啊？病这么重还挺着？你怎么不早说！姐，跟你说，我跟王强搞对象，我们全家上上下下都反对，说他们家人性恶。我年轻时不懂事，我不知道什么叫恶，我看王强人挺好的。等他来你就知道了，他一米八，膀大腰圆的，有男人样儿！我和他结婚，娘家没人来参加婚礼，所以我病了、我过得不好，也不想告诉他们。我不知道怎么跟他们说，包括我亲大姐。我得给自己留面子。这回我是实在挺不住了，我估计我再不来看病我就得死了。我把病告诉我大姐，我大姐当时就哭了，把我骂了一通，第二天就带我来医院，她还说医疗费的事情不用我操心，她和我几个姐姐凑钱也让我做手术。她不给我签字手术，我能理解，她是对老王家有意见。我妹妹给你们家了，你们平时不好好待她，生病住院，签个字还不能吗？我估计她就是这么想的。

好了，我也不哭了。我姑娘一会儿该放学了。我姑娘长得胖，一会儿你能见到，你别笑话。可能我老觉着家里条件不好，在读书这件事上耽误了孩子，我就想补偿她，我使劲儿给她做好吃的，结果就把她吃胖了。我姑娘除了胖点、学习一般，别的都挺好，我给她起了个外号，叫她猪坚强，她一点都不生气，你待会儿就能看到她。

伊糖来送饭。小米粥、煮鸡蛋、凉拌土豆丝、大头菜、小菠菜。是坐月子的饭菜啊。我说过我什么都不想吃，但实际上我发现自己早就饿了。伊糖带来的小米粥，全让我消灭干净了。吃饱饭我撵她走：别在这儿陪我，明天你还得上班呢。她用眼睛瞪我：明天周六，你过糊涂啦？

我没糊涂，我记得明天是周六，我只是不好意思占有她太多时间。

伊糖说：待会儿我租个床，在这儿陪你一宿。

拉倒吧，你别跟我客气，消消停停回家去，愿意动弹明天早晨再给我送点吃的，你愿意睡懒觉或者有别的事情，我就麻烦2床大姑姐帮我买肯德基早餐，我喝碗粥就行。马路对过就是肯德基，多方便呀。

伊糖没再坚持留下，一直陪着我打完最后一袋点滴才走。她和2床女儿一起走的。

伊糖刚来不久2床女儿就来了。女孩儿胖成这样，不好看。再说她眉眼也不好看。2床穿着病员服，一直哭哭啼啼，但细瞅是个美人胚子，穿上时装应该是个时尚的女人，她的头发剪成花盖式，眼睛毛嘟嘟的，挺招人稀罕的。2床女儿长了个肉鼻子，眼睛也小。女儿像爸，我估计2床的男人长得挺一般。

她当着我的面管女儿叫猪坚强，她女儿一定听惯了，没有一点生气的意思，乖乖地拿着盆去给2床洗袜子。小女孩儿走起路来身上的肉在校服里一颤一颤的。那也是女儿啊，比没有强啊。那时候伊糖还在，我把脸埋在保温饭盒上面，拼命吃东西，不让自己抬头。

2床大姑姐带来了饺子。伊糖和猪坚强离开以后，病房里就剩下我们三个人。今晚，我将和2床以及这个叫王艳的女人共处一室。我希望她们不说话，不吵架，让我睡个安稳觉。

她们嘴不闲着。2床问王强咋样，吃饭没？王艳说：吃了，饺子。我今天包的芹菜馅，他挺爱吃。我看你刚才没吃几口，不可口吗？不可口我明天换别的做。2床说：不用，明天我三姐说她来，我让她带面条了。那好吧，我明天有班，就不来了。是我没让王强来，他累一天了，明天还得出早班，他累坏了，你们一家都遭罪不是？我来了不是跟他来了一样。你哪不得劲儿就说。

2床上厕所回来，重新躺下，对王艳说：我这辈子倒霉透顶了，生孩子剖腹，没想到这么多年又剖回腹。这回手术就在生孩子那刀口上打开的，大夫还说呢：这是哪个医院缝的？太不认真了。要说咱郊区的小医院是不行，以后看病是得上大医院，大医院贵，看大病呢。王艳拿话损她：你拉两回口子，也没生出一个带把的，还自豪咋的？非得让全世界都知道你那点儿事？快别说了，闭嘴睡觉吧。你这点精神都在嘴上。歇歇行不？

2床说：你跟我挤一床吧。昨晚我大姐抱了我一宿，我俩都没咋睡。

太疼了。

王艳说：不用。等会儿你睡觉了，我上术后室去对付一宿。好歹能伸直腿儿，歇歇乏。

王艳晚上不打算睡我们病房，这让我心中窃喜。少一份污浊，多一份清静，很好。

我想得太简单了。住院头一宿，我根本就没睡好。不是疼，是2床不让我睡。可能白天打了一整天针的缘故，体内存了大量的水分，她一宿起夜四次，每次都闹出很大的动静。开床头灯，呻吟着下地，哼哼叽叽往外走，回来上床以后喘一阵子，没睡着之前叹气。很多年里我自己一个人睡觉，怎么受得了这个！

但我不能说什么。2床是病人，她不愿意这样。我只盼着，第二天打完止血药、消炎药，我跟大夫通融一声，可以回家去住。

我的算盘落空了。伊糖早晨给我送了面条，中午给我送来了饺子，晚上说来送饭，人却没影了，电话也不打一个。等到晚上七点，我已经饿得受不了，收到她一条短信：我临时有急事去不了，给你要了吉野家外卖。钱我已经付过，你明早想吃什么，让他们给你送就行。我得空再跟你解释。

有点失落。却不想给她打电话求证。伊糖能有什么急事呢，我想不出来。但既然她说是急事，也许真是急事，我没必要多心。只是，晚上不能回家，不能睡好觉，我心里不愉快。正像她说的那样，也许我还是住在医院为好，回到家谁会管我？连伊糖都能有急事来不了，我还指望谁？

上午四瓶点滴，下午四瓶点滴。想给谁打个电话解解闷，终究没有打出去。住院时来得匆忙，没带手机充电器，仅有的这点电，我得经济着用。再说，大周末的，大家都在家里忙，我打电话给谁，合不合时宜呀？

大夫查房，护士来量体温，保洁工来清理地面，护士打点滴的小推车卡卡响，2床在跟她三姐抱怨王艳：她明明知道大夫医嘱让我流食，却包了饺子给我送来，她是想让我吃饭不让我吃？王强爱吃芹菜馅饺子，你给他做好吃的我没意见，那也不能不管我呀。名义上说是来护理我，早早自己找地方睡觉去了，天亮上肯德基买碗粥，给我送来就走了，你见到她影儿了吗？我晚上上厕所想要个人搀着都没有。

2床是个怨妇。我不喜欢她这一点，但她抱怨王艳，说的好像也是事实。

人家的家务事，我不断也罢。

我上顿下顿吃着吉野家的双拼饭、牛肉饭、鸡肉饭，吉野家是我平时懒得做饭时常要的外卖，味道不错，米饭尤其好，但架不住上顿下顿吃。怀念伊糖的小米粥、凉拌菜，可她却人间蒸发了，再也不露脸了，连个短信都不发了。

这个晚上，我仍旧没睡好。2床把她三姐撵走，说她能自理，不用人陪。果然她半夜下地走路比头一宿利索了不少，听那速度就不一样，拖鞋不踏啦踏啦的了。没有人会半夜三更装假。只是她又出了新花样，黑暗中不知道摆弄什么东西，窸窸窣窣，哗啦哗啦。我和她之间隔着一道帘子，但布帘挡不住那边传过来的动静，我困死了，快崩溃了，忍不住喊出声来：求求你别哗啦了！让我睡会儿成不成？

2床声音惊恐：哎呀，对不起，我错了，我马上出去。对不起我实在睡不着。

我不管她是因为什么。我只是想睡个好觉。我二十多天血流不止，担惊受怕，好不容易不流血了，哪怕病理结果就是恶性的，是癌，至少现在我还不知道，还没被判刑，现在让我睡个安稳觉，成不？

自从我喊了出来，果然再没有任何声音。

我睡了半宿好觉。

早晨醒来，2床仍旧在床上躺着，一动不动。我喊了声“喂”，她才重新出声：我不敢动啦，怕再把你惊醒。对不起，昨晚我说啥就是睡不着，我就在走廊来回溜达，后来我发现术后室有一篮子鲜花，也不知道昨天哪个病人不要了，还都挺鲜的呢，我就过去摘花。我拿过来一朵，睡不着，就还想再去拿一朵。你看，这花多好看哪！从来没人送过我鲜花。

原来她昨天晚上半夜三更不睡觉，那种哗啦哗啦的声音是她在摆弄玻璃包装纸。几朵康乃馨，被玻璃纸包扎着，插在她床头的一次性纸杯子里。一朵红的，两朵黄色的。很不起眼的小花，包扎的纸倒不小。

她已经道过歉，我再说什么就多余了。

早餐，仍旧是吉野家。

我生气。上午手机响两次也没接。那个电话，没有来电显示，肯定不是伊糖的。我没接。半个小时以后，来了一条短信。看了短信，我眼睛又湿了，却没回。是他发的。我前夫。这个世界上，只有他一个人这么称呼过我。他说：我在德国有个项目，现在回不去，听说你做手术了，你多保重。想吃什么别怕花钱，需要用什么药尽管用。等我回去看你。

伊糖不来看我，却不顾我的千叮咛万嘱咐，把我住院手术的消息告诉我前夫，她什么意思？

我没给他回短信。我不知道说什么。

一个小时后，一个小伙子，送来一个硕大花篮。紫色的花盆底座，花盆里是白玫瑰。白玫瑰中间，十几朵红玫瑰摆成一个心形，上面插着祝福：早日康复。

我知道花是谁送的。当年他向我求婚时，往我单位送过这样的花篮。现在我老了，躺在医院等待判决，他虽然已经做了别人的丈夫，做了一个女孩儿的父亲，知道我住院手术，远在天涯海角，派人送来这盆玫瑰，我还能抱怨什么？

没想到玫瑰花会招来这么多人。星期一，如果打麻药做手术，我今天才能做手术。可我现在已经开始康复。主任带着大夫、护士查房时，也被我病房的玫瑰花吸引了，特意蹲下来闻了一会儿。主任走了，小护士一个接一个进来，用手机拍玫瑰花篮，有的还在认真数有多少朵。她们说从来没见过这么漂亮的玫瑰花。她们说要把花篮传到网上去。她们抽空来我病房看玫瑰花，跟我没话找话，对我好像比一开始热情许多。玫瑰花真的很重要吗？

我亲自下床，把心尖上的那朵红玫瑰摘下来，放到2床床头。我说你闻闻，玫瑰花很香的。

今天是2床四姐陪护。她跟四姐讲她的大姐二姐三姐大姑姐猪坚强，还有一直没来看她的王强。她的亲人好像都很平常，有的对她还不够好，可她有那么多亲人，而我只有短信、玫瑰花。

星期一的早晨，我给处长发一条短信，我跟他请假，告诉他我住院手术。他马上给我回了电话，我没接。处长知道我性格，来条短信：告诉我住哪儿了，我派女同志去看你。我回了一条“不用，手机没电了”。随后把手机关掉。手机真的快没电了。

这个晚上，当我打完点滴，准备迎接吉野家的到来时，伊糖终于出现了。看她灰头土脸的样儿，我马上知道她出事了。她拉住我的手，手冰凉：对不起，这两天没顾上你。其实我一直就在这楼里，老刘前天下午脑出血抢救，我一直守着他！

天哪！我的眼泪马上又要出来，心里骂自己自私、混蛋。

我还以为她一家三口去哪儿溜达了呢。

我要下床去看老刘。老刘住三楼。伊糖拦我：你让我省省心吧。你把自己养好了比什么都强。老刘醒过来了，抢救及时，正在恢复。你愿意看他，等你出院我让你上我家天天看，你给我当保姆侍候他。

呸。我又不是你家老刘二奶，我凭什么天天侍候他？还是你自己侍候吧。

伊糖给我带来了小米粥，凉拌菜：你跟老刘一个待遇，赶紧，趁热吃！

自己家熬的新小米粥，是世界上最好吃的东西。住过院的人都知道。

那天晚上，2 床只剩下她女儿陪。2 床一边看女儿吃饭，一边唠叨：你说你爸这人，是不是太狠了，他就来看我一回能怎的？我又不用他侍候，就看我一回，证明我是个有丈夫的女人，不行吗？女儿你不知道我昨天晚上睡不着觉，我早早就起来在走廊溜达，你知道旁边病房那几个女人在嘀咕什么吗？她们说我是个离了婚的女人，没有男人来看。我当时恨不得过去骂她们。忍了又忍才没过去。这种女人到了医院还扯老婆舌，我跟她们一样见识，是不是太没修养了？你爸说今天晚上过来，你说他到底能过来不？

人家娘儿俩在一起亲密，我早早洗漱完毕，拉上床帘，准备睡觉。

伊糖给我带了随身听，我终于不用听 2 床的唠叨了。随身听里面有《阿姐鼓》《黄孩子》。我惊喜地发现，还有朱哲琴新出的《月出》。这是我住院以来，最喜悦的时刻。

2 床的声音，搅乱了《月出》空旷飘逸的旋律：姐，你睡着没？我家王强来看我了！

我摘掉随身听，把隔离帘拉开一道缝：你好！

你好！

他的声音是挺磁性的那种。我眼镜摘掉了，看不清他的模样。影影绰绰的，他的个头儿跟 2 床说得差不多。

这个叫王强的男人，只停留了十分钟，就带着女儿离开了。2 床催他走：

你赶紧回家吧，大姐说你明天还是早班，你好好休息啊，别累着。

那一夜，我睡了个好觉，2床也睡了个好觉。这一宿她都没再起来折腾。谢天谢地！

又一个早晨，护士过来给2床拿掉了积液瓶。我问她今天白天谁来护理？她说几个姐姐都来过了，她不想再麻烦她们。我听见她在电话里撒谎，跟几个打来电话的姐姐说大姑姐来。肯定来，你们放心。

你大姑姐如果不来，你吃什么？

2床笑：难不住我。我订病号饭就行了。我皮实得很，吃碗面条就饱了。我那几个姐姐虽然生活得比我好，其实也都挺不容易的，我不能连累她们再累病了，你说是不？

我在心里刚想赞美她，她的一句话又把我引向别处：姐，你我是陌生人，我跟你说点心里的话，你也不能笑话我。姐你告诉我，夫妻之间是不是非得在一起做那事儿才能有感情？

你啥意思？

不瞒你说，我跟王强好几年没在一起了。我不行，他一碰我，我就疼，出血，乳房也疼。姐你说我是不是真的太愚了？我以为所有女人都像我这样呢。你知道给我看门诊的大夫说我啥不？她说我：你农村人啊？没念过书啊？没见你这样的，你多少年没体检了？你还不住院手术你等什么？

我不知道怎么回答她。护士来打针，她躺回床上，护士走了，她嘴仍旧不闲着：姐，如果是因为这个王强不来看我，你说我是不是应该原谅他？

我忍不住打断他：你那样，你家王强为什么不带你看医生？

他头几年不怎么在家。他跑长途，每次回家都很累。我想反正他也累，我身上还疼，不要就不要了，我们俩都轻松。

我在心里骂2床“二”，傻。只是不知道她是真傻还是装傻。一个正当年没有毛病的男人，好几年不碰老婆，他可以靠别的方式解决啊。我听说公路沿线有一种女人，她们陪那些长途司机睡觉，挣的就是这种钱。2床的丈夫，那个叫王强的男人，他完全可以花钱买。

替2床难受。她还打两份工给女儿攒营养费。她男人花在别人身上的钱，足够她女儿一日三餐了吧。世界上竟然还有这样的女人？忍不住问她：那你说实话，你就不想男人，不想跟他在一起那个？

我一疼就不想了。

好吧。我想骂人。但我不知道骂谁。

2床说：姐，但是我对他可好了，我自己不买新衣服给他买，我从来不让他干家务事，他在家里连袜子都没洗过，他给他们家人买什么我都没显出一点不高兴，我这样还不行吗？还换不来他对我好吗？

我无语。我对前夫，不好吗？我初恋是他，作为女人的第一次是他，我给他生过女儿，我是一个经济上自立的在社会上有身份的女人，我长得不但不难看，甚至可以说漂亮，至今仍旧有男人被我吸引。这些够吗？我也曾经觉得够了，可事实上，他最后还是走了。

谁能拦住他？

这个叫王强的男人，他没离开2床，也许只因为他们还有一个女儿，虽然很胖，猪坚强。也许他是懒得再成立个新家。离婚、再成家，是需要经济成本的。他就这么对付着过了，忍不住时，就找个路边的女人。

而我的前夫呢？他有经济能力再成个家。他是一个有身份的成功人士，他需要一个年轻的、干净的、体面的、能做他女儿妈妈的女人。前妻有病住院，他可以从容地发慰问短信，找快递公司把玫瑰花体面地送到病房，借以表达自己的关爱。他们的区别就在这里。

我劝2床：妹妹，你听我一句话，等你病好了，干净了，你主动一点儿，我不相信你男人不想女人。你主动一点，一开始他可能不习惯，你慢慢试探着，看看他什么反应。

那我要是还疼呢？

你病好了还疼什么疼！

好吧，姐，我听你的，我出院以后试一试。

我心情格外焦躁。我去医生办公室，问大夫病理出来没。大夫说，至少还得两天才能出来。那我可以出院吗？你看我也不发烧，我在地上行走，谁都看不出来我有病。跟那个事儿走了不是一样吗？

大夫笑笑：那个事儿走是自己走的，你是我们手术外力干预的，能一样吗？不着急的话，你再等一两天，等病理出来放心了再走不更好？

大夫话里还是有杀机，让我心烦。病理迟迟不出来，真是大夫说的原因吗？还是有问题的病灶病理检查或者培养的时间需要更长的时间？大夫有时候跟病人不说实话，现在是不是就是“有时候”？

人在医院，早晚变成怀疑主义者。

下午还有四瓶药水。护士打针的时间是固定的。估计她们快推小车过来，我赶紧再上一次厕所，免得待会儿点滴挂上了，再出来费劲，还得喊护士帮忙。

女厕所跟洗漱间只有一帘之隔。我在厕所，洗漱间有几个女人说话。我记得 2 床说她要洗头，为了能不能洗头，她不断咨询查房的小护士。小护士不做主，告诉她：你最好别洗。你现在跟坐月子是一样的，你别受凉将来坐病。2 床又问过查房的大夫，大夫被她缠不过，松口了：你实在要洗也行，记得赶紧把头发擦干，千万别感冒了听见没？你是大手术，跟别人不一样。

2 床很高兴。她这会儿就在洗漱间洗头呢。

几个女人叽叽喳喳，说得热闹。慢，她们在说什么？二奶？同性恋？天哪，这个女人长着毒舌吗？！跟我隔一个帘子共处了好几天的女人，她怎么这么恶毒？！

我想过去理论，动作太猛了，头撞在门上，差点摔倒。

好吧，我告诉你，我没去隔壁的洗漱间。2 床说对了，我看上去是个有身份的人。我不能跟她一般见识。但我可以选择离开，就像我曾经躲过很多事情。我再一次走进医生的办公室，跟我的主治大夫讲：大夫，今天打完下午的针，我想出院。

我的声音不容置疑，像我平时执法时那么坚定。大夫看我的眼神儿，从坚定到柔软。

好吧，你坚持走的话就走吧。不过你得记得过来看病理。反正你还得办出院手续是不？你们这种走医疗保险的，出院当天结算不了，得过几天。你办出院手续一起看病理行吗？

只要让我离开，马上回我自己的家，让我一个人静静待着，怎么都行。

临走之前我得去三楼看看老刘和伊糖。

人得知道感恩。

看 2 床趴在花篮前贪婪嗅闻玫瑰花香时，我曾经想过，出院时把花篮留给她。

现在，我改主意了。我准备把花篮抱回家，一个人慢慢看。直到花朵枯萎。

我是太阳、月亮、星星

假如我是太阳，我会让我的光芒只洒到李凤的身上，不照她的脸。李凤是我妈。李凤说外国人都喊父母的名字，特民主，打我记事起就让我叫她李凤。阳光下，我看见李凤的脸上皱纹更多了，细，碎，数不清。那天在火车站，没出站口就听见有人喊我，我一下子听出是李凤，循声望去，我看见李凤沐浴在出站口的阳光下，一脸的激动。李凤穿了黑色的套装，黑色显得端庄，什么场合都不失身份。这是李凤说的。我一直认为李凤没说实话。实际上黑色让她显得更苗条些。李凤胖，有小肚子，腿也不长。在阳光的照耀下，我看见皱纹横七竖八地刻在她的脸上，那时候我就想，假如我是太阳，我会让我的光芒只洒在李凤的身上，不照她的脸。她脸上的皱纹让我伤心。人说有其母必有其女，将来我也会这样吗？抹了太多的防晒霜，没有溶进皮肤的化妆品的白让她脸上的纹路更加明显，像唱完小旦没卸净妆的老演员。我像所有懂事的孩子一样，把伤心藏起来，扔下手中的行李，笑着扑进她的怀里，跟她撒娇："你没说要来接我！"

"给你一个惊喜呗！"

李凤笑的时候，脸上的皱纹更深了。阳光是中年妇女的敌人。把她们的脸晒出蝴蝶斑。让她们的皱纹显现出来。

挎着李凤的胳膊，跟她一起去福云龙。那家韩式料理，是我和爸的最爱。李凤不爱吃烧烤。烧烤对身体不好，脂肪太多。我和爸爱吃，二比一，她只好随众。说到福云龙，我想起来问她："我爸呢？他怎么没来？"

我看见一丝阴影在李凤的脸上转瞬即逝，她说:“他在饭店占位置。福云龙还是那么火，去晚了就得排位。”

李凤是在自我安慰。事实是我爸不愿意跟她一起出现在公共场合。我只是不想揭穿罢了。自从李凤做了那种手术，我爸和她的关系越来越微妙。住院的时候李凤还骗我说是割阑尾。割阑尾要住妇科病房？骗幼儿园的小孩儿还差不多。

老爸果然在靠窗的地方占了一个四人台，菜都点好了：肥牛、腰花、墨鱼，都是我爱吃的。我爱吃肉。连我爸都说，你这么爱吃肉太不像女孩子。我不知道女孩子该怎么样，我就是爱吃，几天不吃一顿纯粹的不放一点菜叶的肉就受不了。知我者老爸也。在火车上晃了两天，盒饭吃得直恶心，但一听说是到福云龙来吃烧烤，我的食欲马上就来了。

李凤和我爸都非常积极地跟我说话，我故意细嚼慢咽、品尝美味，把回答问题的时间尽量抻长。留出空闲，看他们俩的表情。每次打电话到家里，哪怕是夜里十一点，总是李凤一个人接，总是她一个人在家。我爸呢？我不止一次问她。出差了。要么就是在外面应酬呢。事实是我爸根本就不在家里住。我是这样认为的。他们联合起来瞒我、骗我，以为我才三岁。

上大学报志愿的时候，我爸希望我去北京，李凤希望我就在家跟前儿。我没听他们的。我说，我去深圳。我把深圳大学写进志愿表，李凤哭了，但她不问为什么。我爸也不问为什么。他们是心虚不敢问吧。老师和同学有问的，我说，早晚得远走高飞，那就早点走早点飞吧。

在准备去学校报到的那些日子，李凤几次说她可能辞职。我说你辞职干什么？她说看看能不能在深圳找个所。李凤是注册会计师，还是注册评估师，这些年她为了评这两个师，天天晚上熬夜看书，她的一部分皱纹就是这么长出来的。当然还有一部分可能是因为我长的，还有一部分，我相信是我爸刻上去的。

如果你见过我爸，你一定会说，这个男人挺英俊。我妈长相中等，我爸却是一个英俊的男人。这是李凤的不幸。女人不禁老。看他们年轻时的合影，李凤脸上青春的光彩让他们看起来还算般配。可是岁月好像只摧残女人而放过了男人。跟结婚照上的那个男人相比，我爸现在一点都不逊色。比原来胖了些，但不是臃肿。他身材高大，举止文雅，谈笑风趣，很有女人缘。我看过他跟年轻女人在一起。那些女人盯着他的眼神，连我都看明白了，李凤能不明白？李凤傻就傻在她以为靠多挣钱就能挽救自己在这个男人眼中的地位。她拼命干活，所里人公认，她创造的效益撑起了会计师事务所的半边天。她挣了很多钱，除了给自己买高档的化妆品，还给我爸买高档服装、高档用品。我爸的T恤衫是金利来的，他的皮鞋和领带也全是名牌。我爸穿上这些高档的东西，在女人眼里更迷人了，而李凤的那些兰蔻儿、资生堂，却怎么也掩盖不住她脸上的皱纹。李凤常常一边往脸上贴面膜一边叹气：现在才知道用高档的东西有些晚了，美容应该从年轻时就一直坚持。

事实证明，李凤说她辞职陪我到深圳读书也不过是说说而已。送我去学校报完到，她在深圳又停留了一个星期，那七天时间，除了逛商场买高档的东西，她还背着我去了几家会计师事务所。离开深圳的时候，李凤哭了："星星，李凤老了，这边的人太年轻，李凤竞争不过。李凤在这边没有竞争力，不能陪你了，李凤得挣钱供你念书。你好自为之，别让李凤太操心啊？"

假如我是月亮，我会让李凤恢复一个月一次的生理周期，还给她我没出生时住过的地方。书上说一个女人如果没有子宫，这个女人就不是真正的女人。出院回家，李凤给我抱来一大堆东西："归你了。"我以为是她住院期间别人送的礼品。打开看，让我没法儿跟别人说。一大包，全是卫生栓、卫生巾。高档的，我平时舍不得买。李凤很伤感："我没用了。"李凤的话让我更加肯定，她手术的部位肯定不是阑尾。

从外表上看，除了皱纹更多些，李凤变化不大。但我知道，李凤变了。更沉默、更谦和，像忍者神龟？以前的李凤多疑，而且歇斯底里。对我爸。我爸十天有八天回来晚。李凤不乐意他晚归，刚开始她不肯当着我的面跟他吵。多数情况下我爸也不跟她吵，他忍着，把自己关在屋里。我爸在家里有一间自己的卧室。我和李凤一个卧室。我的同学大多数是自己一间卧室，我们家不是。从我记事起，就是我和李凤一张床。李凤经常搂着我睡，以至于我上大学以后，有将近半年时间晚上根本就睡不好，身边空荡荡，心里也空荡荡的。我不喜欢他们吵架。有时候我爸忍不住了，他们俩吵的时候，我就站出来跟他们吵。只要我一站出来，他们马上就哑口无言。那时候我就想，星星还是挺有分量啊，他们眼里还是有星星啊。

考大学的前半年，他们忽然不吵了。我爸依旧晚归，有时候甚至不回来，但是他们不吵了。多少次，学习走神的时候，我有一种感觉：他们的沉默比吵吵闹闹还可怕。他们的沉默不是互相尊重而是冷漠，是不在乎，是绝望。我是这样认为的。我对我爸说："你对李凤好点儿。"我爸说："小不点儿，你懂什么？长大你就明白了，男人不容易。"他的话里有话，但我悟不透。像我爸说的那样，我不明白男人怎么回事。但我觉得李凤比他更不容易。早出晚归，回到家里，天天晚上都要坐到电脑前面。她有算不完的账。我提醒她不要总坐到电脑屏幕前，电脑射线对女人的皮肤不好，长时间坐在电脑跟前，用多少高档化妆品都没用。李凤笑着说："我连这点道理都不懂？"然后，她一如既往，在电脑前面一待就是半宿。

我把深圳大学写进志愿表的时候，李凤哭了。我心硬如铁。做刚强状。不哭。

最后一块烤肉，被我消灭了。我抻了抻有些疲惫的身子，说："太累了，我要回家。"

我的话对他们还是很起作用的。我爸点完香草冰淇淋，出去买单。等我们吃完甜点出来，他已经坐在车里等我们。我爸开一辆银灰色的宝来。单位的配车。宝来是有司机的，我爸为了行动更方便，自己学会了开车。我爸驾车的姿势酷毙，一副成功男人的形象，也难怪那些年轻女人成为他的粉丝。我和李凤坐在后排。李凤扭过身子看我，好像不认识我似的。我说："丑小鸭变天鹅了么？"李凤的回答还是让我很开心："哪来的丑小鸭？我姑娘本来就是天鹅。"

好话人人爱听。那天晚上，我和李凤住在一张床上。好久没闻到她身上的气息了，在她的注视中，我睡得香极了。一宿好觉把一学期的睡眠不足都补回来了。睁开眼睛时，天已大亮。李凤穿着黑色的套装，正在进行出门前的最后一道程序——往脸上补遮盖霜。一看她的打扮我就知道，她又要去工作了。还好，我爸在等我："星星，今天老爸带你出去玩儿。"

在我的印象里，我爸虽然对我不错，但他很少带我出去。我爸也忙。他和李凤不是一个忙法儿。李凤是带了活儿拿家里做，我爸是在外面忙，喝酒、应酬。也许还有别的，我不知道。他会带我去哪玩儿？爬山、钓鱼。

山是棋盘山，在城市的东郊。那是我们中小学夏令营的地方。跟爸去却是头一次。进了山里，我爸把车子的天窗打开，树的气味、草的芬芳顿时沁满车厢。好空气让人好心情。好心情让我原谅了我爸频繁地中断和我的谈话，转身去接电话。他的电话太多。接电话之前他总是先看来电显示。有些电话他不接。有些电话他说话的时候公事公办的样子。也有的电话，他说话的声音特温柔，特体贴，比对李凤温柔多了。我想，这样的电话，肯定来自哪个女人。但不管怎么说，他是和我在一起，在我放假回家的头一天，我还有什么不知足呢？

等鱼上钩的时候，我把头枕在爸的肩上。我故意使劲嗅着鼻子，我爸说：“像狗似的，闻什么呢？”“闻你身上的味儿变没变。”我爸身上有一股特殊的味儿，很小的时候我就发现了。“闻见什么了？”“臭味儿！”事实上，我在我爸的身上闻到了以前没有过的一种气味。香水和香烟的混合气味？我说不好。忍了忍，不问他。

一个假期，我爸和李凤轮流陪我。今天你带我去山里，明天她陪我去商场购物。两个人排好了班似的，争着对我好。我知道，我是星星，是他们的女儿，他们都爱我。

假如我是星星，我是说天上的星星，我会在夏天的夜晚对着李凤眨眼睛，跟她调皮，让她开心。只要我在家，李凤就天天晚上陪我。我不在家的那些个晚上她是怎么度过的？我相信她的夜生活没有我爸丰富。除了工作，李凤在社会上已经没有竞争力。不像我爸。男人的花样年华说的就是我爸现在这个时候吧。房子有了，车子有了，地位有了，经验有了，票子有了，情趣有了。是年轻女人眼中的宝儿。他这个年龄的男人，我在酒楼里见多了。我在酒楼里推销啤酒，挣的钱不算多，但见识不少。这事我爸和李凤都不知道。我不告诉他们。包房里的男人和女人，平均年龄相差至少十岁以上。请客做东或者被请的，一半以上是我爸这个年龄的男人，而那些年轻的女人，大多数是花瓶，是陪衬，是公关手段。别以为我什么都不知道。

我爸还住他自己的那间卧室。衣柜里有他的衣服，不多，就几件。我把那几件衣服看成是他的道具，骗我的，做样子给我看的，其实我早知道我不在家的时候他可能根本就不回来住。李凤对他回不回来、什么时候回来，一概不问。来去自由。他们现在不吵架。不是当着我的面装相不吵，是真的不吵。我看得出来，他们不再吵架是真的。这让我更伤心绝望。我宁愿他们吵架，然后我再为他们拉架，至少吵架的时候他们的感情是真实的。

我和李凤晚饭后经常一起出去散步。月上柳梢头，人约黄昏后。南湖公园里年轻的情侣、年老的夫妇不少，像李凤这个年龄的夫妻一起散步的也很多，而我爸却不会来这里陪李凤。我爸不和李凤在一起散步已经好多年了。他和别的女人散步。我在西塔朝鲜街上见过他和别的女人在一起的样子。一个比李凤年轻的女人。高挑儿、时尚。跟我爸贴得很紧。男人女人能那么紧密地贴在一起走路，我就知道他们是什么关系。他们走在街上很吸引人的眼球。如果那个男人不是我爸，我会觉得他们很般配。这事就发生在昨天，我坐在公交车上，去会一个同学。这么说吧，某一天的某个时候可能看见我爸和某个别的女人亲密地走在一起，我对这种事有心理准备，我在心里已经预感到我爸就是这样的男人，只不过当想象变成现实，我心里还是一紧，非常难过。我替李凤难过。

我赶紧下车。他们进了西塔街上的一家韩国餐馆。这个女人居然也爱吃烤肉。或者，她是在讨好我爸？李凤就不爱吃烤肉。我在马路对面的一棵大树后面等着，饥肠辘辘，还要忍受着心中的愤怒。一顿饭，他们居然吃了三个小时！得烤多少盘肉！我爸对她也太有耐心了！

终于等到他们出了餐馆，我爸一个人去了停车场。那个女人，进了不远处的韩国商城。我像电影里的女特务，跟着她走，和她站在同一部滚梯上。趁着前后没有人，我说："我是曾家祺的女儿。我叫曾繁星。"我看见这个比李凤年轻的女人张大了嘴看我，但很快又恢复了正常："你想要做什么？"她是不是以为我要往她脸上泼硫酸啊？她那种样子让我解恨。但我还得做出大家闺秀的样子。"我们能谈谈吗？""好啊，喝茶？"

在茶馆，林婉约很坦率地说她和我爸在谈恋爱。这个女人叫林婉约，名儿就比李凤好听。"你爸你妈早离婚了。"

这个消息从林婉约的嘴里说出来，我的预感靠一个头次见面的女人来证实，我恨她，临走的时候，却还得求她别让我爸知道我们见面的事。这个漂亮女人，她是个妖精，不知道施了什么魔法，让我想恨却恨不起来她。我爸就是这样被她迷住的？

我不知道该怎样面对李凤。告诉她我已经知道真相，和她一起抱头痛哭？ to be or not to be，这是个问题。

那一夜我没睡好。爸又没回来。我和李凤躺在大床上，她睡着了，我却无法成眠。

第二天早晨，李凤上班以后，我给爸打电话。我说："我得见你。"

我爸挺给面子，中午请我吃肯德基。我爸爱吃肉，但不爱吃肯德基。他像吃药似的一根一根嚼着薯条，看着我大嚼上校鸡块和新奥尔良烤翅。我一边吮着手指头上的调料酱，一边故作轻松地对他说："爸，我要走了，你送我点什么？"

吃完饭我和他在南运河边走。我爸答应送我手机。我说："你以后对李凤再好点么，她多可怜。"我爸望着我，想说什么，没说。

我爸走了，去上班。望着他的背影，我泪流满面。

假如我是太阳，我要做一个最毒的太阳，把这个男人晒黑、晒老，像黄土高原上系着白毛巾的那些老汉。一个脸上犁着皱纹的老汉，会有时尚风骚的年轻女人爱他么？假如我是月亮，我要做一个最邪恶的月亮，我要在他夜半从酒店出来的时候，做鬼脸、刮阴风，让他身边的年轻女人吓得晚上再不敢和他一起踏进夜幕。假如我是星星，我会对他眨着眼睛说，瞧瞧，你也有年老的时候，你也有走不动路、孤独寂寞的时候。当你老了，不能和年轻的女人在舞池中蹁跹，不能开车带女人出门兜风，不能在床上让女人快乐，女人们还会爱你吗？林婉约会像李凤那样为你坚守吗？

分手的时候，我爸说他今晚不能跟我一起回家。我拒绝他开车送我。一个人，走了六站地。打开家门，面对空无一人的家，那一刻，我终于知道，我既不是太阳也不是月亮。我只不过是一个普普通通被父亲抛弃了的孩子。就像天空中那许多遥远的人类还说不上来名字的星星，在地球人的眼里，它们不过是一闪一闪无足轻重的无名之辈。

李凤拎着一兜子水果，喘着粗气："我回来了。"

昨天，我会兴冲冲地迎上去，接过她手里的口袋。今天，我躺在床上，一动不动。我不敢抬头，不敢看李凤的脸。这个可怜的女人，为了对我掩饰真相，假装那个男人还跟她生活在一起。一个每天跟她生活在一起的男人，早晨起来会找不到自己的剃须刀？一个爱着她的男人，会长年累月地不跟她住在一张床上？这个丢了子宫的女人，李凤，我妈，她不但欺骗她自己，还欺骗她的女儿。她以为我就是这么好骗的么？

李凤放下水果，坐到床上，伸手摸我的头："发烧了？"

我把她的手拨开："太孤独了，没意思！"我想象着自己责问她为什么不告诉我真相，想象着李凤坐在床边，眼睛一下子湿润了，但是不会有眼泪流出来。她就那么坐着，我眼见着她从一个穿着黑色职业套装的中年女人，一下子变成了穿黑衣服的老太婆。一个原本光鲜的气球，它在空中飘荡，你看不出来真相。而一旦你把它捅破了一个小洞，哪怕是极小极小的洞，它一下子就泄了气，成了一堆皱褶。李凤就是那只泄了气的气球。看见李凤衰老的那一刻，我眼看着她腰板不再挺拔，脸上失去了血色，皱纹更深更多，至少向老年迈进了十岁。

我在心里狠狠地掴着自己的耳光。不行，我不能让李凤就这么衰老下去。我是太阳，是照亮这个家庭的太阳，只要有我在，我们就是快乐的家庭。我是月亮，即使是在黑暗中，我也会用自己的光亮照亮夜路。我还是星星，有多少人在伤心中对我倾诉衷肠，多少人为我写出了明丽的诗句。就让她以为他们的欺骗很成功，让她有一个和我爸继续来往的理由，有什么不好？为什么非得揭穿这件事？反正过三天我就要离开。半年以后，如果我还想回来，他们就再装一次，假期只有一个月的时间，不长。他们装得再不像，我就当自己是傻子，不行吗？

所以，我把眼泪流进心里，说出来的却是："一个孩子太孤独，妈，咱家要是有两个孩子该多好！小弟、小妹都行，我不在家，让他们陪你和我爸。"

李凤的苦笑让我难过："傻孩子，你以为李凤还能生吗？"

"那你就把我爸当孩子呗，反正你一直那么惯他。"

火车飞快地向南。卧铺票是我爸买的。最后这几天，我爸天天回家。我们一起吃饭、看电视，一起去南湖公园散步。我们是相亲相爱的一家人，看见我们的人，谁会不这样认为？

他们把一大兜子吃的送上火车。李凤说火车上的盒饭不好吃。

我睡不着。坐在卧铺车厢的边座上，看星星在夜空中闪烁。乘务员走过来，说：“小姐，要熄灯了。”我说：“谢谢。”但我不想动。一个男人坐到我对面，小心翼翼地：“小妹妹，你好像很忧郁。有什么难过的事么？”

这个男人，住我下铺。上车时他说去深圳。一个生意人。不会是什么大生意吧，现在有钱人谁还坐火车。我懒得搭理他。他那种搭讪劲儿让我想起我爸。不知道我爸跟那些年轻女人在一起时，是不是也用这种手段。

手机“当”地响了一声。是短信提示。手机是我爸送的。短信上说：“星星，爸爸永远爱你。有时间给爸爸打电话。”就这样几个字，让我再一次泪流满面。

不知趣的生意人，递给我一张面巾纸：“你没事儿吧？”

我把一张面巾纸擦得面目全非，然后，努力笑着对他说：“没事儿。我男朋友说要跟我分手，其实我也正要跟他说这个意思。”李凤说过，害人之心不可有，防人之心不可无。李凤，我妈，她确实这样说过。

我在黑暗中看见一双眼睛比北斗星还明亮，一闪一闪的，像要照亮这熄了灯的车厢。不知道他看没看见我在微笑。我是一个漂亮的女孩子。一个女孩子的微笑，比太阳明亮，比月亮妩媚，比星星还狡猾。

一个跟头

陈小新是我大学本科一个宿舍的同学。本科四年，他不怎么爱说话，是比较内向还挺敏感的那种男生。我本身也是那种话语比较少的人，所以，我们虽然关系还可以，偶尔在一起喝个酒、打打球什么的，但说实话，彼此之间，交流并不算太多。

反倒是毕业以后，我们之间的交流，比念书时还更深入了一些。

话说那年十一长假，他给我发短信问候、寒暄，听说我没出去旅游，躲在学校啃书本，马上拨响了我的手机，跟我讲：哥儿们，我回学校看看你，我请你喝酒哈！你偶尔也得放松放松，不能这么天天钻书堆里！

我们学校在城市北面的大学城，离他家挺远。他家在浑南新城。回学校，他差不多是要从城区的最南边跑到最北边。好在有地铁二号线，还不用倒车，其实倒也方便。但自从毕业，他还没回过学校，第一次回校，竟然就是来看我，跟我喝酒，让我有些小感动。

我们俩约了食堂附近名叫川流不息的那家小馆子，吃水煮牛肉、喝雪花啤酒。我想起来，毕业分手那天中午，我们宿舍的四个兄弟，也是在这儿喝的啤酒。那次我们都喝高了。我们都是没有酒量的人，平时基本也不喝酒。我们没有钱，也没有闲。这一次，我看陈小新酒量仍旧没有长进，一瓶啤酒下肚，他的脸和脖子都已经通红。他酒后话比平时多些，跟我讲心里话：哥儿们，我想回学校继续念书。

我就猜他无事不登三宝殿，不单单是来看看我、请我喝酒这么简单。

为什么？你现在工作不挺好吗？那么大单位，多少人考不进去呢。

单位是不小，不过可能不适合我。或者说，可能是我不适合这个单位吧。

然后，借着酒劲，他从上班第一天坐错电梯开始，给我讲他在单位的故事——

他在单位的不如意，是从坐电梯开始的。

到单位上班的第一天，他坐错了电梯。

准确地讲，是不该上那一趟电梯。

正是早晨上班时间，大堂里等电梯的人不少，他用眼睛随便一扫，估摸前后左右至少有二三十人。当时他想，万一这趟电梯挤不上，就坐下一班吧。还好，他特意出来得早，再晚坐两趟电梯也不会迟到。但他没想到，电梯来了，他前面只有一个人走进电梯，其余的人都站着不动，不往里面走。那还等什么呀？他脑袋一热，未加思索，抬腿就迈进了电梯。一直到电梯自动合拢，开始向上移动，他才意识到不些不对劲：不对呀，据说这单位里的人都是高精尖，现在的年轻人，研究生以下学历，连报考这个单位的资历都没有，这么多高精尖男女老少，约好了一起都不进电梯，不是无缘无故的吧？！

电梯里只有他和另外一个人。那个人年纪不小，面目比较慈祥，还有点眼熟，但他迅速把大脑C盘扫描了一遍，发现自己并不认识这个人。他眼见着那个人摁了12，摁完键，竟然还把眼睛闭上了，一副累了准备养神的姿态。当他感觉什么地方不对劲儿，就忘了自己并不是同样要到12楼，忘了摁电梯键。他跟着那个人一直坐到12楼。那个人下了电梯，他才反应过来，自己原来是要到8楼的。

他没出电梯。从12楼，一个人坐电梯下到了8楼。

那是他上班第一天。报完到，部主任带他去几个友邻部门转了转，认识认识需要经常打交道的同事。回到主任安排好的办公室，暂时没有什么事情可做，他打开电脑，在单位的网页浏览。这一看不要紧，隐约明白自己今天犯了什么错误：那个跟他一起坐电梯上楼的慈祥的老同志，原来是单位的一把手，这栋楼的大领导！怪不得有些眼熟。报考这个单位之前，为了了解单位的基本情况，他浏览过单位的网站，在网页上是见过领导讲话照片的，只不过没想到上班第一天就会跟领导单独坐在一部电梯里。领导的真人比照片显得年纪更大些，脸上有明显的老年斑，不如照片上有光泽。人家是大领导，怪不得那些人都不往电梯里进，只有他愣头青傻乎乎没长脑子往前冲。早听说机关里面规矩多，没想到坐电梯都有规矩，而这个规矩，还没等有人好心给他提醒，就让他上班第一天自己撞破了。

陈小新无论如何想象不到，自己考进的新单位，上班第一件需要适应的事情，居然是怎么学会坐电梯。其实自从第一天冒失地跟大领导坐了一次电梯，以后每次坐电梯的时候，他已经格外小心了，比如只要是早晨上班时间，电梯口有一些人的时候，每次进电梯之前，他都要迅速判断一下，那些进了电梯或者正要往电梯里迈步的都是什么人。单位的人他还没认全，至少可以大概判断一下，希望里面没有大领导或者准大领导。如果电梯里面清一色都是领导，自己还是不要贸然加入进去为好。他是个口拙的人，万一跟领导坐了一部电梯，他不知道应该跟领导说什么。如果只是一般的同事，那倒是无妨的。他的办公室在 8 楼，平时上下楼办事，他愿意趁电梯口没人的时候去摁电梯。那样让他感觉轻松。

但事实证明，电梯口没有人，不证明电梯里没有人。

他没想到，自己跟大领导，会第二次在电梯里单独相遇。

那天开大会。单位的会场在顶层。网络部的摄像生病请假，主任让他临时顶替一下。他拎着摄像机，在 8 楼准备上电梯时，电梯口只有他一个人。电梯门开了，里面是空的。他摁了自己想去的 15 楼，跟着电梯往上走。但电梯在 12 楼停下了。电梯门缓缓打开，进来一个老同志。这次不用全面扫描大脑 C 盘，他马上认出来，来人正是大领导。大领导手里拿着一个本子、一本书，好像本子上还夹着一支笔。尽管他仍旧没跟领导讲过话，他也知道领导肯定还不认识自己，但因为知道了领导是领导，不打招呼、不表示一下是不礼貌的。他选择了不说话，但冲领导微微鞠了一下躬。领导看了一眼他手里的摄像机，问他：你是网站新来的？

是。

叫什么名字？

陈小新。

好好干。网站很重要。

从12楼到15楼，领导只来得及说了这些话。电梯门打开时，他看到电梯口扇形站了好几个人，他认出来其中一个是办公室主任。他明白这些人一定是在迎接领导的。他拎着摄像机，赶紧从迎接领导的队伍后面绕进了会场。

作为会议的摄像，那天他一边拍摄，一边认真听了领导的讲话。刚来，单位的事情对他来说很高深，他还不太懂，但他感觉，领导真是一个会讲话的人，把那些挺大的道理讲得非常生动，表达真的好，至少他很爱听。而且从拍摄专业的角度看，领导是很上镜的，很有领导范儿。他几次特意把镜头往前推，多拍了几个大特写。每到他拍特写的时候，领导的表情也都恰到好处，表现得很好很配合，让他自信自己还是很会抓拍的。他记得自己实习的时候，在下面一个县里，也是拍会议，那次他拍得特别沮丧，好多领导特写镜头，事后回放，根本就没法看，不是闭眼睛就是打哈欠或者皱眉头、嘟着嘴，剪辑起来很费劲，以至于有一段时间，他对自己的摄像技术都产生了怀疑。

陈小新是这个单位的新人。新人一般总会引起别人注意一下。陈小新到单位上班以后，经常有人跟他打听，问他有没有女朋友。陈小新确实还没有女朋友。那么，你的父母是干什么的？家里都有什么人？你自己有房子吗？有驾照吗？准备考不？你想找什么样的对象？

陈小新的父亲，是一家国企的工程师。他的母亲，在小学当语文老师。没有女朋友的陈小新，暂时还没有自己的房子，他跟父母一起住在浑南新城的公寓里。陈小新的家庭背景很简单，他不忌讳告诉别人。反正档案里这些都有，真有人好奇，想知道其实不难。考上这个单位，他真是凭自己本事考进来的，他没有任何后台。这没什么可隐瞒的。但他朦朦胧胧感觉，打听他家庭情况的几个年纪较大的男女同事，绝不仅仅是他们口头上讲的想给他介绍对象那么简单。

那会是什么呢？

他不明白，没有人可以问，需要自己慢慢琢磨。

当然，陈小新不会想到，有一天，大领导还会亲自给他打电话。

打的是办公室座机，单位的内线电话。他离电话机最近，顺手接了电话。大领导在电话里自报家门，问他是不是陈小新，告诉他：你现在马上到 1218 办公室来一下。

那会儿主任正进来催部里的几个年轻人网页更新。他接电话时，主任也在的。他放下电话，给主任讲了大领导的意思，不讲不行啊，他得请假上楼啊，大领导说的可是“马上”。主任眼睛一亮，二话没说，胖手一挥：你赶紧上去吧！

大领导居然记住了他的名字。陈小新心里有那么一点儿热乎乎的。

那天大领导找他，其实也没什么大事情。对陈小新来说，是一件很小的事情。大领导办公室台式电脑的网页，不知道为什么打不开了。管办公室的主任那天在外面办事，不在楼里，大领导一下子想到了网络部新来的年轻人，并且恰好记住了年轻人的名字。摆弄电脑是陈小新的长项，其实电脑游戏更是他的长项，这个长项在单位他暂时还隐瞒着，没让任何人知道。他是个电脑游戏高手。但按照一些人比如陈小新妈妈的看法，或者说偏见，网络游戏不是什么正经营生，年轻人玩游戏，是不务正业。吸取了头一天上班坐电梯的教训，他决定在单位绝对不玩游戏、也不跟任何人交流游戏。他不到十分钟就把领导的电脑网页问题解决了。领导的电脑挺长时间没杀毒了，征求领导同意，他顺便手动杀了一遍毒，更新了几个常用软件。电脑速度一下子畅快了，大领导看上去挺高兴，但并没多跟他说什么，还是那天在电梯里的那句话：好好干。

我不得不说，陈小新酒量是真不行。第二瓶啤酒，老半天半瓶都没下去。他就在那儿讲讲讲，光讲不喝酒。我跟他碰了一下杯，逗他：小新，你行啊，这么快让大领导记住了，估计你以后进步能挺快呀！但在进步之前，你得把酒量先练出来。你这喝酒水平，不行。要想进步、当领导，不但要有水平、有肚量，还得有酒量。

也许是我的话激将了他吧，陈小新一满杯啤酒痛快倒进嘴里，呛了一口，一边咳嗽一边说：得了吧，跟你讲实话，老同学，自从大领导喊我上去帮他修了一次电脑，我现在连电梯都不敢坐了。我现在天天爬楼梯。你没发现我比上学时瘦了吗？我发现吧，我这个人真不适合现在的工作。我还是回学校念书得了。

他接着给我讲他在单位的故事——

自从他上楼给大领导修过电脑，他发现，部里的同事跟他说话时，口气好像跟以前不太一样了。有一点小心翼翼吧。主任支使他、给他派活时，也不像以前那样理直气壮了。一直到后来，大领导出了事情，调走了，部主任对他的态度来了个大转弯，从小心翼翼到面若冰霜，他才知道，人们对他的误解有多深。

大领导具体出了什么事情，他其实并不是十分清楚。隐约听说，好像是跟一个什么案子牵扯上了，但又不是特别严重、不需要负主要责任的那种。结果就是从这个单位调走了，好像去另外一个单位当了个闲职，级别没变，重要性降低了吧。陈小新对级别这种事情不太明白，也从来没想到大领导的调走，居然能够对自己这样的小人物产生影响。

我问他：啥影响？

啥影响？就是别人都不用正眼看你了呗。我后来才算弄明白，可能单位有些人以为我是大领导调进来的吧，跟大领导有什么关系，要不然为什么第一天上班的时候，我一个刚来单位的年轻人，胆子那么大，想都不想就跟大领导进一部电梯？还有，网络部十好几个人，别人都比我来得早，也多少都会摆弄电脑，为什么领导修电脑偏偏喊我上去？这大概就是他们误会我的原因吧。

那，大领导的事情，比如他受了处分，之前有人找你谈话吗？跟你调查你们之间关系之类的？

那倒没有。没有任何人找过我。也许我是小沙勒弥，人家没必要找我谈吧。

陈小新的脸，因为啤酒的缘故，通红通红的。他眉头紧锁的样子，让人同情。但我坐在他对面，心里默默地想，他是不是多疑了呢？他这人，性格一直是敏感啊。敏感再过一点儿，就是多疑啊，是病。曹操就因为多疑，误杀过人吧。性格敏感的人，适合搞艺术，不太适合在机关里面。没有任何人找你谈话，你就想当然地以为人家误解你了？你是不是想象力太强了？

我不知道怎么跟他讲自己的真实想法。我只能这样劝他：你是不是太敏感了？人家未必那么想吧？

真不是我太敏感。有些事情，你可能三言两语说不清楚，但你就是能感觉出来。直觉有时候比理性判断更准确，你不觉得吗？就像我打电脑游戏，有些步骤，有些判断，不用讲什么道理，你就按自己的直觉、感觉去操作好了，那种时候的操作往往就是最合理的。我是觉得，人世间的真理、道理、规律，其实我们普通人知道的非常少，很多真理我们普通人并不掌握。所以我们普通人，做什么事情，不如按照自己的直觉算了。扯远了，还是说我在单位的事情吧。为了省事、省心，我现在添了一个毛病，你可能想象不出来——我现在在单位，再也不坐电梯。再—也—不—坐！我有脸！如果能够重新开始，我希望上班第一天就不坐电梯，那样就不会遇见大领导，也不会让别人误会了。我不但第一天不坐电梯，以后也不坐，那样领导就记不住我的名字，也不会喊我去他办公室了。真的，不骗你，我现在天天上下班都是走楼梯。我习惯了走安全通道。整个一栋大楼里，大概只有我一个人在不停电的情况下走安全通道。你们不是一直说我胖吗，现在好了，我既上班挣了工资，又能减肥健身了，一举两得，很好呀！你看我是不是瘦了？

陈小新终于把第二瓶酒喝下去了。我看他酒是真有点高了。一个酒喝高了的人，你就不用跟他探讨问题了，说了也是白说，酒醒以后他可能什么都记不得了。所以我就顺着他的想法，跟他讲：爬楼梯确实是挺好，锻炼身体。

陈小新说，他现在已经习惯了在单位不坐电梯，他走楼梯的本事，他走楼梯带来的塑身效果，在单位已经传为美谈。但是，内心里一直有一种恐惧、害怕，他从来没跟别人讲过：每次走楼梯，他都担心自己会摔跟头。上楼还好，尤其下楼，他总担心自己一不小心，就会从楼梯上滚下去，摔个头破血流。当然，到现在为止，他一次没滚下去过，但他的内心，他发现，其实他竟然有那么强烈的希望能够滚下去一次的念头。滚下去，头破血流，然后他就可以名正言顺地请假、休病假、住医院，他就不用上班了。

得，我看着他不但脸红、脖子红，眼见着眼睛也红了，心里对他一下子有了更多的怜悯。我不知道他在单位具体遇到的真实情况是什么，按他的说法，如果仅仅就是坐个电梯、修电脑、跟领导有了莫名其妙瓜葛这样的事情，好像也没什么大不了的吧，这种事情，别人也完全可能遇到吧？但他的这种心态，好像也真的不适合继续在单位待下去。天天以这样一种心情去上班，郁闷、消极，不是什么好事啊。他可能真就是性格太敏感了。

一个大小伙子，大男生，上班不愿意坐电梯，爬楼梯又总担心会摔下去，还盼着摔个跟头歇病假，头脑真的有问题，不健康，是不是应该看看心理医生？我心里这样想着，却没好意思说出来。我怕自己这样说，话太重，他接受不了。毕竟他能考进那个单位，挺不容易的。听说是一百多个人竞争一个职位呢。我只能劝他：回学校念书，你要三思啊。我估计你们单位也不会同意你念在职，你回来读全职，就算拿到了博士学位，还面临重新找工作的问题。就是在大学里面教书，评职称、拿课题，这些事情，规矩也多着呢，搞不好也要打破头。哪儿都有规矩，大学里的规矩，未必就比你们那样的单位好。我现在还愁呢，后年就算博士拿下来，也不知道能找到什么像样的工作，现在留学校当个老师，门槛也是越来越高了，有的学校，居然连本土的博士都不够资历，还得是海归博士，你说就我家这经济条件，我哪有钱去出国留学？你说我一辈子就蹲在学校里面没完没了地读书，有意义吗？

他眼睛红红地看着我，一口气又吹下去一瓶啤酒。我看他连露在衬衣外面的胳膊都红了。我知道他的酒量不大，也知道自己的酒量几斤几两，我自己不想再多喝，也再不敢让他多喝了。我拦住他：哥儿们，咱俩别喝了，咱俩到校园里溜达溜达吧。

那天真是陈小新买的单。我说我是地主，我来吧。陈小新阻拦我：开玩笑呢，我挣工资了，你还没挣钱，别跟我撕扯！

校园里不寂寞。操场上，一伙年轻人在打篮球，围观的叫好声，远远就能听到。观众里居然还有女生。我仿佛看到了七八年前正在操场上打球的自己。我，陈小新，我们班的男生，大一时就在这个操场上过篮球课。秋天的校园，银杏金黄，正是好看的时候。好多外面的人来拍银杏叶，感觉校园里比不放假时反而人更多些。我们请游人帮我们俩拍了几张在银杏树下的合影，蓝天、白云、黄叶、我们俩酒后红色的仍旧年轻的红扑扑的脸，我觉着画面很美。临分手时，我跟他讲：你要是铁了心想回学校念书，我还是帮你联系导师吧。至少你要是回来，咱俩闲下来还可以一起打打球、喝喝小酒。

我在心里对自己说，别的忙我也帮不上。我也就能帮帮这样的事情了。

他走的时候，我送他到校园门口，帮他叫了一辆出租车，再三叮嘱他，到了家一定要给我发个短信。

时间过得飞快。那次分手后，一晃儿，我们俩又有两年没再见面了。联系倒是有，偶尔的吧，过年过节发个短信问候什么的。他没结婚。听说刚处了一个单位同事介绍的当护士的女朋友。他也没离职，没考到哪个学校念博士。大概就大上个月吧，听说他要到下面一个市里，挂职锻炼去。

头几天，我们大学一个宿舍的另外一个哥儿们，从北京出差过来，给我打电话，让我约几个同学小聚一下。他特意点了陈小新。我当时告诉他，陈小新在下面市里挂职呢，估计得忙，不一定能来上，但我可以打电话试试。

陈小新的手机号码竟然没变，一打就通了。

陈小新是知道我电话的。他接我的电话，声音听上去很高兴：哥儿们，很久没联系了，挺想你的。

能听出来，他的口气挺真诚的。我想开玩笑，差点脱口而出：想我，你就不能再主动打电话跟我联系一次？你升官了呀？话到嘴边，咽回去了。陈小新超级敏感的，我还是别造次了，他是禁不起玩笑的那种人。等见面了，有什么话慢慢讲吧。

但陈小新很肯定地告诉我，他挺遗憾，参加不了同学聚会。

我将他：本溪离沈阳这么近，高铁都通了，半个小时都用不上，你就那么忙？半天时间都没有？回来一趟能怎的？！

陈小新犹豫了一下，声音低下去，告诉我：哥儿们，我真去不上。不隐瞒你，我腿骨折了，在住骨科医院呢。你知道就行，千万不要告诉别人。拜托！

啊？！你怎么搞的？严重不？我们到本溪去看看你！

不用不用。就是走路不小心，摔了个跟头。点子背，一摔就骨折了。

听说他摔了个跟头，腿还骨折了，我心里咯噔一下。猛然想起两年前我们喝酒时他说过的话。

我决定过几天一定找时间去本溪看看他，跟他好好唠一唠。好歹同学一场、一间宿舍住了四年，还算是酒友、球友。但愿他这个跟头，不是两年前他想主动摔的那种。对了，我想起来，本溪还是辽宁男篮的主场，我可以找个周末过去，跟他约了一起去现场看一场比赛，最好是跟广东队的，他知道我是比较喜欢阿联还有朱八的，王七还是我丹东老乡呢。当年我们在学校时，宿舍里没有电视，为了看比赛直播，周末我去过他家里，记得他爸爸也是个球迷。当然，那得是他康复了，能重新下地走路的情况下。拄拐的话，就有点悲壮了，我也不忍心。我记得我们上大学时，他最喜欢的NBA球星是科比，科比现在老了，听说已经决定要退役了，他又有了新的偶像吗？库里？现在的辽宁队他喜欢谁呢？

等见了面，我也一定要问问他，他是从楼梯上摔下去的呢，还是在另外别的什么地方？

在电话里，我没来得及多问。

滋味儿

秀，天亮了，五点多了，咱下楼吃油条、喝豆腐脑去吧。反正也睡不着。八个时差，没十天半拉月，咱倒不过来，不像年轻人，三天两天就不在乎了，拿时差不当回事。人生七十古来稀，咱往八十奔啦，岁数不饶人啊。在天上咱已经睡够了，恨不得飞机马上落地，马上到家，马上去马路对过的富城早市。不知道徐记油条还在不在？不会关门停业吧？他家的油条花样多，有白面、苞米面的，还有薄脆饼，豆腐脑上面撒的那撮蒜泥，是用盐和醋腌过捣碎的，是那种绿汪汪透着蓝的颜色，特有滋味儿。周末去闺女家，只要咱一提油条、豆腐脑，闺女表面不反对，过不了三分钟，肯定就把话题拐到油炸食品不健康上，后来又多了地沟油，她更有理了。她研究化学，又有口才，摆起食品健康头头是道，咱肯定犟不过她。但其实咱就是心里想，嘴上说说，过过嘴瘾。咱能天天早晨吃油条、喝豆腐脑吗？天天给咱吃，也未必吃得下去，咱还有别的东西想吃呢。这次回来，闺女只同意咱待一个月，说不放心，让早点回去，那咱还不更得抓紧时间，把最想吃的东西先吃上一遍？

说到油炸食品，美国人吃油炸食品少吗？一点不少，比咱中国人吃的多得多。咱中餐里除了油炸，还煎、炒、炖、蒸呢，不像美国人除了生拌就是油炸。老年公寓的饭咱吃厌了。尤其中午那顿，不是炸鸡就是炸鱼。鱼是好鱼，新鲜，没刺，块头也大，肯定有营养，太平洋没有污染的深海鱼，就是没味道。就不能炖一炖吗？浇汁儿也行啊！天天就那么一炸，蘸点盐或者沙司，没滋没味儿，难以下咽。咱住的老年公寓规定，每天至少在公寓餐厅吃一顿。不吃也得吃，钱花了，没办法。炸鸡、炸鱼、拌沙拉，就这。为啥美国有那么多胖人？还不是油炸食品的罪过？咱家那俩小的，外孙、外孙女，在美国出生长大，也是油炸食品不断，说炸出来的东西香。现在看不出来他们胖，那是他们还小，没显出来。你等他们岁数再大点儿，你就看吧！没办法，孩子入乡随俗，咱说了没用。人家压根儿就是美国孩子。再说闺女也上班，特忙，没工夫下厨房做中餐。他们大人孩子上班、上学，都是带几片面包，里面夹点火腿。咱知道那玩意儿叫三明治。好做，简单。如果不是周末咱过去，估计闺女也不做中餐了吧。

上飞机前通电话，咱跟闺女保证了：豆腐脑、油条不多吃。偶尔吃。咱楼下富城早市的油条又酥又脆。华人超市里，那种冷冻过再炸出来的油条，跟富城早市的油条没法比。那咱也不多吃。跟闺女保证过的。早晨吃油条，中午就改了，改吃大煎饼，要那种现摊的山东大煎饼。记得大上回，回美国，咱在行李里捎带了十斤大煎饼，放到冰柜里冻上，想吃就拿出来缓缓。闺女知道后老大不乐意，说咱没必要千山万水带这种不值钱的东西。咱不管她，她爱咋说咋说。她岁数还小，不知道人老了想吃什么吃不着那种念想、煎熬。山东大煎饼，烙韭菜合子最好吃。鸡蛋放盐，煎了，搅碎，拌上虾皮、切好的韭菜沫，大煎饼包成合子，两面一煎，虎皮色，趁热吃，那味道！

吃完油条、豆腐脑，咱去早市溜达，买水果。一年十二个月，闺女掐指算了，就九月份回吧。机票早就订下了。订得越早越便宜。九月份温度好，不冷不热，秋天的果子也都成熟了。对，咱要买一嘟噜巨丰葡萄。美国的提子太甜，不水灵。美国的水果都甜。葡萄咱爱吃巨丰。瓦房店那一带的巨丰好吃。甜里带酸，特水灵，特有味道。还有国光苹果。国光现在可能有点早，没下来呢。也是酸甜，比红富士好吃。国光苹果放一冬天，味道更好。咱小时候都是吃国光，没听说红富士。看见国光咱就买。没有的话，南果梨也行。南果梨可能也有点早，还没下来，得过几天。走之前肯定下来了。年年不是八月十五吃南果梨么。对，南果梨是咱吃过的最有滋味儿的梨。青皮的时候摘下来，不能马上吃，得捂。捂黄了就能吃了。最好吃的就是带红脸蛋的那种。红脸蛋是太阳晒出来的，是阳面的梨。南果梨特奇怪，硬度不同时，味道大不一样。喜欢甜的趁硬吃。喜欢酸甜的，再软软。南果梨不好放，软了不吃，就烂心子了，不能吃了，但马上就快坏了的那时候，也最有滋味儿。咱就最爱吃那时候的南果梨，一咬一口水儿，酸甜酸甜的，入口即化，没有牙也能呡动。南果梨好吃，可惜只有咱老家那地方产。正宗的南果梨就千山周围不大的地方。皮薄，汁水多。别处的南果梨都是嫁接改造的，别看个头大，皮厚，肉粗。南果梨产量太小。很多人听都没听说过，更别说品尝。多遗憾呐。

秀，咱买了水果，肯定不多吃。少食多餐。水果放在两餐中间，血糖最低的那时候。咱知道。罗伯特大夫叮嘱过。头回来咱还跟他预约了，拿了一个月的药。他说咱这个岁数最好不要出远门。他知道咱要去哪儿。他说咱最好回去以后马上到他那儿做个复查。罗伯特这个大夫还不错，挺负责。

早餐如果吃了油条、豆腐脑，中午不吃大煎饼也行。咱还想吃酸菜。特想吃。东北人哪有不想吃酸菜的？秋天的大白菜，撂缸里渍酸了，切成细丝，炒、炖、涮火锅，剁碎了包馅，都好吃。咱小时候，还生吃过酸菜心呢，蘸酱吃。好吃。酸菜现在肯定没好呢，应该说还没渍呢。大白菜还在地里长着呢，还没到搞秋菜的时候。搞秋菜得十月中下旬。咱跟两个小美国佬讲搞秋菜、渍酸菜，他们不懂，也不爱听。咱结婚那会儿，冬天除了白菜就是土豆、萝卜，再就是酸菜。结婚头一年，咱买了一千斤大白菜，一半渍酸菜、一半放地窖里，一个冬天，咱俩人全给吃了。闺女个头矮，跟女婿说自己生在三年困难时期，有条命能活下来就不错了，还幸亏爸爸妈妈买了一千斤大白菜，能有大白菜吃。大白菜有营养，所以她虽然个头儿没长起来，智商还没影响，要不怎么能读下来博士呢。女婿是白人，不明白什么叫三年困难时期。咱的英语讲一点眼前吃吃喝喝的事情还行，讲三年困难时期，太费劲。咱就不讲了吧。他不明白的事情多着呢，咱懒得跟他费唾沫。说到三年困难时期，那是咱开始搞对象的时候。那时候咱们都在学校念书，粮食不够吃，总是饿。你背着人，把节省下来的窝头送给咱，说自己胃口小，吃不下。这事儿咱记着呢，永远不能忘。你后来胃不好，是不是那些年饿的呢？年轻时不感觉，老了找上来了？这事咱不能忘，可也不敢多想。想起来心酸。也内疚。咱不该伸手要你的窝头。可那时实在是太饿呀。人要饿死，什么都顾不上了。

听说现在国内的超市里，有卖袋装酸菜的，一年四季都可以吃到。有用大白菜渍的，也有用大头菜渍的。这真是太好了。咱在美国渍过酸菜，闺女特意买了韩国人做泡菜的那种大塑料桶。不知道为什么，就是不酸。最后都烂掉了。闺女说可能是白菜品种不一样，也可能是美国的水土不养酸菜，缺少一种发酵的菌。咱分析，也可能是渍酸菜的家伙什儿不行。渍酸菜还是得用菜缸。菜缸透气，塑料桶好看、干净，但不透气。美国华人超市里也有酸菜。闺女买回来过。不好吃。酸菜闺女也叮嘱少吃。闺女说酸菜有致癌物，尤其没渍透的酸菜。咱不知道有没有致癌物，咱只知道祖祖辈辈吃，也没听说谁得了癌，倒是不吃酸菜的美国人得癌的不少。张学良也是吃酸菜长大的，人家活了一百多岁。听说他晚年也想过酸菜。咱在报纸上看到的。他在夏威夷那会儿，闺女也带咱去那儿旅游。可惜那会儿咱不知道他在夏威夷，等离开以后才听说。也许知道了人家也不会见咱吧。活那么大岁数了，好不容易有了自由，见不见一陌生人，能咋的？

吃酸菜可以配好多种主食。大米饭、馒头、花卷、苞米面饼子、发糕，都行。咱最想配黏豆包。快过年的时候，咱老家乡下家家户户都泡小豆、泡黏米，黏豆包包好了，蒸熟，放外面缸里冻上，吃的时候拿出来，搿锅里热透了就行。一个正月，媳妇们不用做主食，省事也省火，剩下时间就是玩呀，闹完了正月才算过完年。小时候咱吃黏豆包没数，什么时候吃到嗓子眼儿什么时候算。现在咱准备只吃一个。黏豆包不好消化，咱准备尝尝味儿就行。吃黏豆包最好蘸白糖，这个咱不能蘸。吃糖的事咱能管住自己。兜里总揣几块糖，那是救急用的，罗伯特叮嘱的，血糖一下子低了，也有生命危险。那时候身边有几块糖，也许就能救命。

咱想起来了，这个时候，早市不可能有卖黏豆包的。咱以前在早市上看见过卖，那是冬天，快过年了。现在才九月，刚入秋，季节不对。过几天，等时差倒过来，咱想让侄女带着，去山里看看红叶，吃吃山里的蘑菇、山里红。山里红也是酸甜。没有多少果肉，但是味道特别。山里的蘑菇，咱最想吃松蘑。咱在旧金山没看见过松蘑。有一年，你从前的一个学生到美国去看咱们，带去了一袋真空包装的松蘑，咱用这袋松蘑炖了多少顿鸡肉呀。美国鸡肉便宜，好多菜里都有鸡肉，炸着吃的，烤着吃的，平时咱都吃腻歪了。配上松蘑，味道马上不一样了。那一袋松蘑，咱前前后后吃了能有小一年吧？太金贵了。每次不舍得多放，借味儿。咱去山里，吃刚采下来的松蘑。刚采下的松蘑，别说炖鸡，炒土豆片都老好吃了。

如果是春天回来，咱还想吃山野菜。刺嫩芽、蕨菜、大叶芹、猫爪子。韩国店里卖蕨菜干，挺老贵的。咱老家的山上，一到春天，蕨菜蓬蓬勃勃，嫩嫩的，拳头还没张开呢，用开水焯了，再用凉水泡一泡，出出苦味儿。咱老家那地方，一到春天，姑娘媳妇都上山采蕨菜，晒干了出口，卖日本人、韩国人。日本料理、韩国料理都用蕨菜。但咱还是觉得那种新鲜的蕨菜好吃。滑嫩滑嫩的，带一丁点儿的苦。如果是春天回来，咱还想吃地里的小根蒜。有的地方管它叫野蒜，咱老家那地方，都叫它大脑瓜。山坡野地长，田间地头也有。地面露出来的圆叶比韭菜细。韭菜叶是扁的。地下埋着蒜头，白白胖胖，像小孩子的大脑袋瓜。小根蒜洗净了，蘸酱吃、空嘴吃，或者用盐稍微压一下，都行。辣，又不是特别的辣。那味道特殊，像大蒜，又不是大蒜，跟什么都不一样。就苞米面锅贴，哈哈，美。如果是春天回来，咱还想去北陵公园摘槐树花，回家和面里蒸团子吃。北陵公园的槐树，一到春天，槐花开得白花花的，一大片一大片的，大老远就能闻到香甜，一阵风吹过，满地都是。咱早晨起来上北陵溜达、活动腿脚，趁着露水还没下去，摘点槐花回家。岁数大了，不像小时候能爬树，就摘低处的吧。槐树花团子也是甜的，好吃，特别清香。

在美国一聊吃的，闺女就说咱：爸，瞧您想吃的东西，全是那种土吧啦唧上不得台面的，一看就是穷人家出身。

闺女说对了，咱就是穷人家出身，一点不假。这没什么丢人的。谁能决定自己的出身呢？就像你决定不了自己出身地主家庭。

秀，其实，咱最想吃你做的饭菜。什么都行。二米粥，高粱米水饭。尤其是面食。疙瘩汤、面条、面片、烙饼、萝卜馅素包子、发面饼、戗面馒头、青菜团子。还有你做的菜，炒土豆丝、炖豆角、煎带鱼。什么都行。闺女也不是不孝顺，从小在外面念书，会用电饭锅做米饭，没学会做面食，没学会做复杂一点儿的中国菜。幸好嫁到美国了。美国人爱用烤箱。烤面包，烤蛋糕，烤各种小点心。倒也好吃。跟你做的面食不是一个味儿。搞对象的时候，咱还担心你会不会做饭呢。老百姓，过平常日子，不会做饭怎么成？地主家出身的姑娘，又念过书，会不会做饭不好说呀。咱都做好了吃糠咽菜的打算了。没想到你饭做得特好。主食、副食，样样行。还会渍酸菜、腌雪里红。连辣椒酱、西红柿酱你都会做，没想到。

秀，昨晚咱到家，就把你照片拿出来摆上了。咱知道你也想回来，咱也清醒你回不来了。昨晚下飞机，侄女问你埋在哪儿，有墓碑没。咱告诉她，你把自己捐给斯坦福医学院，什么都没留。斯坦福医学院救过你命，但最后还是能没能留住你。你跟闺女说了，不留墓碑，都捐了，贡献医学，还动员咱将来也捐了。这事儿得再合计。咱没你那么坚强啊。

秀，门铃响了，估计是侄女来了。咱给她开门去。昨晚告诉她了，今天咱得先去口腔医院看牙。咱牙疼，没告诉闺女。咱有两颗牙活动挺长时间了，吃饭的时候不敢用劲儿。在美国，拔一颗牙得五百多。美元。咱没舍得让闺女花钱，没告诉她，硬挺着，凑合着用呢。咱在美国看别的病免费，做手术免费，吃药免费，但是看牙得自己花钱。美国人看牙太费钱啦。那两个小的，才多大，从小就洗牙、矫正，据说都花出去一万多了。美元。咱去看牙，闺女给拿钱，那咱也不舍得。以前咱们一起回来的时候，你不也是一回来就去口腔医院吗？有一次闺女到老年公寓看咱们，发现你吃不下东西，闺女说要带你去医院，你说没病，只是牙疼。闺女马上开车带你去看牙医，没提前预约，转了好几家才找到大夫，就简单检查一下，消消炎，花了三百多块。

秀，你放心吧，看好了牙，咱一定好好吃饭。口腔医院旁边有一家杨家卤味，他家的猪蹄、豆腐干都好吃，味道足。配上一瓶冰镇雪花啤酒，老滋润了。咱把牙看好了，买点卤味，上侄女家吃饭去。咱老了，自己做不动了，想吃啥让侄女做吧。

秀，你等着吧，回头咱给你买大石榴，西安产的那种大石榴。那是你最爱吃的。咱给你在相框前面摆着，你吃不上了，看看也行啊。

秀，咱开门去了。回头见。

白　头

一

出院回家的那个上午，一场豪雨刚刚戛然而止，空气湿漉漉的，凉爽中带一点雨水的腥鲜。天空被淋洗了一夜，楼空间露出几片城市中难得一见的湛蓝。

肖洁搀扶丈夫周洗尘从住院部的玻璃转门走出来。蓝蓝的天空和户外没有消毒水味的空气让周洗尘全身莫名抖动了一下，一个响亮的没有精神准备的喷嚏吓了他自己一跳。经历了半个月的病房生活，天空的这种明媚、空气的这种清新让他感觉陌生。走路的脚步有些飘。

肖洁招来一辆出租车，打开后门扶周洗尘上车坐好，又让司机开了后备厢，把手中的两个大网袋放进去。半个月时间，蚂蚁搬家似的，倒腾来不少东西。换洗的衣服、吃饭的碗盆，还有周洗尘的书和杂志，归拢归拢就是两大网袋。他这人就这样，书呆子，啥时候都离不开书本。车门关好，出租车起动挤进城市的车流，眨眼就把医院抛在后面，一点踪迹都不见了。

肖洁紧挨着周洗尘坐在后排，对窗外的风景视而不见，心中想的是：但愿，疾病像身后的医院一样，很快也看不见。

二十多天前，周洗尘上课的时候明显感觉胸部不适，以为是跟学生叫喊、生气的缘故。新学期，周洗尘教初二历史。初二学生对历史这种小科不重视，上课经常打打闹闹。一般的小科老师，随便喊几嗓子吓唬学生，照本宣科把课讲完拉倒。历史课占中考的分值不多，大多数学生认为临时抱佛脚背背复习提纲就行了，上课不肯认真听讲。生物、地理、音乐、品德，和历史一样都属于小科。教小科的老师，要么是年纪大了体力跟不上，从主科转为清闲的小科，过渡几年就退休了；要么是刚分到学校的年轻老师，一时还没有合适的主科岗位，暂时在小科屈身。周洗尘属于前一种，但又不完全是。按他的年龄和资历，他完全可以再教几年主科，至少再教一个三年没问题。初中有实力的主科老师，大多跟班走，三年一个周期，从初一带到初三毕业。周洗尘以前教语文，课上得不错。中学老师课上得好坏，带班学生的考试成绩能够说明问题，还有一个更能说明问题的是校外有没有补课班请你。有名气的老师，请的人多，讲课费也拿得高，讲得一般的老师，外面请你的自然就少。在补课班讲课跟学校不太一样，虽然课程是一样的，但在校内讲课，只要不是水平太低，学生爱听不听，家长也没有权力要求换老师。义务教育，老师上课国家买单，家长就是有意见，也没办法对学校指手画脚。嫌公立学校不好，你可以花大价钱去私立学校。外面的补课班不一样，补课班大多是草台班子，补课的老师都是办班人像穴头一样纠集在一起的，家长虎视眈眈瞪着眼珠子，就在后面跟着一起听课，老师讲得一般，家长不会掏腰包。周洗尘是个谦虚的人，自认为课讲得一般，但重点中学的名气加上他的好脾气，他在外面的课一直不断。这么多年，每到周六、周日，尤其是寒假、暑假，周洗尘忙得团团转，在不同的教室里给来自不同学校大多数叫不上来名字的学生上课。校外补课教委明令禁止，各种补课班藏在城市的犄角旮旯，游击队一般。周洗尘胆儿小，从来不出面组织补课班，但他参加别人办的班，仿佛这样责任就能小一点。周洗尘忙得没有周末、假期，家务事基本不伸手，肖洁却少有意见。

因为周洗尘挣钱比肖洁多得多。学校的工资是一块，补课费是一大块。最多的时候，一个假期挣过一万多块钱。那是周洗尘冒着被抓的风险，以坚强的体力和嘶哑的嗓音换来的。跟那些大款比肯定不算多，一个假期的劳累不够人家吃一顿饭、洗一次澡的，在肖洁眼里，周洗尘挣的这些钱就是财富了。肖洁在化工厂附小教体育，平时除了固定的基本工资，再没有别的活动钱，连班主任费都没有，在小学老师里收入最低了。女老师之间，谁家男人干什么、挣钱多少，不是暗比，是明着比。住多大房子、穿什么牌子的衣服、用什么牌子的香水，是女老师们课下谈论的话题。一个小学女老师在学校里的地位，除了她课讲得好坏，还跟她家里的那个男人有关。周洗尘在附小女老师的男人队伍中，属于比上不足比下有余的那种。虽然只是初中语文老师，但他可以给学生补课挣钱，实际收入未必比政府机关里普通公务员低。周洗尘补课的收入占家庭收入的一大块，让他在家里有了至高的地位。一对双胞胎儿女，周明、周朗，都正读大学呢，如果不是周洗尘的补课费，肖洁拿什么交他们每人一年一万多块钱的学费，还有每个月不少于六百块钱的生活费？六百块钱，据说在大学生的生活费里算极少的了。

一年前，暑假最后一次返校回来，周洗尘告诉肖洁，下学期他不再教语文，改教历史。肖洁当时眼睛就瞪圆了："为什么？！"

"岁数大，教不动了。"

"你才五十二就教不动了？人老秦不是还当班主任呢吗？"

老秦是周洗尘念师范时同届不同系的校友，在另一所中学教数学，是他们同学中少数没当校长、没改变职业、还在教学一线的。都是普通老师，彼此来往多些，经常互通点信息、介绍个补课班什么的。

"老秦是老秦，我是我。他身体多好。"

"我没看出来他身体比你好。我看你呀，就是太老实，从来不给校长送礼，这回好，这么早就让你教小科了。"

肖洁一肚子不乐意。想着周洗尘心里肯定也不好受，就没再唠叨。第二天她去百货大楼买了一瓶香奈尔香水，又买了一支兰蔻口红，这两样小东西竟然一千多块钱。她自己可是从来没用过这么贵的化妆品。她知道程校长心里不一定看上这种小东西，但什么都不买，空着两只爪子去见程校长，实在又有些丢人。程校长家住本市高档住宅区万科花园，肖洁没登过门。打通程校长电话时，肖洁已经站在万科花园的大门口，登过记，按照程校长的指点，顺利找到了。程校长和她男人都在家。程校长的男人，原是实验学校校长，退休以后被一家私立中学聘请，仍旧当校长。进了程校长家，肖洁的自卑感越发强烈起来。这种自卑感她从走进万科花园就有了。一样是在教育部门工作，程校长家可以住高档住宅区，住二百多米的大房子，他和周洗尘却只能住十五年前盖的教师统建公寓，面积还不到七十米。幸好这几年周明、周朗上了大学，只是寒暑假回来住，要不然一家四个大人在小房子里打转转，真有点让人上不来气的感觉。程校长穿着家常衣服，让肖洁进屋，接过肖洁手里的一束百合花："小肖你这么客气干啥？"

"程校长，我来看看你。我们家周洗尘，我跟他说过多少次跟他一起来串串门，他总说程校长太忙，不好意思来打扰。今天我来他还不知道呢。"

肖洁快人快语，寒暄了几句，很快就把自己的想法跟程校长表达清楚了：家里两个孩子大学还没毕业，周洗尘的收入减少了，生活会很困难。如果有可能，希望还让周洗尘教语文。教主科的收入比小科还是高些嘛。她没说在学校教主科外面请补课的也会多。补课的事，大家心照不宣，没必要说白了。程校长的回答让肖洁大吃了一惊："小肖啊，你不找我，我还想给你打电话呢，你们家周洗尘怎么回事啊，说什么也不肯教语文了，非得要去教小科。他教学经验这么丰富，带的班今年中考学生成绩也不错，我还想让他帮我再从初一带个班呢，谁知道他坚决要求去教小科。这么多年，我还头一次碰到主动不教主科的。"

肖洁一时语塞。她一直以为去教小科是校方的安排，所以才想着来求程校长，没想到竟然是周洗尘主动要求的。他脑子是不是有病啊？！

在程校长家坐了半个小时，人家电话不断，肖洁就不好意思多坐了。临走时把香水和口红拿出来，程校长死活不收。肖洁穿好鞋，趁着程校长接电话的工夫，把东西硬放在鞋架子上，赶紧下楼。她已经答应程校长回家做周洗尘的工作，教语文对他是轻车熟路，钱多咬手啊？

因为肖洁偷偷去程校长家串门，因为肖洁动员周洗尘继续教语文，两口子狠生了一顿气。肖洁质问丈夫："你为什么不征求我意见就不教语文了？！"

"我征求你意见有什么用？你能同意啊？我还不了解你。"

"你了解我什么？"

"掉钱眼儿里了。"

因为这句话，肖洁眼泪哗地出来了："周洗尘，你好，你纯洁、高尚、没掉钱眼儿里！以后这个家你当，你以为养活两个整天就知道打电话要钱的孩子容易啊？你以为我是你雇的管家婆啊？周明、周朗大学毕业找工作不需要钱？结婚不需要钱？你拍拍心窝，你有良心没？孩子不是我想生的，是你要生的！不想管孩子，不想负责任，你早说！当初我不生他们！”

肖洁说这话不是胡搅蛮缠，是有根据的。刚结婚时，肖洁贪玩，不想马上生孩子，周洗尘不同意，大包大揽：“趁着年轻赶紧生吧，生下来我全管。”没想到肖洁不生则已，一胎竟然生俩，还是一儿一女龙凤胎，一家四口走在街上，多少人羡慕，只有他们自己知道，养活两个孩子让他们比一般的父母多付出了多少辛苦。一晃儿周明、周朗二十多了，周洗尘说他管孩子，就这么个管法吗？！

肖洁气得眼泪直淌。周洗尘并没有哄她的意思，倚在床头拿遥控器把电视频道摁来摁去。两个孩子已经开学走了，夫妻吵架，谁也看不见。眼泪总有流完的时候。女人的眼泪不值钱。

肖洁不能理解周洗尘为什么要去教历史。周洗尘不跟她解释，他认为自己就是解释了，她也听不懂。

周洗尘喜欢历史。从小他就喜欢听书说古，《三国演义》差不多能背下来。上师范的时候本来想报政史系，班主任吴老师硬说服他改了志愿，变成汉语言文学了。关老师是好心，告诉他，师范学院培养中学老师，学什么教什么，语文是主科，历史、政治是副科，哪有当老师愿意教副科的？周洗尘没动摇，母亲动摇了，为了不让母亲伤心，无奈重填了志愿。毕业这么多年，周洗尘一直教语文。事实证明，关老师的提示是正确的，在中学，语文老师比历史老师、政治老师就是有地位，收入也高出一大块，比基本工资还高的一大块。初中学生在外面有补语文课的，谁听说有补历史、政治的？没有白补的课。家长掏钱，老师挣钱，就这么个逻辑。可是，在当了将近三十年语文老师之后，周洗尘突然厌倦了，对语文课莫名地打心眼儿里反感，有了一种阻挡不住的想要教历史的冲动。跟肖洁商量这种事肯定白搭，他知道肖洁肯定不同意。也是怕肖洁的阻挠会让他动摇。为了养家糊口，他已经教了那么多年字词解释、改病句、中心思想、段落大意，难道他在年过半百之后，就不能为自己活一回，在课堂上讲一讲心爱的历史？

一年的实践证明，教历史确实给他带来了新鲜和快乐。唐宋元明清，玄武门之变，汉武大帝，康乾盛世，甲午战争，好多历史名词听上去就爽，有大气势，比教学生怎么用逗号、顿号有意思得多。备课的时候，除了现成的教辅书，他还从图书馆借了大量的历史资料，连《三国志》都搬回了家。外面有不知道他已经不教语文的补课班还打电话找，也有的是知道但念于他的名声仍旧请他。比他教语文的时候明显少了。有人请他就去上，每个月还能交给肖洁补课钱，多少能让肖洁气顺一些吧。课比从前少了，他有更多时间读书。研究历史真有意思。读书累了，神思遐想的时候，他甚至想过，如果人生能够重新开始，他会不会坚持己见，把自己的大学志愿填成历史系？如果是那样，他这辈子会不会做一个历史老师？或者，在给学生上课之余，也会有机会走上百家讲坛，那个纪连海不就是中学历史老师？没有什么是不可能的。当然，说到人生，那就复杂了。人生是一次性消费，时光不能倒流。如果他的妻子不是肖洁，如果他不是有了一双儿女，他的生活会是什么样子？想想总可以吧？

历史课给他带来了新鲜、乐趣，也带来了苦恼。大多数学生不把历史课当回事。上历史课不听讲，在下面做主科作业的不在少数。这种不影响别人的还算好学生，最让他生气的是那种上课说话的学生。讲得正来劲的时候，下面的声音打断了他的思路，这样的课堂纪律让他心情不舒畅。周洗尘对这样的学生不能理解，对中学的这种课程安排也不能理解。中考的历史分数绝对不应该比英文分低。难道了解人类的历史就不如学英语重要？不愿意了解自己民族历史的一代人，多么可怕！历史是一面镜子啊，你们长大了做什么都离不开历史啊！他苦口婆心，却没几个学生买账。他在心里说：等你们后悔时就晚了。

也就是在心里想想而已。说出来没人听。中考的分数有用，比分数线高一分就可以给家长省三万块钱，知不知道汉武帝、唐太宗有啥用？

那天上课生气，因为他正讲课的时候两个学生传纸条。第二排的一个女生，把团好的纸条明目张胆往后面传，传到最后一排一个满脸青春痘的高个儿男生，男生把纸条打开，一声得意的呼哨响彻教室，周洗尘大吃一惊，大脑一下子空白了，有那么一瞬间，他忘了自己刚才在讲什么。更准确地讲，他竟然忘了这堂课自己该讲什么。遗忘让他觉得自己是一个愚蠢的人。“出去！”他气恼地冲那个男生吼了一声。他不知道那个男生叫什么名字。他教八个班的历史课，大多数学生叫不上来名字。那个男生对他的叫喊满不在乎，居然冲他笑：“老师，您是让我出去吗？”周洗尘心中一股恶气，告诉他：“就是你，出去！还有你，也出去！”他用手指着传纸条的女生。男生在他的注视下大摇大摆地出了教室，课堂上一片哄闹。女生还有一点自尊，滞扭着不肯动地方。周洗尘心软了一下，没再计较，胸口却感觉非常沉闷。这么大岁数了还跟学生真生气，他在心里骂自己没出息。

没想到这种沉闷居然几天不消。以前也有跟学生真生气的时候，顶多一天半天就好了，这次有点奇怪。晚上睡觉，他跟肖洁讲了，肖洁当时一句话没说。第二天早晨，不让他喝水、吃饭，硬拉着他上医院。周洗尘不去。他已经好多年没上过医院了，有个头疼脑热的，从来都是自己上药房买点药就挺过去了。肖洁死逼着他去，因为有没跟她商量就擅自决定不教语文的前科，周洗尘就妥协了。周洗尘好多年没进医院了，想不到体个检这么贵，全套下来，居然近一千块了，他得上多少堂课才能挣一千块钱啊？医院也太黑了。要不是肖洁在旁边看着他，他肯定从医院逃跑了。又是拍片子又是化验的，有必要吗？纯粹是浪费钱。

人不能上医院。只要进了医院，好人也能给你查出病来。周洗尘二十多年没进医院，进了医院就查出来肝上长了个瘤，马上就被收住院治疗。现在医院里的病人还特别多，肿瘤病房居然满员，竟然给周洗尘在传染病房安插了一张床位。体检的片子是肖洁去取的，住院的事也是肖洁安排的，周洗尘对这样的安排不乐意。长个肿瘤却得住传染病房，万一被传染上什么病呢？他不想去住，跟肖洁说开点药回家吃吃得了。肖洁不同意，脸色铁青："有病不治，你这人咋这样呢？！"

一般情况下，周洗尘不怕老婆，但肖洁的脸色从来没黑成那样，他也就只能怕一怕了。何况他的胸部实在不舒服，确实应该好好治一治。

住进医院，除了打针、吃药、拍片子、会诊，剩下的时间只能在病床上躺着无所事事。自从参加工作，难得这么清闲。那么多周末和寒暑假，他都把时间贡献给补课班了。周洗尘打心眼里庆幸自己辞掉了语文课。周洗尘是个认真的人，如果放着学生的课不能上，自己躺在医院，他心里不能踏实。教的是学生不看重的历史课，他的心里就轻松许多。既然学生不在乎，那就在医院住几天，把病彻底治好吧。

住了半个月，肖洁说病情有所好转，大夫让回家吃药。周洗尘很高兴。终于能够摆脱病房回家了！家虽然不大，离开时间长了真还挺想的。哪儿也没有家舒服。他甚至有点想念那些历史课上大多数叫不上来名字的学生，尽管他们经常惹他生气。

医院外面的空气真好。这才是人应该呼吸的空气。医院里有一股特殊的气味，消毒液、各种药水、病人们呼出的充满病毒、细菌的废气，还有看不见却闻得出的死亡的气息，让他的心憋着，压抑，不敢深呼吸，恨不得一下子从医院逃出去。

二

出院那天，还差两天就是国庆节长假。到家，周洗尘第一件事是给程校长打电话问放假的事，程校长敞亮的大嗓门在电话里听着有些震耳朵："周老师啊，还有两天就放假了，你就别来上班了，在家里调养调养，不差这一两天。等身体彻底好了的，啊？你的课让小刘代了，他年轻，多讲几堂课也累不着。"小刘是刚毕业一年的大学生，一张小白脸，看上去还没有儿子周明大，周洗尘听过他的课，在课堂上根本压不住。好在是历史课，反正学生也不在乎。

因为可以不用上班，因为比别人有了比七天长假更长的九天假期，周洗尘的心情一下子非常放松，同时心里还有些活动。这么长时间，要不去哪儿走走？虽然身体还是虚弱，上楼都有些腿软，毕竟会一天比一天好起来。散散心吧。医院真他妈的不是好地方，好人进去出来也变病人了。没事千万别沾医院的边。

晚上，肖洁烙了他最爱吃的糖饼。肖洁的厨艺一般，烙糖饼是她的长项，家传——周洗尘的丈母娘曾经是饭店里的白案。饼烙得好，只是轻易不烙。肖洁在学校教体育，整天在外面跑跑跳跳，五十来岁的人了，回到家里也喊累，嫌烙饼费劲，经常在街上买现成的饼回来，随便煮点粥或者做碗汤就是两口人的一顿饭。好在周洗尘在吃上从来不挑剔，烙就吃，不烙也不要求。这个刚从医院回家的日子，周洗尘听说肖洁要去厨房烙饼，甚至劝她别烙了："挺累的，随便吃一口得了。"

他说的是心里话。周洗尘住院，肖洁最累。周洗尘嘱咐肖洁，除了跟双方学校领导请假，任何熟人都别告诉。都挺忙的，麻烦人来干啥。现在上医院看病没有空手的，告诉人家，就是让人家花钱呢。再说又住传染病房，万一真传染个啥病，不好。连儿子和女儿都别告诉。儿子周明在大连读东北财经大学，女儿周朗在沈阳建筑大学读会计。儿子和女儿的志愿都是肖洁的主张。实用，好找工作，挣钱多。周洗尘说她掉钱眼儿里，不是对她有偏见，是有根据的。

肖洁一直在医院陪他。周洗尘几次三番说你回去上班吧，别为我耽误工作。我又不是不能动弹，一个人完全可以。实在不行找个临时护工。肖洁不同意，坚持陪他。所有跟医生、护士打交道的事，所有交费的事，都是她出面，不用他沾手。周洗尘住的是三人间病房，没有家属陪护的床位，天天晚上她都等到十点多，看到周洗尘快睡了才回家，早晨天刚亮就又回到医院。就这么半个月时间，眼瞅着肖洁瘦了，白头发从黑发中钻出来，格外扎眼。肖洁皮肤黑，人一瘦，显得苍老不少。

周洗尘活动起来的心思是想出门走走。五年前他参加过一次教委组织的北戴河夏令营。那次是可以带家属的，可周明、周朗假期要上课，肖洁脱不开身，他只好一个人去了海边。好多年没跟肖洁一起出过门了。现在，儿子、女儿不在身边，刚开学一个月，都说不回来了。有这么长不用给学生补课的假期，两口子出去走走？肖洁够辛苦的，让她也散散心。这么多年，带着两个孩子，操持这个不算富裕的家，肖洁不容易。

晚上睡觉，周洗尘就把这意思说了。黑暗中，肖洁翻了个身，老半天没给他答复。他以为肖洁是心疼钱不肯出门。这次住院，虽然有医保报销，估计个人也得花不少。他问过肖洁，肖洁不耐烦，让他少操心。如果是因为钱，那就算了。最近一年，他的收入减少，肖洁明显不高兴。过了一会儿，就在他将要入睡的时候，肖洁忽然问他：“你想去哪儿？”

“西安怎么样？”周洗尘没去过西安。倒不是多么想看兵马俑、大雁塔、华清池，主要是想感觉一下氛围。一个喜爱中国历史的人，他必须得去过西安。西安就是古时候的长安啊。西望长安不见家。大汉、盛唐，那是中国辉煌的时候，是中国人傲视世界的时候。周洗尘没出过国，没去过香港、澳门、台湾，大陆上的许多省份、许多名胜他都没去过，也有欲望到处走走，但不是很强烈，不是必须。那个曾经叫长安现在叫西安的地方，是他认为这辈子至少应该去一次的。

“自己去太麻烦，十一长假，买票、住宿都困难。明天我去问问旅行社，看看还有没有去西安的团。人家说现在旅游最好跟旅行社一起走，不操心，比自己单独走还便宜。旅行社可以打折，咱们自己走就打不了折。”

肖洁说完再没动静，周洗尘也没再吱声。

第二天一大早，肖洁出门，说是去看旅行社。临走时让周洗尘在屋子里休息，最好别下楼。有事给她打手机。

周洗尘在屋子里看电视，感觉有些气闷，穿上衣服下了楼。外面的空气很好。因为是上班的日子，院子里只有老人和小孩子在晒太阳。虽然是教委统建的房子，但一开始住进来的老师已经搬走了不少，加上平时白天他很少在院子里停留，仅有的几个老人和孩子他一个都不认识。没有人跟他说话，他也不想跟别人说话。难得有这种不需要说话的时候。这辈子，说过的话太多了。真正有用的有多少？坐在小花坛前的长椅上，初秋的太阳晒在身上，暖暖的。想到他那些同行这个时候正站在讲台上跟学生授业解惑，或者像他一样，正在因为学生不好好听讲而生气、嘶喊，他莫名地有了一种解脱感。在太阳地儿里坐着，什么都不干，原来也是一种享受。退休以后再不出去讲课了。那时候周明和周朗都大学毕业了，他们自己挣的钱应该能够养活自己。那时候他要把中国的几大古都亲自走走。北京。他连首都北京都没去过。杭州。南京。开封。今年先去西安，先体会一下盛唐气象。在历史书中游走的时候，他曾经幻想，如果生在古代，他会最愿意生活在哪个朝代？唐朝，当然。就冲那些伟大的诗人，他也愿意生活在唐朝。如果没有那些唐代诗歌，他这辈子教过的语文课得逊色多少啊。现在的孩子们真是不懂，为什么就很少有人喜欢历史呢？

周洗尘在对盛唐的向往中睡着了。在太阳地儿里睡觉很香，别有一番滋味儿。

不知道睡了多长时间。是被肖洁拨拉醒的：“回家睡去。”

“大白天的，回家睡什么？”

“回家睡觉啊，在外面睡觉会冻感冒的。”最近一段时间，肖洁超有耐心。

周洗尘揉揉眼睛，终于明白自己刚才睡着了，眼前的这个女人是他的老婆：“买到西安的票了么？”

“回家说。”

还挺神秘的。其实就是一个结果：所有去西安的旅游团早就额满。现在报名，都是十一以后的团了。肖洁说她打听了六家旅行社，都是这个结果。

周洗尘很失望。他没想到有那么多人去西安。他以为只有很少的像他这样的人才想去西安。那些买了西安的飞机票、火车票的人，他们都是去体会盛唐气象吗？难道真还有许多他不认识的人也喜爱唐朝？不能去西安，他不高兴，可能也是身体仍旧虚弱的缘故吧，他拿了一本书，躺在沙发上，没看几页就又睡着了。再醒来时，外面天已经黑了。

吃晚饭的时候，肖洁说："跑单帮去西安太遭罪，我怕你身体吃不消。要不，咱们就近走走？"

"就近是哪儿？"

"去沈阳？你不是有不少大学同学留在沈阳吗？这么多年没见他们，你就不想？看看同学吧。我还没去过沈阳呢，结婚那会儿你就说带我去，说话不算话。补上行不？再说周朗也在沈阳，有空让她认识认识你那些同学。马上大学毕业了，没准儿找工作得求到谁呢。"

周洗尘想了想，同意了。周洗尘大学是在沈阳读的，毕业的时候班里一半的同学留在沈阳。三十年聚会，班长钱秋秋给他打了好几次电话，周洗尘本来已经答应去了，临时替一个补课班的老师代课，竟然没去上，为此大学同学好几个来电话谴责他，他心里也觉着自己为了几堂讲课费错过大学同学聚会不应该。也许这次可以弥补一下吧。吃完晚饭他马上翻出电话本，给钱秋秋打电话。钱秋秋留在学院附中当老师，现在已经是副校长，跟同学联系最多。钱秋秋在电话里显得很高兴："洗尘啊，听到你声音真高兴！赶紧过来吧，我负责张罗同学，不过人可能不全。十一长假，不少人出去旅游，只要在沈阳的，我保证都能找齐，本班长这点组织能力还是有的。你肯定过来啊？那我就给你们定住处了啊！"

放下电话，周洗尘渐渐兴奋起来，没去成西安的沮丧没了，帮肖洁张罗出门带的东西。

去沈阳，走高速公路，快客三个小时。周洗尘一开始说坐火车。火车比快客慢，票价便宜一半。另一个理由周洗尘不想说出来：他想找一找当年的感觉。上大学时到沈阳还没修高速，每次放假或者开学，周洗尘总是坐火车。北连籍的学生经常结伴，虽有五个小时的车程，倒从来没觉着寂寞。他的第一个女朋友小柳也是北连人，自从他们好上，每次他们都是一起坐火车回家，开学的时候再一起回沈阳。小柳读东北大学，学计算机，毕业以后没回北连。不在一个城市，两个人靠通信又维持了一年多的热络，慢慢彼此都淡了。一年以后，小柳打电话问他能不能想办法调到沈阳去。答案当然是否定的。他有把自己调到沈阳的本事，一年前就留下了。小柳不想回北连。北连太小，除了一家大型化工厂，再没什么像样的大企业，她这个学计算机的回来太委屈了。分手是自然的事。周洗尘失意了不到一年，就认识了肖洁。然后就是结婚，生下双胞胎。生活像奔腾的河水，几乎没有能够回头的机会。小柳父母在北连，偶尔回来，给周洗尘打过几个电话，两个人在电话里说着不咸不淡的话。后来连这种不咸不淡的电话都少了。听说她结婚了，跟人合伙开了一家软件公司。周洗尘偶尔想到她。他们之间恋爱过，但好像从来不是那种要死要活的热恋。也许就是缘分不够吧。周洗尘毕业那么多年，去沈阳开会、学习，有数的几次，他一次也没打电话找过小柳。两个孩子的父亲了，他知道自己应该做什么。他们还会有什么话说吗？小柳是个软件专家，跟人合伙开公司当老板，而他至今连在网上聊天都不会。除了上课必须做的课件，偶尔上网看看新闻，他对电脑再没兴趣。不如彼此留一份回忆。虽然谈不上什么惊心动魄，毕竟有一种甜美在里面。初恋总是美好的。失去的总是美好的。有过美好的人，是幸福的。他们在火车上相互依偎的身影，当年也曾经让同行的人羡慕。

肖洁坚持坐快客。她说火车时间太慢，怕周洗尘身体受不了。

到沈阳北站，打一辆出租车，直接入住黄河大街钱秋秋定好的如家快捷酒店。房间不大，勉强放下两张单人床，但很干净，价钱也比想象的便宜。钱秋秋在电话里说，选这家酒店，除了价钱合适，还因为这里离北陵公园很近。当年他们的学校就在北陵正门，大清朝皇帝皇太极的陵园，是他们师范学院学生的后花园。晚上六点以后公园免票，学生们三三两两到公园里散步、谈恋爱，春天踏青，冬天打雪仗，他们青春的回忆，是跟北陵公园联系在一起的。城市改造，学校早已经搬到城北大学城，但住在北陵公园附近，多少还能找回一点当年的感觉吧。因为钱秋秋的选择，周洗尘对她充满感激。女同学就是心细。钱秋秋当年是班长，人长得丑，泼辣，班里没有男生追她，毕业好几年才找到对象，但据说对象长得还不错，如今已经是警备区的一个副军长。正经的首长夫人呢。人的命运，真是无法预测。

下午，周朗从浑南建筑大学校区过来看他们。事先约好的，这几天周朗会跟他们在一起活动。马上面临毕业找工作，跟叔叔阿姨们多接触接触，有好处。周朗还没有男朋友。哪个老同学家里有合适的男孩儿，也不是不可以考虑。肖洁在车上啰啰唆唆，周洗尘听得心不在焉。肖洁就是这样，实际得很。周洗尘愿意让周朗来是因为他想女儿了。一个月不见，中间又有住院这样的变故，他对女儿有一种格外的挂念。以前女儿在外面念书他也挂念，但可能因为教课忙的缘故，那种挂念常常是一闪而过。在医院的病床上躺着，百无聊赖，对儿女的思念便格外深切，想完儿子想女儿。两个孩子都好。将来他们结婚有了孩子，他和肖洁肯定还要帮他们带孩子。很累，也一定很快乐。他盼着那一天。

三口人在一起叽叽咕咕说着分别的闲话，一下午的时间很快就过去了。五点钟，钱秋秋开车过来接他们去乐山饭店。

周洗尘七八年没见钱秋秋了。女人大多禁不住岁月的洗礼，年轻时白皙漂亮的，尤其如此。钱秋秋好像是个例外。钱秋秋属于年轻时看着比较老相的那种女人，皮肤不细腻，稍微有些黑。但是这种女人禁老。七八年前见到的钱秋秋和现在见到的钱秋秋好像差不多。变化也是有的，这个女人好像气质上更高贵了，她从灰色奥迪车上迈下来时，身上带着一股香风，一身米白色的休闲装，一看就不是等闲之辈。

一家三口人坐钱秋秋的车去乐山饭店。正是交通高峰期，黄河大街上车走走停停，车里主要是周洗尘和钱秋秋说话。周洗尘头一次带妻子和女儿见老同学，肖洁和周朗跟钱秋秋有陌生感。钱秋秋快人快语，一会儿就把晚上能来的同学情况交代清清楚楚了：留在沈阳的二十来个同学，今晚只能到一半。因为十一长假，有些人已经出发在旅行的路上了，个别还有出差在外地没回来的。他们这些同学，虽然都是学师范的，现在还在教育部门的已经不多，各行各业的都有。如果要说本行，还就钱秋秋跟周洗尘最近了：都在中学。当然，他们又不一样。钱秋秋是省城重点中学的副校长，而周洗尘只是一个小城市的小科老师。

也许是因为这一天说的话太多了，或者还旅途劳累吧，从饭店门口下车，周洗尘忽然感觉有些疲倦，一句话都不想多说。大过节的来沈阳，给同学们添麻烦了吧？周洗尘从来不愿意给人添麻烦，这种想法让他不安。

当然，当他在饭店见到老同学以后，身上的疲倦、心里的不安一下子就都消失了。那些熟悉的又都有许多变化的面孔的出现，让他感慨万千，曾经有过的年轻的岁月把他们联系在一起。回忆使人年轻、使人激动。拥抱、开玩笑、互相揭对方的老底、斗酒。仿佛从前。

那天晚上，周洗尘不顾肖洁和周朗的脸色，大碗喝酒。

醉得一塌糊涂。

三

第二天醒来时仍旧头疼。浑身疼。

周洗尘躺在床上不想起来。

周朗掀他被窝，给他端来一杯沏好的咖啡，嗔他：“懒爸，精神精神！不听话，使劲喝！我那么给你递眼色你都假装看不到！”

周朗昨晚没走。跟肖洁挤在一张床上。

周洗尘不想起床，告诉娘儿俩：“愿意逛街你们俩去吧，我不陪着你们受罪。”

来之前肖洁就跟他说过，想让他陪着一起逛逛沈阳的街。肖洁是土生土长的北连人，从来没逛过沈阳的街。而且除了年轻谈恋爱那会儿，周洗尘也没陪她逛过北连的街。周洗尘来之前可是痛快答应过的。现在，他借口头疼变卦了，肖洁不高兴：“你自己在屋里待着我们能安心逛街吗？这么着，你陪我们到中街，你去逛故宫、看大帅府，我们在中街等你，中午一起吃饭？”

这个建议周洗尘可以接受。沈阳的故宫有满族人的建筑风格。年轻那会儿周洗尘去过，但有些地方印象不深了。现在再去看，肯定会有新的感悟。

也许因为过节，故宫游人出乎他意料的多。导游手里举得高高的缤纷的小旗把故宫的庭院晃得有如满洲八旗摇动。周洗尘形单影只，一个人。一个人观光的感觉很好，走走停停，想了很多问题。太阳晒得人身上暖融融的。头疼一点点在消失。这种安排很好。如果他答应娘儿俩去逛街，估计头还得疼。男人天生不爱逛街。让她们娘儿俩快乐去吧！

他不会想到，那个上午，肖洁和周朗娘儿俩一点儿都不快乐。

岂止是不快乐！

肖洁把周洗尘肝癌晚期的消息告诉女儿时，周朗先是不肯相信，然后，抱着肖洁号啕大哭！

在肯德基店。她们没去逛街。离开周洗尘的视线，肖洁多少天强撑着的身体一下子瘫了，多一步都走不动。旁边就是肯德基，她拉着女儿进店里，周朗还以为肖洁要请她吃肯德基。北连城市小，肯德基在那儿开店还是最近一年的事。上大学之前，周朗在电视上看肯德基的广告，跟哥哥一唱一和："考上大学，爸爸妈妈一定请我们吃肯德基啊！"周洗尘当时还嘲笑一双儿女："你俩就这点儿志向？！"

哥哥和妹妹念大学的城市都有肯德基。放假回来，周洗尘问他们肯德基味道如何。两个人异口同声回答父亲："好极了！"双胞胎就这样，在很多事情上非常默契，不假思索就能说出一样的话。现在，周朗坐在肯德基店里，不肯相信父亲已经不久于人世，她的绝望无法用语言表达，说话的声音带着颤抖："妈，医院不会误诊吧？！"

"你爸以前教过的学生在那儿当院长，人家帮忙请沈阳去的专家做了会诊，怎么会错？到现在不敢告诉你爸，跟他说的就是肿瘤，给他吃的药都换了药瓶，怕他看穿了。他单位的同事、熟人，谁都不敢告诉。本来住院你爸就不情愿，真要是三三两两的熟人都去医院看他，他心里不就明白了？他要是知道自己得了绝症，他那心情能好得了吗？心情不好，病情不是发展更快？你爸这辈子没享过多少福，不大点儿爹就死了，你奶奶守寡把他带大的。没饿死算他命大。考上大学，靠奖学金把书读下来了。跟我结婚了，想着日子能好过些了，谁知道我这肚子一下子生下你们俩，咱家的日子从来没宽裕过。医院说他这病没治，已经晚期了，三个月、两个月都正常。你爸的命怎么这么苦啊？在家里我天天硬挺着，只跟你叔说了，不敢告诉你奶，我连你哥都还没告诉。为什么十一要来沈阳？因为可以找借口跟你在一起多待几天，也可以让他再见一眼他那些同学，毕竟念大学那几年是他一辈子最好的时光。他平时懒得跟我说这些，但是我知道。你爸最喜欢你了，你小时候你爸抓着你的小脚丫用嘴啃，也不管干净还是脏。要是你不上课特意回家，你爸该多心了。好女儿，这几天对他好点，让他高兴。”

“可他都那样了我能高兴起来吗？我恨不得自己少活几年，把寿命让给他！”

“你必须得高兴！妈不知道装高兴有多难受吗？那也得装！”

“为什么不能告诉他真相？假如爸爸只能活几个月，他有权利决定自己怎么过！”

“傻孩子，你以为我没这么想过吗？如果人最后必须得离开这个世界，剩下那点儿有限的时间，你是愿意让他充满希望地活，还是绝望地活？”

周朗哭肿了眼睛。眼看中午马上就到，肖洁让她去洗手间把脸洗了，然后给周洗尘发短信，让他来肯德基会合。周朗提议，肖洁买了一份全家桶。周洗尘兴冲冲找到肯德基店时，肖洁和周朗笑吟吟地正等着他呢。周洗尘和肖洁都是头一次吃肯德基，两个人对不用筷子直接上手抓的这种吃饭方式不习惯，周洗尘笑话女儿：“怪不得爱吃肯德基，敢情筷子还没学好啊。”这里面有周家的一个典故。周朗上幼儿园了还不会用筷子，经常趁大人不注意上手抓吃的。好不容易学会了筷子，手总是抓在筷子中间的地方。北连的说法，从一个人抓筷子的位置可以看出长大了离爹娘远近。周朗抓的位置，属于不远不近的那种。周朗考大学到沈阳，看她说话的口气也是不想回北连，可不是离家不远不近，还挺准的。

周朗不接周洗尘的话茬，问他另外一个问题：“爸，肯德基好吃不？”

“还行，就是没有青菜，感觉有点干巴。这玩意儿比黄瓜蘸酱好吃么？我是理解不了你们这一代人为什么爱好这种油乎乎的东西。报纸上说这是垃圾食品。”

“爸呀，人的味蕾是小时候培养出来的，你们小时候净喝粥吃咸菜，所以现在仍旧爱喝粥吃咸菜。”

周洗尘反驳女儿：“哪有的事儿？你小时候也没吃过肯德基，怎么现在爱吃了？”

“我小时候吃肉，跟肯德基有关系！”

父女俩拌嘴，肖洁在一边不吭声。有人在一起为喜欢吃什么拌嘴是一种幸福。眼泪又要往外涌，硬憋回去了。女儿跟周洗尘说闲话，她的压力暂时小一些。女儿的快乐会影响父亲，让她可以少说话。一个没有说谎习惯的人，整天想着怎么把一件欺骗亲人的谎言编得天衣无缝，对她来说是一件难事。是她这辈子遇到的最难的事情。比她一胎怀两个孩子难多了。她在家里教育儿女要诚实，在学校教育学生要诚实，可是面对现实，她却得撒谎。不但自己撒谎，还要说服儿女撒谎，还要求许多人，包括周洗尘的那些大学同学帮她圆谎，太难了。幸好女儿懂事。如果儿子也像女儿这么容易说服就好了。十一假期马上过去，怎么能让儿子回家，向他交代实情，和父亲共度一段时间，还不能让周洗尘怀疑，是她这段时间一直在考虑的问题。

晚上他们去大舞台看二人转。票是钱秋秋头一天晚上准备好的。一张票居然四百。在大舞台看二人转是外地人来沈阳的一个节目，钱秋秋跟老同学很实在，告诉周洗尘："我们陪客人看过多少遍了，你们一家三口去吧。"那么贵的票，周洗尘心疼。来这么一趟，让同学们破费了。这个情将来他拿什么还？

其实北连也有演二人转的。周洗尘上个语文班的一个女学生，初二下学期辍学了，说是去学二人转。周洗尘虽然不是班主任，对那个女孩子印象一般，也非常惋惜。那个女孩子，估计家长是二人转爱好者，要不然怎么能舍得不让孩子念书？实在要学二人转，把中学念完不行吗？多认识几个字也行啊。不是自己的儿女，他管不了那么多，但他心疼。现在，坐在二人转的剧场里，看舞台上热热闹闹的演出，他心里问自己：也许自己又错了？听音乐老师说，那个女孩子嗓子不错。真唱出来，成了腕儿，也许真比念大学更有前途？大学毕业也未必能找到理想的挣钱多的工作。周明、周朗明年就毕业了，能找到什么样的工作呢？他现在心里没底。他念大学那会儿真幸福啊，不用交学费，学校给的助学金差不多够他吃饭的，毕业了还给分配工作。现在的孩子不敢想了。供两个孩子从小学一路念到大学，快把他累死了。

肖洁和周朗有笑声。她们俩都是头一次在剧场听二人转。沈阳的二人转跟北连乡下的不一样。北连下面的县里也有演二人转的，还有一些传统剧目。沈阳的二人转，在周洗尘这个北连人听起来，太时尚了。有些演员模仿的流行歌曲，他从来没听过。娘儿俩开心就好。

不管怎么说，这一天还是开心的。虽然很累。年纪大了，不禁折腾了，这么玩乐一天还累。周洗尘在心里骂自己没出息。

四

按最初的计划，第二天他们要去世博园。周洗尘班里的学生有来过的，作文里把世博园描写得宏阔、生动。周洗尘查看新版沈阳地图，原来世博园就是他念书时的植物园。准确地说是在植物园的原址上修建的。植物园周洗尘去过，念书时骑自行车春游，跟小柳去过不止一次。是个好地方啊。有机会再去挺好。周朗说她跟同学去过，很好玩，撺掇爸妈一起去。周洗尘本来同意了，没想到他们看完二人转刚回旅店不久，小柳打电话来。小柳的电话让他改变了主意。

小柳怎么知道他在沈阳？当然小柳在电话里没说自己知道他在沈阳，只是寒暄，问他怎么样。好几年没打电话了，打电话时他恰巧就在离她不远的地方，这事蹊跷。周洗尘是个不会撒谎的人，小柳问他怎么样，他就说了自己正在沈阳，准备带老婆孩子四处看看。电话那头儿小柳沉吟了一下，问他："有时间见个面吗？今天有点晚了，明天我有时间。"

也是怪了，这么多年过去，周洗尘在小柳面前还是言听计从的那种角色。就像当年他们分手。小柳说分手，就分了。小柳打电话时，肖洁和周朗娘儿俩挤在卫生间里洗澡，周洗尘也没征求她们意见，就答应了："行啊，那明天见吧。"

放下电话，越想越有点忐忑。肖洁来一趟沈阳不容易，他不陪老婆孩子，到外面去会以前的女朋友，有点说不出口。万一肖洁不高兴怎么办？大过节的，女儿又在身边，别惹她们不高兴。这样想着，跟肖洁说时就有些犹豫。肖洁的回答有点出乎他的意外："见同学呀？去吧去吧，你去见同学我和朗朗逛街。昨天没逛够呢。"

一点不高兴的意思都没有。肖洁的表态让周洗尘松了一口气，等周朗出了卫生间，自己也赶紧钻进去冲洗。小柳是个爱干净的女人，鼻子极灵，谈恋爱那会儿，提起张三、李四、某某某，她最爱用的一句评价是：身上一股味儿。人好坏先不管，身上有味儿，在她那里就降入下一等了。

吃过早饭，肖洁和周朗先走，周洗尘在房间里等小柳。小柳说她开车接他。在北连，私家车这几年也开始多起来，但好像没沈阳这么多。他们学校里的老师可是一台私家车没有。前天晚上同学聚会，除了钱秋秋，剩下那些人一个都没敢开车来。用钱秋秋的话说，不逼他们，一个个的开车来，还喝酒不？见着老同学了，高兴，必须得喝酒！钱秋秋天生是当领导的料，有领导才能，周洗尘看出来了，她在同学当中的号召力比念书时还强。

小柳开一台白色的本田。人看上去没什么太大的变化，身材还是那么苗条，握着他的手软绵绵的。小柳说不想上楼，下车跟他说了几句话，让他上车。

坐小柳的车里，看她娴熟地把握方向盘，身上散发出一种把城市碾在车轮底下的自信，周洗尘心生感慨。当年，他没硬拉着小柳回北连是对的。北连空间太小，小柳回去了，真跟他结了婚，也许就是另一个肖洁。女人天生应该过苦日子吗？没道理。如果，自己当年发下愤，努把力，真像小柳说的那样，调到沈阳来，他的命运是不是也会另外一个样子呢？沈阳的那些大学同学，当官的、做生意的，看样子生活得都挺不错，一个个头发黑油油的，不知道是保养得好，还是白了以后染黑的。

小柳是个爱说话的女人。一边开车一边给他介绍正经过的地方。当年他们一起骑车走过好几次。周洗尘却印象模糊。城市变化太大了。一直到农业大学，过了东陵，周洗尘才多少找回一些当年的记忆。

到世博园，泊好车，小柳打开后备厢，拎出一个大袋子，里面有吃有喝，告诉他："这里我来过多少次了，说实话，现在修得再好，也不如当年的印象深刻。今天一大早我去了家乐福，就想着来野餐。还记得当年咱们一人揣块面包、一瓶水就来玩的时候吗？年轻真好。吃什么都高兴。绅士一回，拎着，今天咱们好好野餐啊！当年都是你请我，今天我请你，当好东道主！"

小柳的兴致让周洗尘诧异。这么多年，他们通电话的次数有限，小柳的声音里总有一种成功女性的矜持和自重，周洗尘跟她除了寒暄，很少有更亲密的话可说。好在他们在一起时从来是小柳话多、周洗尘话少，这让他还没有感觉不自在。袋子里的东西很重，他们只走了很短的一段路，小柳又穿着高跟鞋，看路边林子中有木制躺椅，两个人一致同意就地休息。

小柳跟他说了很多她这么多年的艰辛。跟人合伙开公司，受过骗，吃了很多苦头。这一行当竞争太厉害。像东软那样实力雄厚的大公司，你竞争不过的。还有许多国际化的大公司也在这里抢滩。小公司只能在夹缝里生存，只要有活干，没有资格挑肥拣瘦。当然，公司现在算是生存下来了。以后？以后当然还要竞争。

跟小柳坐在树林中听她说话，周洗尘既高兴又感觉不安。小柳的谈话是新鲜的，她的那些经历，对周洗尘来说非常陌生，两个世界一般。想到这个日子本来答应了陪妻子和女儿来世博园，他又有些惭愧。他欠肖洁的太多。没陪她逛过街，没让她住上大房子。两个孩子，把她拖垮了。如果她有一份舒适的工作而不是天天在操场上带领一帮小学生跑步、做操、风吹日晒，也许她会像小柳这样白皙。如果她嫁了一个有钱或者有势的人，她也会像小柳或者钱秋秋那样驾香车、穿名牌，成为都市的弄潮儿。而现在，肖洁和女儿正在街上逛来逛去，没完没了地比较东西的贵贱。好东西、贵东西她不会舍得买。昨天她不就是一样东西没买吗？这么多年周洗尘不愿意陪她逛街，除了性格使然，也跟他不能大把花钱让肖洁高兴有关。屈指可数几次陪她逛街，那种没完没了的比较让他受不了。看上就买，没看上就走人，痛快点不行吗？可回到家里细想，如果他有的是钱，她还用那么计较吗？说到底还是他的钱包不鼓，女人才不得不斤斤计较。明白了这一点，从此他不陪她逛街。受不了那份磨叽，也是想给自己留一点儿自尊心。

节日的世博园，游人很多。一家一伙儿的，热闹得很。不时有人从他们身边经过。小柳把高跟鞋甩了，剩下一双肉色丝袜在脚上。中年女人的脚，在周洗尘眼里仍旧是有魅力的，因为那是小柳的脚，小柳的脚勾起了他对年轻时的回忆。认识小柳时是夏天，她穿一双白色塑料凉鞋，脚趾头小贝壳似的从凉鞋前面伸出来，干干净净的，偶尔一动，像会说话，莫名地拨动了周洗尘的心。周洗尘个子高，小柳个子矮，自从两个人好上，小柳的鞋跟越来越高。有一次他们在一起玩，走累了，她就地坐下，脱掉高跟鞋、脱掉袜子，撒娇，让他看磨出茧子的脚。他把一双脚抱在怀里，心疼极了，从此不再用言语敲打她矮。其实那些都是玩笑话，她太往心里去了。他们第一次到植物园来玩，两个人都骑了自行车，他先从北陵骑到南湖的东北大学，又从东北大学一路往植物园方向奔。那时候体力真好，骑几个小时车不当回事。因为有爱，身边有美丽的姑娘。他们在植物园里亲过、吻过，年轻的身体紧紧地拥抱在一起，那种青春的颤抖和激扬，周洗尘不能忘记。人生中有些经历过的东西是被岁月和生存的磨砺尘封了的，一旦打开记忆的闸门，曾经有过的美好，像泉水一样喷薄而出，让周洗尘一时忘了自己已经是年过半百。从二十多岁到五十多岁，日子过得就这样快么？当年他们在植物园里嬉闹的场面，那种心跳、悸动，恍如昨日。

回忆让周洗尘陷入沉默。老师的职业让他平时以讲话为生，也许因为在课堂上讲了太多的话，生活当中的周洗尘是个沉默的人。小柳说累了，他们并排躺在长椅上，闭着眼睛，享受十月的阳光。光线从树空间漏下来，把他们的脸和身体照得斑斑驳驳。身子是暖的，心是柔软的，还带了些酸涩。有些话永远不必说。

从他们身边路过的，一定有人以为他们是利用节日来这里偷闲的夫妻。只有夫妻之间才可以躺在阳光下一句话不说吧？

秋日西沉，小柳套上高跟鞋，催他起来去园子里走一走。游人已经少了很多，小柳拿着数码相机啪啪啪给他拍照。当年他们在一起时，都没有相机，居然没留下一张合影照片。那时候他们没想过有一天自己会老，以为会永远在一起，没想过要用一种什么东西记住自己的青春。只有印在他们心中的记忆。小柳把拍好的照片一页页回翻让周洗尘看。周洗尘是个没有时间、也不习惯照镜子的男人。镜头里的那个男人，那样的苍老、疲惫，竟然有那么多白发，让他不敢相认。在百合塔下，小柳请一位路人给他们拍合影。周洗尘看了那张合影照片，小柳看上去比他年轻很多，但也能看出是中年人了。

“我会把照片发到你邮箱里。”

“好。”

电子邮箱是个好东西，发到邮箱里的照片，只有他自己能看到。电脑时代，很多事情都改变了。他决定不把照片下载下来。想看的时候到邮箱里去打开就行了，别人在电脑里永远翻不到。他没有自己专用的电脑。家里的那台电脑，俩孩子放假回来都用。他家的电脑是公用的。

分手三十年后，他们俩有了一张合影照片，在他的电子邮箱里。只要他不想让别人看到，别人就看不到。

他们以百合塔为背景的合影照片悬浮在网络中。周洗尘从来没想过自己的生活会跟网络发生这样的联系。

生活的玄妙和禅机让周洗尘真的无话可说。

小柳开车把他送回旅店，仍旧没有上楼。小柳甚至没下车。在车里握了握他的手，声音平静，比他们躺在阳光下面说话时少了温度："有时间给我打电话。有要办的事情吱声。"

周洗尘想了想，说："周朗快毕业了，有事我让她去找你？她长得像我，你一眼就能认出来。"

五

在沈阳的最后一天晚上，钱秋秋张罗又聚了一次，这次比来的那个晚上人齐，差不多有二十人！

请客的是罗霄。罗霄跟周洗尘一样，也是小地方出身，上大学时周洗尘跟他走得挺近，两人年龄相近，个头相当，又都爱看历史书，彼此有话说。毕业以后虽然疏于联系，毕竟有当年的老感情在。见了面，罗霄坚持周洗尘紧挨着他坐主宾位置，两个人方便说话。罗霄在学校念书时比较活跃，是学生会的干部，毕业时近水楼台，靠未来岳父的关系分配到教委。因为笔头子好，形象也好，很快去给领导当秘书。出身贫寒能吃苦，干工作兢兢业业，然后就是一路高升，现在是副市长。班里五十多个同学，处级干部不少，做到罗霄这一级别的，他是独一个。上一次钱秋秋请客时罗霄没来，据说是公务在身。现在的罗霄，做派一看就非常领导，但对同学还算周到，这次因为周洗尘的到来亲自设宴，每人还送一个丰厚的礼包，为同学聚会特意准备的。

那天晚上周洗尘又喝多了。周洗尘平时虽然不喝酒，但他的酒量在，他知道自己喝半斤白酒没有问题。之所以敢喝，也是因为心里有底。难得喝回五粮液。罗霄请客，肯定备好酒。不知道为什么周洗尘见了同学一喝就醉。也没人攀比他，是他自己想喝，还一喝就高。还好这次晚宴肖洁和周朗都没参加，使他不必看娘儿俩的脸色。同学在一起就是好啊，想起许多年轻时的事情。年轻时周洗尘也算风流倜傥、一表人才，颇有几个女生青睐他，包括后来成了罗霄妻子的闻小玲。可那时周洗尘的心在小柳身上，对这些女同学的示好充耳不闻、假装糊涂。他知道闻小玲是在对他失望了以后才转向罗霄的。闻小玲后来读了北师大的博士，现在是北方大学的教授、博士生导师。上学那会儿没看出来她会有这么大学问。她不像钱秋秋那样穿名牌、大声说话。很普通的服饰，在酒桌上从来不抢话头，但你从她的矜持中能够感觉出这是一个很有分量的女人，让你只能仰视，很难亲近。这种气质，是先天就有的，还是因为出身高干、后来又嫁了罗霄这样有出息的男人后天培育出来的？罗霄和闻小玲一左一右坐在周洗尘的身边，一个筛酒，一个布菜，连服务生都省了。周洗尘何德何能，敢劳动这样一对夫妻的大驾？！不喝对不起同学，对不起好酒。

第二天早晨醒来时，肖洁和周朗已经把东西收拾利索，静静地坐在房间里等他起床。送他们回北连的丰田吉普是罗霄派来的。后备厢里塞了满满的土特产，大部分是罗霄送的，也有钱秋秋等老同学的心意。看到同学送的这些土特产，周洗尘后悔来时没带一些北连的特产。跟同学来往稀少，他脑子里很少有这种礼节。送不起贵的，可以送一般的，多少是个情义。肖洁也没提醒他。不过也不能都怪她，一个小学老师，她哪见过这种世面？

吉普车先去浑南送周朗回建筑大学。周朗考上建筑大学那一年，周明考上东北财经大学。当时周家兵分两路，周洗尘去大连送儿子，肖洁来沈阳送女儿。这是周洗尘第一次到女儿的学校。小柳读书的东北大学在浑河北岸不远，当年周洗尘曾经和她一起到浑河南岸来玩，他记得这里是一片稻田地，好像村子叫张官屯吧？当年的村庄不见了，代之以崭新的楼房、宽敞的校园。周朗坚持让父亲跟她到教学楼里走一走。建筑大学最有特点的建筑是一条七百多米的长廊，号称亚洲之最。长廊把教学楼、图书馆、办公室等建筑全部连接起来，师生只要进了教学楼，风霜雨雪就打扰不到他们了。周朗说：“这叫以人为本。”言语中充满了对自己学校的自豪。

与女儿分手的时候，周洗尘狠狠地拥抱了她一下：“好好学习！别辜负这么好的环境！”自从女儿上高中，他再没这么亲近过女儿。这么多年，他很少陪过儿子、女儿。周末和节假日，他的时间大都奉献给补课班了。

女儿是大姑娘了，年轻、漂亮。年轻真好啊。

车从二环上高速，送他们回北连。

周洗尘在家里差不多睡了两天。白天睡，晚上睡。他从来没连着睡这么多觉。疲累。身上酸疼，皮肉要从骨头上分开似的。年纪大了出门旅行是不行。幸好没去西安。西安有汉、唐，但汉、唐太遥远，那是一个民族的辉煌，跟他个人的生活其实关系不大，只是他的一个念想。而沈阳这样的城市，记载着他的青春，他一生中曾经有过的美好。还有女儿在那里。他的希望。有机会人真应该经常出门。五天的沈阳之旅，感觉过了好多好多天，比平时一成不变的日子充实许多，促使他想了很多问题。

过完节周洗尘回学校上班。同事们热情，嘘寒问暖。住院期间，只有校长和教务处长去医院看过他，因为他跟肖洁商量好的，也跟校长表达过，要对同事保密。周洗尘的保密惹来一些同事的埋怨："周老师，住院这么大的事也不吱声啊？！"

对同事的埋怨，周洗尘一笑置之。同事的埋怨里有真情，也有客套。社会风气不正，他知道有的班主任老师生病住院，连学生家长都去医院探望。上医院探病，大多数人其实是还人情债，花钱，买东西，对自己的心里有个安慰，也免得日后关系不好处理。那种真正想去看人的，不能说没有，少。这么多年周洗尘头一次住院，躺在病床上胡思乱想的时候，他很悲哀地发现，自己真正发自内心想念的人，是那么少。这个世界上，你认识的人可能很多，真正想说话的人，能说到一起的人，能够称作朋友的人，有几个呢？

经历了住院和十一长假，他在课堂上竟然有了一种全新的感觉。在历史面前，个人是多么渺小。从前他对学生在历史课上用耳机听音乐充满了困惑，甚至愤怒：难道历史课的意义还不如那种歌词中充满了语法错误、听上去像牙疼的流行歌曲吗？！而现在，他的心中有些释然了。那些充满了谜团的沉重的历史课题，让专门搞学问的历史学家和希望从历史中汲取智慧的政治家们去研究吧，普通百姓，如他周洗尘，爱好可以，别太把那些历史事件和人物当回事。一介百姓，怎敢大言为历史而活？为什么不更实际一些，像肖洁一直以来在他耳边啰唆的那样，为住得更宽敞而活，为儿女的前程而活，为一个课时几十块钱的讲课费而活，为夫妻的身体健康而活？

但是，一个人，如果脑子里只有衣食住行那些最琐碎、最实际的东西，就有意义吗？那和动物有什么区别？

思考问题让周洗尘心情沉重。虽然他对课堂上的学生更加宽容，喊两声了事，再不认真生气，疾病却不肯放过他。他只在学校上了一个星期的课，就因为发烧再次请假。肖洁带他上医院，大夫说，还是住院治疗吧。

周洗尘像学校里最听话的好学生，大夫怎么安排，肖洁怎么安排，他悉听尊便，非常配合。

医生和护士当面夸他是模范病人。

天天打针、吃药，让护士查体温、验血，看大夫查房。很单调，很无趣。吃什么药他从来不问，反正到时候肖洁就会给他倒好水，把准备好的药片送他嘴边。唯一让周洗尘高兴的，是天天能见到儿子周明。周明回北连实习。周明说学校要求每个学生得有两个月的实习实践，他在别的地方没有关系，只能回北连。肖洁的一个表弟，周明管他叫舅，在地税局当副局长，通过这层关系，安排周明到下面的一个所。周明白天到税务所，下了班来医院陪父亲，这样肖洁也能够回家休息休息。大四了，还有不到一年就毕业了，就业的压力让周洗尘沉重。问儿子："考研吗？"周明的回答很明确："爸，如果能找到合适的工作，我还是上班吧，以后你也别再去外面补课了。那种钱挣得太辛苦。"

一双儿女，都是这么懂事。两个孩子长得都像父亲，周明尤其像。个头儿，脸庞。小帅哥呀。倒是性格不太像。两个孩子的性格都像肖洁，想问题比较实际，不像他这个做父亲的爱胡思乱想。这样也好。这种性格也许能让他们在社会上更好地生存。

住院一个星期，烧退了。但胸部还是不适。又住了一个星期，肖洁说可以出院了。

给程校长打电话说回去上课的事。程校长在电话里劝阻他："周老师，这学期一多半都过去了，你的课就让小刘代吧，你好好休息，争取下学期从头带班。我还准备让你回来上语文课呢。放心，工资奖金哪样也不能差你的，老同志了，谁没有生病的时候。你身体底子好，把这劫过去了，以后就好了。"

但他知道自己身体还是虚弱，并没有往好的方向发展。白天，肖洁上班，他一个人慢慢走两站地去看老娘。老娘八十了，跟弟弟周远航在一起过。远航是遗腹子。爹因为急性阑尾炎死于远洋捕捞的渔船上，死的时候甚至不知道妻子的肚子里已经有了新生命。周洗尘的名字是爹起的，周远航的名字是老娘起的。为了纪念已经逝去的一家之主。就叫远航吧。就当你爹是去远航了吧。这么多年，老娘守着两个儿子，没有再嫁。周洗尘大学毕业服从分配回北连，没有按小柳的意愿争取留在沈阳。其实争取一下，未必没有可能。周洗尘明白，自己是不想离老娘、弟弟太远。他是这个家的长子，对老娘、幼弟有责任。老娘一直跟周远航在一起过。守着寡把两个儿子带大，看着他们上学、工作、娶妻、生子。周洗尘结婚以后想把娘接过来住。娘不来。偶尔过来帮他们带一对双胞胎，但从来不长住。周洗尘不能强求老娘，他在内心里一直有一个想法：娘离不开她的遗腹子。娘信佛，她是不是以为远航是爹托生的呢？一个跟她关系密切的男人走了，另一个关系更密切的血肉之躯从她身上脱胎而生，她是不是愿意相信这不是巧合而是天意？

在娘跟前枯坐的时候，周洗尘曾经遗憾自己为什么不是一个女人。女儿和母亲之间是不是可以有更多话说，是不是可以有更多交流？关于爹的死和弟弟远航出生之间的玄机，他想象过不止一次，但只是在心里想象，从来不敢张嘴问。爹已经远去四十多年了。小时候他不懂事，没想过这个问题。长大了，懂事了，不敢触摸这个问题。娘是这个世界上他最尊重的人，也是他最心疼的人。坚强，坚韧，无私，宽容，乐观。他愿意把自己教给学生的那些最美好的词都用在她身上。八十岁了，头脑还算清晰，生活自立，内衣、内裤从来自己洗。周洗尘坐到他跟前，一句话不用说，就觉得他比原来更有力气。为了她他也应该快点好起来。

天已经有些凉了。周洗尘到时，娘在楼下朝阳的长椅上坐着，面朝小区大门的方向。这一段时间，只要不是住院出不来，只要觉得自己还能走动，他总要过来看看。没告诉她自己住院的事。娘也不问。只是说过：“洗尘哪，看你瘦的，身体不好得抓紧时间治，别耽搁了。”

周洗尘给娘带了好吃的。肖洁给他煲的乌鸡汤。他吃不进去。用保温桶装了，给娘带了过来。家里的鸡汤没了，肖洁会以为是他吃掉了。

跟娘坐在太阳地儿里一起晒太阳。

娘问他："你怎么不去上课？"

"这学期我没有课。"

"噢。"

娘不说话了。

天很蓝。比他第一次出院那天还蓝。风吹过，白杨树叶纷纷落地。

谁家的厨房飘出一阵炒菜炝锅的味道，胃里一阵难受。

六

周洗尘主动要求住院。

肖洁告诉他："你出院还不到一个星期，住院医保报销不了。够一个星期咱再去住。"

"谁规定的非得一个星期？！"

"国家规定的，保险公司规定的，你跟我发什么火？！我给你找药，偏方治大病，咱吃药一样能把肿瘤吃掉，好不好？"

"你就是掉钱眼儿里了，不舍得花钱。"

周洗尘的话让肖洁的眼泪涌出来了。

面对肖洁的眼泪，周洗尘不再吭声。

过了一个星期，周洗尘住进医院。

有人到医院来看他。学校的老师，补课班的老师，陆陆续续教过的学生，有留在本市工作关系还不错的。有的来了不止一次，像老秦，还有程校长。一般情况下，周洗尘不喜欢人来看他。很多时候，他愿意一个人待着。闭上眼睛，努力回忆曾经有过的美好和快乐以消解疼痛。来了人还要应酬，说一些客套话、感激的话。告诉肖洁，能挡的就挡吧。可是，来的人都是朋友、亲戚、同事，肖洁说怎么好意思阻拦？人也不跟你事先打招呼，从哪个渠道听到消息了，到了病房门口，你让人走吗？

周洗尘感觉在病房住院比平时还忙累。

半个月以后终于出院回家，周洗尘长吐一口气。

天已经很冷了。第一场雪花已经飘过。新年马上就到了。

元旦之前又住院。开始有腹水。身上疼。肖洁说已经给他用了最好的药，一支白蛋白二百多块钱，还得托人买。周洗尘一开始不同意用自费药，疼得不行了，才不再阻拦。

元旦，周朗从沈阳回来。给周洗尘买了一件大红的羽绒服。她自己当家教挣的钱。周洗尘朴素，平时很少给自己买新衣服。周明长高以后，周洗尘经常拣儿子剩下的衣服。女儿给他买了新棉袄，周洗尘脸上有笑容，告诉周朗："红色好，鲜亮。爸出院回家穿。"

但周洗尘再没能走出医院。元旦长假的最后一天，当着妻子的面，他永远闭上了眼睛。古人的委婉说法是：长眠。他留给肖洁最后一句能听懂的话是："我知道。"

他闭上眼睛的时候，周朗没在他身边。周洗尘催她去给奶奶送水果。来医院探病的，送的水果都很高级，猕猴桃、进口香蕉、西瓜。周洗尘惦记老娘。周明那时也没在身边，他在税务所实习，晚上才能回来。

尽管关于周洗尘患了绝症的消息从他第一次住院不久就慢慢传开，真到了最后这一天，很多人还是不敢相信。五十四年前他在医院出生。五十四年里头一次住院，患的居然就是绝症。一双儿女马上大学毕业，眼看着就要享受晚年了，人却撒手西去。

人啊！

人永远走了，开始有人回忆他的好。这个长相英俊的男人，在工作上从来不挑挑拣拣，纪律最乱的班分给他，区里、市里的公开课，他给学校争了不少分。对学生超有耐心，一般情况下很少跟学生说重话。从来没碰过学生一个手指头，哪怕是最淘气、最不懂事的男生。对老婆孩子那个好啊。人家教育出来的一双儿女，有礼貌、懂事体、落落大方，都是有出息的样子。好人不长寿啊。

跟周洗尘长期搭班教数学的王老师，在告别仪式上晕了过去。

肖洁在周洗尘去后，躺了半个月才能出门。丧事全凭学校工会和周远航、一双儿女张罗。最后半个月，她没离开过周洗尘。周洗尘不让她离开。几分钟不见她，就问身边的人肖洁哪儿去了，对她无限依赖，像个无助的孩子。经常抓着她的手不放。夜晚，肖洁在他床边挤一下睡。不能离开。半夜他经常醒，醒了就找她，把她的手紧紧抓住，然后才能重新入睡。

家里，那张从结婚开始就睡了两个人的旧木床上，女儿周朗替代了那个人陪她。夜里醒来，泪水涟涟，忍不住抽泣，女儿被惊醒，娘儿俩抱在一起哭。

在老太太面前撒谎，说学校派周洗尘去南方进修，要很长一段时间才能回来。

老太太糊涂了吗？放假了，马上就要过年了，学校怎么会派人去南方进修？那么孝顺的儿子出远门之前怎么会不来跟她告别？老太太不往下问，就没人再跟她解释。

春节过后，周明和周朗，开学走了。最后一个学期，他们面临毕业分配找工作。年轻人，他们需要面对的事情还有很多。路长着呢。

周朗临走时问：“妈，让我二姨过来陪你住吧？”

“你表弟今年高考，她自己的事情都忙不过来。我行。”

但是肖洁实在打怵一个人在家。她失眠，睡不着觉，胡思乱想。越胡思乱想越睡不着。家里所有的地方都打着周洗尘的烙印。他吃饭的地方，他睡觉的地方，他看书的地方。他用过的东西，衣柜里的衣服，柜子里的拖鞋，喝水的杯子。一个人在家最好什么都别想。一个曾经跟你朝夕相处的血肉之躯就那么灰飞烟灭，无处触摸，又处处留下他的烙印，让人不可思议。上帝造人为什么要有生死？为什么要用死亡来折磨生灵？对死亡的恐惧，让她心有余悸，面容凄凄，手脚冰凉。

白天上班好过些，她带学生去外面跑步、出操，以往她大多是在一边看着学生，自己很少运动，现在，她跟着学生一起跑跳，为的是让自己累，累极了回家好能尽快入睡。周洗尘在的时候，她一切围着他转，在医院护理病人累得直不起腰、体力不支的时候，心中也曾经想过：什么时候是头啊？真想好好躺床上美美地睡一觉啊。现在，周洗尘走了，儿子和女儿上学去了。她只需要把自己一个人的吃喝料理明白就成了，多么轻松啊，又是多么空虚啊，内心空荡荡的，心被掏走了似的。魂儿不在她自己身上，跟着周洗尘和一双儿女走了，分散在不同的时空。

因为打怵一个人在家，下班以后她尽量拖延回家的时间。去亲戚家、朋友家。有好心人邀请她。陪她说话，对她充满同情。一开始她愿意有人陪，每一个能够在她身边多停留一会儿的人，都像是一根救命的稻草。有人在她身边，她会尽量克制自己不悲伤，不想逝去的亲人。希望在别人的陪伴中、在七嘴八舌的话题中暂时忘记逝者和不幸。但是，她很快拒绝了任何邀请。那种感觉，不是滋味。伤痛是你一个人的，你有什么权力让别人分担你的坏情绪？把自己的痛苦加到别人身上是可耻的，她不愿意多看别人脸上的怜悯。

现在，每天她会准时下班。回家匆匆忙忙吃上一口早晨剩下的饭菜，然后，换上一双轻便鞋，她去商业街逛街，把自己湮没在人海中，湮没在琳琅满目的商品中，让那些陌生人的呼吸陪伴自己，在那些昂贵或者便宜的花花绿绿面前，多停留一会儿，把心思用在那些好看的东西上。

教师公寓离商业街不远。多年前教师公寓刚建成时，因为地点好，能住进来的让人眼红呢。北连是小地方，商品房的建设跟大城市比落后了好几年。后来商品房盖得越来越多，有本事的老师或者把房子卖掉另买了更大更好的房子，或者把房子租出去吃房租。因为地点好，教师公寓的房子很好租。有一段时间，肖洁曾经动了心思，也想把自家住的房子租出去。他们住的房子一个月能租一千块钱。在城市的边缘，同样的房子五百块钱能租下来。反正他们也不在商业街做生意，远点近点无所谓，一个月可以多收入五百块钱，差不多够一个孩子一个月的伙食费了，也不是小钱。这个想法因为周洗尘的阻挠而没能实现。周洗尘反对把房子租出去，他说住别人家的房子心里不舒服。因为他的反对，他们就一直住在这里。现在看，住在商业街附近确实有好处，起码肖洁逛街连车票钱都省下了。

大商场、小店铺，一家挨着一家。大有大的可逛之处。大商场经常搞促销，三八妇女节，五一国际劳动节，这样的节日，折扣很大。肖洁试过的一些衣服，号码、颜色、款式都相中了的一些衣服，她在心里核算着打完几折以后能便宜多少钱，省下的那部分钱可以一瓶洗发水或者交半个月的电费，那个过程挺有趣。大商场的另一个好处是人多，售货员经常忙得不抬头，记不住顾客的面容很正常。有一件上衣，她试了一次，没找着感觉，回去的路上想一想可能是颜色没选好，第二天再去试。售货员非常热心，为她拿衣服的眼神中充满了期待。期待她买下这件衣裳。售货员都拿提成，她买下了衣服意味着售货员能多挣一份钱。但是，也就是试试而已，有一些款式的衣裳，在商场里试试可以养养眼睛，却永远不会买回家。上班穿不出去，不是她一贯的风格，或者，干脆就是因为价钱太贵。一件小棉线的短袖衫，凭什么就敢要四五百块钱？四五十可以考虑。

小店也有小店的趣味。在大商场林立的商业街能够生存下来，这样的小店铺肯定有自己的特色。那些卖服装的小店面，款式比大商场有个性，还经常是只此一件。大商场的衣服比较大众化，适合大多数人，小店面的服饰比较有特点，穿到街上，估计没有重样。

每天逛到店面关门，商业街人去楼空。累得腿抬不起来，回家进门倒头就睡。

逛街的行动在两个月以后戛然而止。

那个下雨的晚上，她在百货大楼里闲走。下雨，逛街的人比平时少了许多，平时人头攒动的大楼里显得一片冷清。走走停停，在四楼的精品女装柜台，她让售货员拿一件八分袖的上衣。那件乳白色带小竖条的外套，质料是纯棉的，看上去休闲，不张扬，却很大气。肖洁喜欢这件衣服，脱下自己的运动服，穿上休闲外套，站到镜子前面反反复复看。前后左右，怎么看都挑不出毛病。颜色、质料、款式，真的挑不出毛病。周洗尘喜欢她穿得朴素大方。就是贵。怎么一件棉布衣裳要八百多块钱呢？看了能有半个小时，恋恋不舍地脱下来。售货员问她："阿姨，这件衣裳非常适合您，您看好了吗？"

售货员小姑娘，跟周朗年纪差不多，看她的眼神中充满了期待。也许因为下雨，这一天她没有销售业绩？肖洁的心软了一下，真想说看好了，你开票吧。可她的心最后还是硬了起来。花八百块钱买这么一件小衣裳没道理。她摇了摇了头，准备离开。才走几步，她听见售货员小姑娘咕哝："买不起就别试，这么没完没了地真让人受不了！"

肖洁已经拐过专柜，听见小姑娘说话，回来问她："你说谁呢？"

"我自己跟自己说话呢。"

"不对，这地方就咱俩，你怎么这么没礼貌呢？"

"对不起，我可能是没礼貌，可你知道我们一天站到晚多不容易吗？如果都像你这样一遍遍光试不买……"

"谁光试不买？"

"阿姨，我已经替你数过了，就这件衣裳，你已经试过至少九遍了！"

小姑娘的话音居然带着哭腔。肖洁愣住了。看着售货员小姑娘的一张嫩脸，她一句话说不出来。

转身跑步离开。肖洁是个体育老师，虽然年纪大了，跑的速度还很快，跑步姿势也很标准。她的身影引起一片注目。仍在逛街的顾客，窃窃私语：有精神病吧？

七

周洗尘的妻子肖洁，她是一个刚强的女人。她必须想办法自己面对生活的不幸。

身体没有力气，消瘦得很。以为是陪伴周洗尘住院累下的，歇歇能好吧。妹妹肖清劝她上医院检查。有病得早治。她去医院。体检的结果，对她是当头一棒！医生责备她："你多少年没体检过了？！"肖洁让医生说实话，医生告诉她：卵巢癌。

老天爷疯了！让她和男人脚前脚后得绝症！

知道自己得的是绝症，她决定必须完成一件大事：把房子买好。

买一套大一点的房子，是她多少年的心愿。俩孩子，一儿一女，至少一人得有一个房间吧？家里的房子是两居室，原来两个孩子住同一卧室，上下铺。孩子上中学以后，不好让他们再这么住了，青春期，格外敏感，男孩、女孩住在一起不方便。和周洗尘商量了一下，把电视搬到他们的卧室，不大的客厅坚壁成了周明的卧室和书房。周洗尘和肖洁的一切活动，都退缩回到自己的卧室里。

跟周洗尘叨咕过无数次房子的事。说了也是白说。除了周洗尘的补课收入，他们两人的工资，养活两个茁壮成长的孩子并不富裕，哪儿有钱买房子？学校里刚毕业的年轻老师比他们这些老教师住的房子都好，年轻人大多没有家庭负担，条件好的父母还能给个首付，按揭以后一个月还千八百块钱，对生活没什么大影响。他们这种上有老下有小的，却很少有贷款的勇气了。按揭其实是一个人对生活的自信。我现在没钱，但我将来会有钱。像他们这个年龄的人，自信没了。

在医院，周洗尘曾经抓着她的手，说："对不起，没让你住上大房子。"

说得肖洁心酸，拍着他的手背，告诉他："房子是死的，人是活的，咱有一双好儿女，将来还怕住不上大房子？"

话是这么说，看人家住大房子，还是心动。

无数次收过派发的楼盘广告。当时她都是随便看一眼，顺手把广告扔进垃圾箱。现在，她回忆自己看过的那些广告，按由近及远的顺序，一家一家看。不看不知道，这几年北连新建的房子真是不少啊。市中心的那种高档楼盘不用说了，城市的边缘，从前的稻田地、菜地，居然不少变成了住宅，而且个个价格不菲。这几年房价噌噌涨，幸好金融危机了，房子涨价的速度慢了下来，否则肖洁怎么敢动心思加入看房的队伍？

看房子让她受刺激。看房车里，售楼处的沙盘前面，大多是一家一伙儿的，夫妻、子女、老人，在一起讨论，甚至争执。哪怕是有争执也好，至少有人跟你在一起，为过日子而纠纷。最有可能跟她在一起争执的那个人，已经永远不会跟她说话了。在他们夫妻二十五年的婚姻生活中，他们有过无数次的争执，大到买不买房子，小到酱油买瓶装还是散装。那种有争执的生活是真实的、充实的。一对夫妻在看房车上公然吵架，引全车人侧目，肖洁却一点没觉得那是没有教养，她觉得那是幸福，泪水一下子盈满了眼眶。

周明毕业没签到合同，决定回北连。肖洁下了决心必须买房子。儿子长得极像周洗尘，身材、相貌，举手投足，俨然周洗尘的年轻版。看他的打算，是想像他父亲一样，让自己在北连安身了。这个家族的男人，因为老一辈死在远洋的船上，从此对远行好像有了一种心照不宣的禁忌。回来也好，守着儿子过后半辈子，是天下多少女人的选择，她的婆婆就是最好的榜样。只要自己还活着。她羡慕自己的婆婆，她毕竟守了那么多年的儿子。大儿子走了，她还有小儿子可以守。自己还能守着儿子几年？只要自己活着，她不会让儿子受委屈。儿子总有谈恋爱、结婚的一天，有一套大一点的房子，儿子将来谈恋爱、结婚，条件更优越了吧。

想买房子是一回事，下了决心，也未必就能马上买到合适的。但肖洁打的是有准备之仗，她对北连的房子行情已经了然在心。哪儿房子价位合适、质量如何，她在心里掂量过无数次。

去北新家园售楼处。上次在北新家园售楼处看房时，意外地碰见了周洗尘以前班里的一个女生蔡明丽。蔡明丽当年学习不错，在周洗尘班里是拔尖的学生，初三时母亲病故，影响她没考上重点高中。当时周洗尘回家还直替她惋惜。没想到她现在当了售楼小姐。肖洁第一次去看北连家园，是她自己摸上门去的，售楼处很冷清，没有几个看房人。蔡明丽认出了肖洁，给她介绍完房子，跟她拉家常。听说周洗尘去世了，蔡明丽的眼圈居然红了，说周老师当年对她很好，自己没考上大学，辜负了周老师。临走时，蔡明丽很真诚地告诉肖洁："肖老师，您要真下决心买房子，您就再来找我，我一定尽我自己的所能，跟经理争取最大的优惠。房子的质量您也看到了，如果不是赶上金融危机，我们很少这样打折的。现在是清盘，估计还能讲下来价钱。"

蔡明丽的许诺是一个方面，关键是肖洁对北新家园的地点、价位能够接受，她看上了其中的一户经济房型：三室一厅一卫，面积一百零三，主卧十六米，另外两个房间比较小，都不到十米。肖洁心中的打算是：儿子结婚，住最大的房间，给女儿周朗留一个房间，回娘家来她应该有地方住。周朗平时不回来，如果婆婆愿意过来住，也有栖身之地。将来周明有了孩子，还可以给孩子当卧室。北新家园的房子是全装修，省得她花力气操心了。暂时什么都不添置，把家里现成的东西搬过去就成。将来周明有结婚的一天，看儿子和媳妇喜欢什么，再换新家具。

蔡明丽没有食言。她最后说出来的价钱，低于肖洁的预期。也不知道她是如何说服经理的。肖洁在心里算了一下，应该是原价的七折了。连税加在一起，整套房子四十五万可以拿下来。

肖洁没有四十五万。但是她还有一套房子。现在住的房子面积不大，地点却好，因为离商业街近，不少做生意的人愿意买，有的是自己当住处，还有的直接当库房，据说比租商厦里的库房便宜很多。肖清就跟她打过招呼："姐，你家啥时候要卖房子，先考虑我。"妹夫在商业街开了一家饭店，一直说要买一处近点的房子。亲姐妹明算账，想要卖房子，肖洁第一个把消息通报肖清。买不买是她和妹夫的事，先告诉她是礼数。

妹夫出价二十万。比她预期的要高出两万。心知肚明，妹妹、妹夫这是怜恤她呢。肖洁是个自尊的女人，一般情况下，她不会接受这种怜恤，但买房子用钱的关键时刻，也顾不得了，好歹是亲姐妹，一奶同胞，欠下的人情以后想办法还就是了。

旧房子能卖二十万。妹妹说什么时候用钱告诉她一声就得。周洗尘去世，一直存着的公积金四万多取了出来，丧葬抚恤二十个月的工资，将近六万。肖洁自己的公积金有三万多，加上从沈阳回来以后，周洗尘大学同学包括小柳陆陆续续捐给周洗尘让他治病没花掉的五万多，还差七万块钱。肖洁舍下脸皮，跟几个平时来往近便一些的同事张了口，说好了给同期银行利息。这样把七万块钱也凑齐了。

万事俱备，她给女儿打电话，让她回一趟北连。

周朗比周明幸运。有罗霄和闻小玲阿姨的关照，她顺利留在沈阳的一家大公司做文员。虽说不是她学的会计本行，毕竟有了落脚之地，以后还有机会。

周朗风尘仆仆从沈阳赶回来。

进家门，号啕大哭！

正在厨房给女儿准备饭菜的肖洁慌了手脚，不知所措。女儿这是怎么了？路上让人欺负了？摊上什么祸事了？

周朗边哭边诉，说的是："你们不告诉我就把家卖了！爸呀！"

周朗的眼泪有传染性。她的一声"爸呀"，把肖洁的眼泪勾出来了。这孩子从小反射弧长，周洗尘去世了，她伤心，但过了这么长时间还伤心到如此程度，大老远的回来，进家门就涕泪涟涟，让肖洁始料不及。

更让肖洁想不到的是，女儿最耿耿于怀的竟然是肖洁不征求她意见就卖房子："你们为什么不征求我意见就卖房子？我也是这个家的一员，我爸没了，我也有继承权。你们不征求我意见就把房子卖了，犯法！知道不？！"

周朗的激烈，她对母亲的态度，周明看不过去，劝妹妹："爸没了谁不伤心？你这么挑妈妈理不对。怎么书越念越糊涂了？给妈妈道歉！"

"哥你有什么资格批评我？你们联合起来蒙骗我！我爸尸骨未寒，你们就把他的房子卖了，把他最喜欢的书扔了，你们就是想把他忘记了！"

周明冤枉！虽然他住在家里看书学习，卖房子、买房子，肖洁并没有征求他的意见，只是把结果告诉他。看到母亲谈起新房子的那种喜悦，让他觉得失去父亲的母亲需要这套房子，不是为了新房子多么宽敞，而是因为离开原来的老房子，母亲也许会快一些从那种欲绝的悲伤情绪中解脱出来，少一些睹物思人的机会。母亲老了。父亲的死让母亲一下子苍老许多。当体育老师的她一直身材挺拔，走路从来挺胸抬头，加上她本来就高的个子，在人群中非常显眼。可是父亲的死让她的腰弯了，看上去个子也矮了。他是这个家唯一的男人了，让母亲尽快进入一种新生活状态，是他的责任。所以，当肖洁告诉他，他们即将有一个新家时，他不能指责她。住新房子、大房子是每个人的希望，但是他的内心跟妹妹一样，割舍不了对老房子的怀念，因为这里有父亲，有他们一家人和乐融融的生活记忆。男儿有泪不轻弹，知道妈妈要卖老房子的那天晚上，他差不多一夜未睡，父亲的点点滴滴涌上心头，像电影一样从他脑海中一幕幕走过。周洗尘是他最好的唯一的父亲。他让自己别哭，告诉自己：睡觉！生活还得继续！

妈妈说她跟同事借了钱，把借给她钱的叔叔阿姨的名字写给他。借了多少，怎么答应的条件，上面写得一清二楚。妈妈说："儿子，这是妈妈写的借据。人得讲信用，万一妈妈有个什么意外，你要凭着这个把钱还给人家。"

妈妈的话让他伤心——这个家再不能有什么万一了！

所以，在妹妹的哭和母亲的失语之间，周明左右为难。妹妹想念父亲，她希望保留父亲生活的痕迹，希望想念父亲的时候有点什么摸得着看得见的可以寄托的东西，她的哭是真诚的。作为这个家里陪伴父亲生活过最长时间的人，母亲的悲痛应该是最深的，可是母亲应该有新生活，她的选择也无可厚非。两个女人，都是他应该疼爱的。眼下，最要紧的是做妹妹的工作，让她停止哭闹，尽快接受现实。

可是周朗根本不听他的解释，不容他插话，而且继续把矛头对准母亲："为什么不给他做手术？有钱买房子，就没有钱给他治病吗？是不是怕人财两空啊？"

"医生说已经没有手术价值。"

"不做手术怎么就知道没有价值？我们给他做了手术，如果还不好，那是天意，可是我们根本就没给他做！"

"难道医生的意见是没有价值的吗？"

"我爸说的对，你就是不舍得钱，连给他看病的钱都不舍得，连给他止疼的钱都不舍得！"

"你爸根本不可能说这样的话。"

“他不说我也知道。我是他女儿，他最亲的人。他都病成那样了，想去西安你不让他去，非拉他上沈阳，不就是想用他的病博得同学的同情吗？可他同学捐的那些钱，你用在他身上多少？就为了攒钱买房子是吗？！”

女儿的指责，比女儿的眼泪更让肖洁伤心。她甩开拉着女儿的手，回自己的房间，把门关上。周明敲门要进去，肖洁在门里告诉儿子：“让妈安静地待一会儿。”

周明坐到周朗对面，给她倒一碗水：“把水喝了。一会儿去洗把脸，你脸上都和泥儿了。等会儿妈出来，你给她道个歉。”

周朗不喝水，也不听他劝：“别装好人。卖房子你也有份。”

“我真的不知道，都是妈一个人决定的。”

“至少你没反对。难道买新房子比怀念亲人还重要吗？你知道我一路上的感受吗？我一路上都在想象家里的情况：我爸坐过的沙发没有了，他睡过的床没有了，他看过的书没有了，当时我就受不了，我在车上就开始哭，你知道我那种感受是什么吗？！你们把他给忘了！你们想把他给忘了！”

“谁能把他忘了？！可我们都还得活下去！爸在天有灵，他不会愿意看你天天哭泣。他假装不知道自己得了什么病，从来不问自己得了什么病，不就是想把伤心藏在自己心里，不让我们跟他一起伤心吗？你以为爸那么聪明的人连自己可能得了什么病都不知道吗？我们瞒着他，他也在瞒着我们，互相欺骗而已！”

“爸能知道吗？我们瞒得那么努力。”

“傻子才不知道。没完没了地住院，没完没了地有人去看他。还用问吗？还用说吗？”

“他最后跟妈说了什么？他那时候为什么要把我支走，非得让我去给奶奶送水果？”

“最后他还能说什么？连睁眼睛的力气都没有了。让你离开，还不是想给你留下好印象，人死的时候、最后挣扎的时候能好看吗？他想给你留下好印象，这你还不懂吗？！你个小混蛋！”

周明把周朗骂醒了。她去洗脸，下厨房把妈妈炒了一半的菜炒完，然后，敲卧室门喊肖洁：“妈，对不起，请你出来吃饭！”

周朗在家住了两个晚上。

她在同意卖房子的文书上签了字。走的时候，肖洁让周明去车站送妹妹，自己留在家里干活。一双儿女下楼，她趴在窗台上往下看，眼泪憋不住。

其实是不敢与女儿分离。

房子到底卖成卖不成，还是个未知数。卖房子，更名需要周洗尘所有继承人签字、公证。做通了一双儿女的工作，才知道婆婆也是有继承权的，还需要有婆婆的签字。可是，他们连周洗尘已经去世的消息都对老太太隐瞒了，哪还敢去让老太太签字呢？周远航说可以骗老太太，可是肖洁认为那样不妥。她怎么能做这样的事情去伤害老太太？！

卖房子的事，买房子的事，暂时撂下吧。

因为女儿的哭闹，她对生活和自己的病有了重新认识。最要紧的是她必须去医院。她要找最好的大夫会诊：万一还有手术价值呢？

跟儿子和女儿，都没说去医院看病的事。

为了儿子和女儿，她得认真地治疗。女儿还没找对象呢。儿子还没找到合适工作呢。

像她这个年龄的女人，既有资格当奶奶又有资格当姥姥的有几个？那得是多么幸福的时刻啊！

她得活到那一天！

必须的！

家庭食谱

小葱拌豆腐

卤水点的大豆腐，如果是刚出锅冒热气的那种，直接放到盘子里就行。小葱洗净切成一寸多长的段，码到豆腐上。这道菜的关键是酱。每个人的口味不一样。有人喜欢肉酱，有人喜欢辣酱，有人喜欢海边出的虾酱，还有人喜欢吃没炸过、原汁原味的农家酱。用什么酱拌看个人口味了。在北方，无论城里人家还是乡村门户，小葱拌豆腐都是家庭中的常菜。

如果是从市场上买的凉豆腐，最好用开水把豆腐焯一下。

他们的相识竟然跟豆腐有关。那年她刚毕业，留校做辅导员。学校食堂的伙食不好，闲暇无事或者嘴里没味道的时候，她自己也做一点简单的饭菜。买点面皮包馄饨啦，方便面里放几片西红柿啦，总之得是简单的那种。复杂了她不会做。有一天从图书馆出来路过学校门口的副食品店，她看见有人在排队买豆腐。冬天，大豆腐在豆腐板上热气腾腾地冒着白汽，豆子的香气随着白汽四处飘散，她竟突然间有了想把豆腐吃进嘴里的欲望。那时候买豆腐要票哩，幸好她的各种票证经常揣在兜里。一时兴起，她就站在了排豆腐的队尾，一边排着队一边在心里面盘算着买回去的豆腐要怎么做。她有一个煤油炉，还有一口高压锅，一只炒菜的马勺。豆腐里加点虾皮炖着吃不错。最简单的办法其实是小葱拌豆腐。不用炝锅。她不喜欢炝锅的油烟味儿。想着怎么做豆腐的时候，很快就排到她了。她拿出豆腐票，拿出一块钱，没想到卖豆腐的女人看了一眼她递过去的票，二话没说又给她递了回来：“你这是下个月的票。”

豆腐票上印着月份的，每个月只能用当月的票。她知道。问题是当月的豆腐票她肯定还没用呢，早晨出来时匆忙，把新票当旧票揣兜了吧。她对卖豆腐的女人说：

“您先卖我，我把新票压这，一会儿回去把旧票给您拿回来。”

卖豆腐的女人邪她一眼，很不客气地回答：“没这规矩。您往旁边闪一下，后面。”

后面还有不少人排着队呢。白排了一回队，又被卖豆腐的女人小视了一番，她的脸一定是红了，就在她不知所措的时候，她听见后面有一个男人的声音说：“喏，你先用我的票吧。”

她回过头去看。是排在她后面的一个男人。男人个子不高，长得非常普通，他的手里拿着一张豆腐票。原来她后面排着一个男人哩。她一直往前看，心里面琢磨着怎么吃豆腐，没注意自己的身后。她认识他吗？不是没有可能。她的眼睛近视，平时不大愿意戴眼镜，跟熟人擦肩而过不打招呼的事经常发生。她瞪大了眼睛，努力调动自己的记忆，怎么也想不起来自己的熟人堆里有这样一个能够排队买豆腐的年轻男人。犹豫了一下，她说：“谢谢，不用了。”

本来还想跟卖豆腐的女人理论几句，因为男人的相助，反倒不好意思了。

郁郁闷闷地回了宿舍。没想到回到宿舍不久就有人敲她宿舍的门。打开门，惊讶地发现门口站着刚才排队买豆腐的男人。男人的手里托着一块用大号铝饭盒装的豆腐：“送给你吧。我买完豆腐才发现自己根本就没有做菜的家伙什儿。”

那是他们第一次见面。他也是刚毕业的工农兵大学生，留校在化学系的实验室当实验员，整天猫在实验室里鼓鼓捣捣摆弄试管，怪不得她不认识。她是学文科的，跟理科的人来往不多。

走进婚姻之后，小葱拌豆腐成了他们之间戏谑的经常话题——

“脸皮真厚。不认识人家就能端着一块豆腐给人送上门。”

“除了你以外，世界上没有第二个人是用送豆腐的方式搭讪女生的吧？”

“老实交代，送豆腐的时候心里面是不是就想着吃我豆腐了？”

男人的回答让任何女人听了都会心花怒放：

“你长得好吗，你那时候真白呀，又白又嫩，像大豆腐一样。幸亏那天我站在你身后排队，要是别的男人站你身后，没准儿也去给你送豆腐了，那我上哪儿找这么好的老婆呀！”

实际上男人每次的回答并不完全一样，但大概意思差不多。这种话女人百听不厌。关于豆腐的调侃，渐渐成了夫妻之间床笫之欢的前戏。小葱拌豆腐不但是他们家庭生活的常菜，也是他们家庭生活和谐的润滑剂。

有一段时间，他们经常拌小葱豆腐。经济、实惠、有营养、方便。好处多多。

后来她从报纸上看到介绍，说小葱和豆腐拌在一起会产生草酸，对身体不好。渐渐地做得少了。

后来他们在床上也渐渐地不再说小葱拌豆腐的话题了。不知道是先不吃小葱拌豆腐才不提这个话题了，还是因为不提这个话题才不吃小葱拌豆腐了。哪个是因哪个是果，没仔细想过。

反正是不吃了。其实小葱拌豆腐这道菜也有不足。生葱吃在嘴里，很长时间味道都去不掉。那种气味，其实挺难闻的。

好多年不吃小葱拌豆腐了。

酥骨带鱼

市场上最窄最便宜的那种带鱼。带鱼洗净切段儿，热油两面煎，煎过放进高压锅，加盐、糖、葱、姜、蒜、料酒、酱油、醋，喜食辣也可以放适量干辣椒。加适量水，压紧锅盖加压力阀用小火焖。这道菜的关键是掌握水量和高压的时间。时间短，汤大调料味儿进不去；时间长了，做出来的鱼干干巴巴，不滋润。最佳状态是还剩下一点儿黏稠的浓汤，浓汤挂在鱼段儿上，滋味浓厚，鱼骨酥烂，肉和骨都可入口。

这是他们谈恋爱、包括刚结婚时经常做的一道菜。第一次做这道菜时她把鱼煎得一塌糊涂，还没等煎完就已经肉骨分离。经过一次又一次尝试以及不耻下问地向别人请教，她才慢慢弄明白，那是因为放鱼的时候锅里的油还不够热，另有一个原因可能是她翻得太勤。最好是一面肉煎住了再翻过来煎另一面。带鱼是他单位过节时发的。两个人还没结婚呢，都还独身。他把鱼拎到她的宿舍。教工宿舍楼是学生宿舍的筒子楼改造的，年轻的已经结婚或者还未结婚的教工嫌食堂的伙食不好自己改善生活或者有兴致自己下厨时，就把长长的走廊当成了厨房。走廊里贴墙摆着一溜煤气罐，一到做饭时间，走廊里热火朝天，炝锅的葱花爆香，炸酱的辣椒呛人。谁家做了什么满走廊都知道，有时候也互通有无，你给我一勺辣椒酱，我给你盛一碗酸菜汤。热热闹闹，一片红火的世俗生活场面。很多年之后，她的梦里甚至不止一次出现这种场景，连炝锅的葱香都闻得到！

煤气罐是他搬来的。煤气罐是紧俏的东西，需要找关系才能弄到。那时候他就显示了在社会上的活动能力。他把煤气罐搬来了，她怎么好意思不偶尔做一次饭？男人么，通常比女人食欲旺盛而且饭量大。尤其二十几岁的男人，肚子是填不满的无底洞。一开始她一个人在走廊里做。两个人没谈婚论嫁，还不好意思这么兴师动众地在一起“生活”。主要是她不好意思。周围都是她单位的熟人，如果两个人大张旗鼓地在一起做饭吃，实际上就等于向大家宣告什么了。她认为他们还没到那一步。至于到了哪一步，她也说不好。反正是可以在一起单独吃饭了吧。她一个人把菜做好，然后端进屋里两个人悄悄吃。主食是在食堂打好的。一边吃鱼一边说着悄悄话，外面走廊里的菜味、说话声不时从门缝挤进屋里，一扇木门把他们和世界分成了两部分，把他们两个人变成了“自已人”。那种感觉，有一点偷偷摸摸向禁忌挑战的刺激和甜蜜。也许，正是这种偷偷摸摸的感觉让他们终于走进了婚姻？说不好。婚姻有时候是一种说不清楚的缘分。像刘巧儿那种能把爱说出一二三的，不多。他能说出来吗？不知道。她从来没问过。至少她说不出来。

后来就是两个人一起在走廊里做饭做菜了。一边做菜一边说话，东拉西扯，不用刻意寻找话题，偶尔跟路过的邻居打声招呼。他们是即将结婚的两个人，之所以还没结婚，没搬到一起住，是因为还没有房子。他们已经登了记，在等他单位分房子。

酥骨带鱼有许多优点，比如营养丰富，物美价廉。还有一个明显的好处是吃剩下可以放，因此每次就可以多做些。那时候没有冰箱啊！两个人一起吃一顿，剩下的她自己留些，然后把大部分给他带走。他那时候调到学校在郊区办的校办工厂去了，单位没有食堂，中午要自己带饭带菜。她把带鱼在大号铝饭盒里一层层码得结结实实的，一直到装不下了为止。很多年之后，当他成了上市公司的老总，每年拿着数目可观的年薪和股权分红时，一些刚认识她的女友眼红得要命，不止一个人问她是怎样钓得金龟婿的。她透过高度近视镜片、瞪着茫然的大眼睛，很无辜地告诉人家，她没钓过。那些带鱼可是他主动一次又一次拎到她宿舍的。刚开始她是那么不情愿做。一是不会做鱼，她在家里是老小，上面几个姐姐包揽了家务，从来没让她正经做过饭。二是煎完鱼衣服上、头发上一股鱼腥味儿，那时候洗澡不像现在这样方便，独身宿舍也没有洗衣机，每次她做完鱼，必须得自己烧水洗头、洗衣服，麻烦得很。

也许，那时他是用做鱼来考察她的性格和生活能力？她从来没这么问过他。婚姻真的是一种很复杂的事情，不会这么简单吧。她也不相信他那时候有那么多心计。也许那时候他只是还没有别的更熟悉的女友可以把单位发的鱼做熟了让他解馋吧。

酥骨带鱼操作方便，对原料的要求不高。鱼骨和鱼肉都可以入口，老少咸宜。

已经好多年没做过这道菜了。单位发的带鱼越来越宽，肉越来越厚。宽厚的带鱼更适合红烧、清蒸，做酥骨带鱼有点白瞎了。后来，他们更热衷于吃深海鱼，而且得是深海活鱼。那种养在海鲜店水箱里的活鱼几百块钱一条很正常，但对他们的消费能力而言，这已经不是什么问题了。

有时候，嘴里没味儿想不起来吃什么的时候，偶尔她也想过这道菜。却再也没有兴致亲自去做了。

做了其实也未必吃，犯不上花那么大的力气。

很多年不做，她已经不知道自己还能不能把握好火候。

砂锅豆腐

把猪棒骨敲碎加葱姜大料煮汤，当汤成奶白色时，把调料和骨头捞出来，下适量的豆腐，爱吃海带或者大白菜也可以适量加入，最后加盐、味精。这道菜的特点是营养丰富，看似素菜，却因为是骨头汤打的底子，口感极好，营养也是没的说。大人小孩都适合。尤其适合牙口不好不耐咀嚼的人。

砂锅豆腐也是他们家常做的菜。这道菜最大的优点是不用炝锅，免去了一身油烟味儿。

爱做这道菜的理由之一也是由于他牙齿不好。当女友们羡慕她嫁了个好男人时，偶尔的，她在心里也会无声地冷笑。年轻时的他，缺点之一是牙长得不好。就因为他的牙长得参差不齐，两个人差一点没成。他们刚恋爱时，差不多所有的人都反对，包括她的父母，几个姐姐，包括她周围的朋友。他的牙长得不是一般的不好，不整齐、发黑发暗不说，还有严重的牙周病，他们谈恋爱的时候他就经常牙疼。不张嘴还好，一张嘴，简直没法看。她是爱看美国电影的人，但有一段时间她差不多不敢看美国电影了。怕受刺激。电影里的男人女人老人孩子，一张嘴全是又齐又白的牙齿，包括那些黑人，甚至包括各种各样的坏人。人家的牙齿都是那么好。后来她才知道，敢情美国人从小就看牙医，看牙是他们重要的经济支出之一。在美国，牙医是收入很高的，是一个很尊贵的职业。他的牙一看就是从来没经过矫正。也许上大学之前至少是从小连牙都不刷？不是没有这种可能！他家住在东北与内蒙古交界的地方，穷且不说，还缺水少雨，一冬天只能洗几次澡。因为牙长得不好，他第一次吻她时，她把头扭得远远的，那种奋力挣脱，肯定有初恋的羞涩，是不是还有别的因素？比如他的牙长得那么难看，永远像没刷净似的。他有牙周病的嘴里气味也并不好闻。她没仔细想过，但不排除这种可能。那时候还不时兴嚼口香糖。所以除了刚谈恋爱那会儿还在一起接过吻，结婚以后，这种亲密的动作就永远从他们之间消失了。

中国人的婚姻，好像跟接吻没有什么关系。至少他们的婚姻是这样的。

别人呢？她没跟别人探讨过。

所以她更爱看美国电影。她看那种生活片。很温馨的，节奏不要很快，演绎着男人和女人之间的情感纠葛。美国的男人和女人，谈恋爱的时候，即使是婚姻中的男女，老天八地的了，也经常是头一伸就凑到了一起。他不爱看这种片子，如果是他手里拿着遥控器，肯定他会换台。他爱看枪战片，爱看黑帮、飙车，满屋子里的急刹车和枪击声。两个人看电视看不到一块去。这事放现在很简单了：一人一台电视不就解决了！刚开始不行。家里只有一台电视，两个人因为选台闹矛盾。当家里每个房间都配上了电视而且都是高清晰度的数字电视而且还可以看付费的有线台时，这种矛盾已经不存在了。他现在哪有时间看电视？成功男人要在外面应酬。洗澡、按摩、吃饭、喝酒、打麻将。也许还有别的什么更丰富更暧昧的活动，她眼不见心不烦。装不知道吧。他的牙现在又齐又白。一口牙至少花了五六万块钱。她猜的。在花钱这种事上他已经不跟她说实话了。他有小金库。查不出来的。但能猜出来。烤瓷的，还有种的牙，很自然的白，排列得得体大方。是成功人士嘴里都有的那种牙。据说现在种一颗进口的牙至少五千块钱。现在认识他的人，尤其那些年轻的女人，不会想到吻她们的那张嘴曾经影响过他恋爱吧？

他的牙治好了，不再影响他吃东西，所以现在家里也不用再做砂锅豆腐了。偶尔做一顿，不再用骨汤，而是改用新鲜的蛎蝗或者海虾。他现在不爱吃油大的东西。

儿子的牙长得像他。连扭曲的地方都一样。一看牙就知道准是他的儿子，肯定没抱错。遗传的力量真是可怕。儿子乱糟糟的牙齿让她费了无数的精力。从小到大，她不断地带他看牙医，拔牙，矫正，总算把牙排得整齐了，但牙质是没法儿改变的，儿子暗淡的没有光泽的牙齿时刻提醒着她的记忆。

酸菜白肉

新鲜的五花肉放汤锅里煮，加葱、姜、大料。肉熟后捞出来控净水，切成肉片待用。把片好切细的酸菜放进煮过肉的汤锅里炖。时间越长越好。酸菜不怕炖。炖得差不多了，把切好的五花肉回锅放进酸菜汤里，加盐、味精。如果爱吃血肠，里面也可以放几段。加了血肠的酸菜白肉别有一番滋味。肥而不腻，味道鲜美。

酸菜是用大白菜腌渍的，中国人都知道。有一首歌叫《东北人都是活雷锋》，正经火了一阵儿呢，里面有一个叫翠花的，她最后上的那道菜就是酸菜。酸菜有各种各样的做法，炒、炖、包饺子做馅儿，酸菜芯儿也可以洗干净了蘸酱吃。酸菜猪肉炖粉条。一说起东北菜，人们首先就会想到酸菜。

他爱吃酸菜白肉。东北人还有不爱吃酸菜白肉的吗?！据说少帅张学良晚年还想着吃酸菜呢。科学家说人的味蕾是小时候形成的，你小时候吃酸菜，这辈子就忘不了了。

她也爱吃酸菜。所以只要他说想吃酸菜白肉了，她就很积极地做。做酸菜白肉的前提是得有酸菜。刚结婚的时候市场上还没有卖酸菜的，都是家家户户自己渍。一到秋天，满街一车一车的大白菜，谁家不买个几百斤？把大白菜晾晒差不多了，用刀砍掉多余的老帮和根，一层层地码进缸里。加盐，为的是白菜不烂。后来有卖酸菜鲜的了，可以保证酸菜不烂。把菜码好，最后压上石头，免得白菜浮起来。白菜没酸时离开水就烂了。有的人家渍酸菜之前还用热水把白菜烫一下。做法不一。所以最后出来的酸菜味道并不完全一样。据说每家的酸菜都有自己特殊的味道。

他们也渍过好多年酸菜。五六百斤大白菜，从卖菜的大车上往下搬，搬进楼前的空地上，得晒几天呢。上班之前他会下楼把白菜一棵一棵摆到白天能照着太阳的地方，白天有空她会把白菜翻个儿，看哪个地方没晒到。晚上下班，他会把白菜一棵棵再摞起来，上面罩塑料布，四周用砖头压住。秋天没人偷白菜，顺手拿走一两棵可能，但对一堆白菜来说，少一棵两棵也是无所谓的。主要是怕晚上有霜把白菜打了、有雨把菜淋了。头一年渍酸菜她手忙脚乱。在家里没干过这活啊！他会。他是老大，从小帮母亲渍酸菜，是家里干活的主力。把几百斤白菜码进缸里对他来说是小菜一碟。看着他汗淋淋卖力气干活的样子，她的心里有一种很踏实的感觉。这个男人，也许不浪漫，也许牙不整齐，挣的钱也不算多，但至少跟他在一起生活还是很有安全感的吧。是一个有家庭责任感的男人啊。

现在他们不渍酸菜了。渍酸菜太麻烦，买白菜、晒白菜的辛苦他们已经不能承受。他的颈椎有病，还有腰脱，拎一台最轻的手提电脑都得小心。她的肩膀有很严重的肩周炎，经常膀子疼得抬不起来。尤其是搬了新家以后，装修豪华的家里放个酸菜缸算怎么回事！没有地方放、影响美观，一冬天酸菜缸散发出来的特殊的气味也不好闻，滞留在屋子里出不去，她点了好几捆印度出产的香都盖不掉。

而且，现在市场上已经有很多卖酸菜的了。那种袋装的酸菜，一年四季超市里都有的卖。虽然跟自己家里渍的酸菜味道不完全一样，毕竟方便啊，想什么时候吃打开一袋就行。

不渍酸菜的最主要原因其实还是因为他变懒了，不愿意再动手。最后一年渍酸菜，他们吵过一架。从结婚开始渍酸菜就成了他的任务，她已经习惯了他买菜、晾晒、装缸。那一年秋天，大白菜已经快下市了，他还没抽出时间去买菜。她着急，跟他唠叨了几次。他心不在焉，一看就是在搪塞："要么你雇个人买点菜回来吧。我负责渍还不行？"不行。其实她不是非得要他动手。她心里知道自己要的是他还在为这个家操心大事小事的感觉。但是他已经不想操心了。或者是没有精力操心这种小事了？他说："要不别渍了。也吃不了几顿。"是吃不了几顿，因为他回家吃晚饭的次数越来越少。但是她不甘心。因为渍酸菜，她把陈年的芝麻谷子把她对他的不满全翻出来了。她坐月子时婆婆从乡下来侍候大人孩子，煮汤时居然一口大锅里就放两根排骨，排骨汤稀得能照见人影。还给她吃剩饭，害得她在月子里拉肚子，至今看见剩饭胃里还有反应。她流产的时候，他不去医院陪她，居然去出差、跟一家名不见经传的小公司谈判……

她喋喋不休的时候，他站在一边一声不吭，用那样一种陌生的目光看她。然后，一下子听烦了吧，竟突然摔了手里的一只高脚杯！摔在地板上，她扫了好几天才把玻璃碴子彻底清净。是他们结婚时她在商场亲自选的高脚杯！那是他头一次在家里摔东西，让她知道了这个看上去性格很好的男人，这个从结婚以来对她基本上是和颜悦色的男人，其实他也是有脾气的，在家也是会发火的。从此，她在他面前再说什么的时候，心里面加着小心了。

现在她已经很少在家里炖酸菜。爱吃酸菜的那个人，家里的这个男人，基本上不怎么回家吃饭。偶尔心血来潮回来吃一顿，也不提前告诉她，现做显得太仓促了。酸菜得炖很长时间才好吃。

而且儿子不喜欢吃酸菜。这一代人，爱吃肯德基、麦当劳、必胜客，对酸菜不感兴趣。

他们都不吃，她自己就懒得做了。

一个人做饭吃有什么意思呢？

芸豆炬饼

芸豆去弦，掐成段，洗净控水，下油锅炒蔫，加汤，加葱、姜、大料、盐，五花猪肉切片下锅。白面用开水烫三分之一，再用凉水和，加油面、葱花、少许盐起层。和好的面擀成饼状，整体放芸豆锅里，盖到芸豆上。大火烧开后改中火炖。芸豆出锅时留少许汤。菜和饼同时熟。菜里有面香，饼里有芸豆的清雅。

这是男人给她做过的一道菜。给她留下了深刻印象。男人轻易不做菜。不光是后来不做，是从结婚开始就基本不做。那次是她流产。他说让乡下的老娘来侍候，她拒绝了。她不喜欢和婆婆住在一起。婆婆对她不坏，家里不富裕，自己还穿着打补丁的棉袄呢，竟然会舍得花钱给她做了一件里外三新的花棉袄给她寄来。花棉袄她一次没穿过，但至今还留着，多少次单位往外面捐冬衣，她都没舍得往外拿。棉袄做得太大了，她穿在身上晃荡。还有呢，那种图案和样式也是她绝对穿不出去的。婆婆的心意她虽然领了，但她不愿意跟婆婆在一个屋檐下生活，尤其是那种特殊的时候。婆婆身上有一种特殊的味儿让她不舒服。说不好是什么味儿。长年不洗澡，或者农村厨房烧柴草的味儿，也许还有整天跟鸡、猪、狗、猫、羊、牛、马等等家禽在一起沾染上的动物的气味。她说不清楚。就是洗过澡婆婆身上的那种气味也下不去。她不喜欢闻。头晕，心烦。

那种日子，她宁愿自己躺在床上。也不是什么光彩的病，一个人悄悄养着吧。

后来他就给她做了那顿饭。芸豆炬饼。事先他也没说做什么，一个人在厨房忙着。等他把芸豆和饼端上来，等她把芸豆和饼吃进嘴里，她的心里蓦然涌起一股暖流。真好吃！

是真的好吃。可惜她只吃过那一次，因为他只做过那一次。

有几次她不爱动弹了，央他做饭："做顿芸豆炬饼吧！"

他不做。他宁可花钱请她去外面的馆子，或者打电话要外卖。

那一年他们去乡下的婆婆家。她轻易不跟他一起回乡下。跟公公婆婆住一间屋子的感觉不好。洗澡不方便，上厕所尤其不方便。乡下的厕所，男女共用的，也没个正经门，墙只有半人高，站起来系裤带，墙外面的人都能看见。蛆虫在脚底下爬来爬去，让你才进去就想出来。太痛苦了。

那次他是自己开车回去的。他刚学会开车，瘾大得很，非要自己开车回老家。她心里琢磨着，其实他也有回老家显摆的意思吧。谁都愿意衣锦还乡啊。她给了他一次面子。刚结婚那几年，他不止一次说过，他回老家的时候，小时候的玩伴嘲笑他呢，怀疑他在外面是不是真娶了媳妇，要不就是媳妇长得太丑，不好意思往家带。知道他是在激将她，但她还是跟他去了。你不能总不给男人面子啊。

但只住了两天，她就再也住不下去了。想儿子想得厉害。她自己给了他面子，却不舍得把儿子也往乡下带。她把儿子扔给大姐了。其实他也住不下去了，她的想法暗合他意，自己开车，说走就走。婆婆把园子里种的菜摘了一大堆，他们的车上塞满了山里的土特产。山路崎岖，像来时一样颠簸，但他们的心情都是愉快的。谁都愿意回自己的家啊！

没想到车会坏在半路。车胎爆了。他自己不会换。前不着村后不着店的，最近的村子也有三里地。他让她一个人在车子里等，自己去前面的村子里找人。他说前面那个叫许屯的村子里有他的同学。

差不多过了一个多小时他才回来。他的同学没来，同学的丈夫来了。原来是个女同学啊。同学的丈夫是个农民，也不会换胎，但有力气，人也挺聪明的，两个人琢磨来琢磨去，费了老大的劲，终于把胎换上了。

车修好了，他们去同学家喝水。女同学扎着围裙，已经做好了饭。看见她进院，女同学的目光一闪一闪的，一直没离开她。女同学在仔细观察她呢。那顿饭很简单，苞米面饼子，酱缸里现捞的咸菜，大白菜炖豆腐。女同学叫玲儿。玲儿在饭桌上充满歉意："下回再来，做芸豆烀饼。那是我最拿手的。"听到芸豆烀饼，她不禁扭头看了他一眼，而他也扭头在看她。两个人的目光对视，她笑了，他有点尴尬。

她对玲儿印象挺好的。朴实，热情，大方。就是有点老相。农村妇女，风吹雨打的，都那样吧。

那首叫《小芳》的歌儿流行以后，有一天，她心血来潮问他："玲儿是你的小芳吗？"

他有点恼怒。

再没问过他这个话题。也没再要求他做芸豆烀饼。

红焖羊肉

新鲜羊肉洗净切块，加葱、姜、大料、肉蔻、胡萝卜，大火煮开以后小火焖。肉烂了以后加盐、味精。也可以加适量辣椒或者大红枣。适宜秋、冬季节食用。做好的一小罐羊肉可以分吃几顿，放在冰箱里，吃的时候现盛几勺，热一下就行了。

这是她跟同事在饭店里吃饭学来的。一开始他说麻烦。在他的家乡，吃羊肉用不着这么复杂。手把羊肉，杀完的羊煮熟了用刀切、用手撕着吃就行了，那才有羊肉味啊，加这么多调料不是把肉味都盖住了吗？

但是儿子爱吃。儿子是肉食动物，每顿饭必须得有纯粹的肉。炒菜里的肉对他来说可以忽略不计。刚结婚的时候每顿饭吃什么是以他为中心的。后来变成了兼顾父子俩。后来变成了以儿子为中心，因为他回来吃晚饭的次数越来越少，偶尔回来，就和着儿子爱吃的菜吃一口就行了。

儿子上初中的时候，学校军训。那是儿子头一次独自离开家去一个陌生的地方住。那几天晚上她竟然睡不着觉，满脑子里都是儿子在外面受苦受难的形象。临走的时候她买了牛肉干和各种小食品往儿子的包里装。儿子发现了，全给掏了出来：“老师说不让带小食品，发现了要给班级扣分的。”儿子胆小，听话，她不敢勉强。可是军训的饭能好吃吗？儿子饿了怎么办？那几天儿子不在家吃饭，男人也出差了，她自己一个人根本没有做饭吃的动力，东一口西一口地对付，胃里空落落的，心比胃更空，一点着落都没有。军训结束那天，她去学校接儿子。学校门口人山人海，全是来接孩子的家长。第一辆大巴车出现的时候，看见车上一个小男孩在哭，她的心里一酸，心揪揪着，差一点也跟着掉了眼泪。等她见到儿子时，发现儿子竟然瘦了，整整瘦了一条，小脸灰扑扑的，就一个星期的时间！好在儿子没哭。回家的路上，儿子说：“妈，告诉你件事你别生气。以前我是百分之七十爱吃家里的饭，通过军训，我是百分之百爱吃了。妈我今晚想吃红焖羊肉。”儿子的话让她的眼睛潮湿了。后来，当儿子吃饭挑三拣四的时候，她甚至想过，应该让他再去参加军训！至少一年训一次。

刚结婚那几年，她曾经为怎么做羊肉犯愁。羊是他家各种名目的亲戚送的。当初她家反对他们结婚，有一个理由也是他家的出身。她几个姐姐都替她犯愁："妹呀，你嫁给这个人，就等于嫁给他一个堡子的人了，有你后悔的那天！"

她不听。她嫌几个姐姐势利眼，专挑有钱的嫁。难道农村人就不能娶城里媳妇了？偏见！结婚以后，家里的亲戚越来越多的时候，她才慢慢理解了姐姐的话。岂止是一个堡子啊！农村人亲戚也不知怎么那么多。他家里一个堡子包括别的堡子的亲戚只要进城，肯定要到她家里来。当然，他家乡人讲礼数，人家不会空手来的。小米，红枣，奶皮子，还有羊肉。如果冬天尤其是年根儿底下来，通常是羊肉。那是很珍贵的见面礼呢。最隆重的一次，他的表弟，带来一整只羊，还是活的！

那次可真把她愁坏了。她认识羊，但从来没近距离地接触羊。想不到一只经过长途跋涉过的羊竟然那么脏，身上的毛说白不白说黄不黄，没个正经色儿，还浑身的味儿！男人不在家，她自己不知道怎么处理这只羊。她让表弟把羊拴在楼下的树上。总不能把羊牵楼上吧！那天晚上她一宿没睡好。不可能睡好。羊不喜欢城里，不喜欢被拴在楼下的树上。羊在楼下咩咩地叫着，像没人疼爱的孩子，让她的心里闹得慌，而且疼。她在心里一遍又一遍地说：求求你了羊，你别叫了行不行？明天早晨我就放你走。我送你去郊区的山里，放你自由行不行？

羊大概是从后半夜开始不叫了。她没看表，说不好时间。那时候她已经困得不行了，很快就睡了过去。早晨起来，等她趴到阳台上往楼下看时，脑袋嗡地一下，差点没站住跪地下。下楼时两条腿都是软的。她住在二楼，从楼上很清楚地看见羊躺在血泊中！本来就不干净的毛沾上了血，看上去黑乎乎的。她冲到羊的跟前，眼泪叭叭地往下掉。谁这么狠，竟然对一只无辜的羊下这么黑的手？不就是叫唤几声吗？你就是解开绳子把羊放走也好啊，怎么就能下得了手把羊杀了呢？她环顾四周，正是上班高峰时间，人们从她的身边匆匆走过，顶多跟她点点头。没有人跟她说羊的事。

她在心里想着，难道，他们一家人缘就这么坏吗？有很多人恨他们吗？

看着死去的羊，她站在楼下就吐了。

她本来就不吃羊肉。从小不吃。她嫌羊肉一股膻味儿。人家都说现在的羊不膻了，那她也不吃。连羊肉串、涮羊肉都不吃。给他煮过羊肉的锅，刷过多少遍了，她还是能闻出味道来。看她这么痛苦，后来他就不让她做了。家里的羊肉，东家送点西家送点，成了礼物转手送出去了。一开始送人的时候她是心疼的。毕竟是肉啊，要用钱买的。那时候他们不富裕，日常开销她总是算来算去的。

后来就不往外送了。因为儿子爱吃，她学会了做红焖羊肉。有时候也做葱爆羊肉片。不知道是年龄大了对气味的反应不再敏感，还是因为现在的羊确实不像以前那么膻了，总之她虽然还是不吃，但在厨房做的时候、把羊肉摆上餐桌的时候，她已经不烦了。

当儿子越来越能吃的时候，家里却已经很少有人送羊肉了。他家乡的那些亲戚，越来越少上门了。他说是她把人得罪了。她不服气！那些人，来家里进了屋嫌脱鞋麻烦，上厕所不冲马桶，吃饭不洗手，吃西瓜往地上吐籽，甚至还往地板上吐过痰。最让她不能容忍的是他们在屋里抽烟。抽那种自己卷的味道奇浓的老旱烟，据说这种烟劲儿大。一旦有人在家里抽这种烟，平时不抽烟的他竟然也跟着一起喷云吐雾，好像跟那些人抽烟也是接待客人的一种礼节似的。那种烟味儿，客人走了几天都不散。家里的毛巾、衣服上，到处都是那种烟味儿。也许她当时的脸色确实不好看了。那也是正常的。难道让她笑脸忍受那种烟呛不成？不来就不来吧，省得她做饭挨累了。

那次男人出差回来，她跟男人恶吵了一通。由头当然还是那只被杀的羊。他的那些乡亲们，用几块羊肉就能换他厂子里的许多原材料，从他们的言谈话语中她已经听出来了。那些东西可是公家的啊，你有什么权力大把大把地给人?!

也许那顿恶吵真的起了作用，从此，男人不再把家乡的人往家里领，也不再往家里拎羊肉。

不带就不带吧，市场上卖羊肉的有的是。只要花钱就行，免了那许多人情，吃起来才更有羊肉的滋味。她不想让儿子从小就吃不干不净的肉。

爆炒腰花

猪腰子洗净，切开片净腰臊，剞成麦穗花刀，切成长方形块，用酱油和湿淀粉上浆抓匀。花生油放旺火上烧至九成热，将腰花放入油里滑，到卷成麦穗状时迅速捞出；炒勺里少留点油，把蒜片、葱末放入爆勺，再烹醋、绍酒，加冬笋片、水发木耳少炒几下，倒入芡汁，然后将腰花放进去，迅速颠翻炒勺，淋入鸡油出锅。做这道菜有两个关键。一是花腰子的刀法，深了浅了都不合适，二是腰花划油时油温要高，速度要快，这样做出来的菜才能有脆嫩的效果。时间长了腰花老硬，不好吃了。

这也是在饭店里吃饭学来的。男人们开玩笑："别光给女士点菜啊，再上点儿男士菜。"所谓男士菜就是壮阳的菜。各种鞭。羊的，狗的，鹿的。头一次在餐桌上见到这种菜时她不认识，不耻下问地当着满桌子的人问。有男人坏笑："回家问你男人呗！"

那时候她刚结婚，年纪还轻，不习惯于在餐桌上讨论这种话题。脸竟然羞红了。从此在饭桌上不敢乱开口。那种壮阳的菜她是从来不伸筷夹的。不想吃。让男人们吃去吧。为什么有些男人愿意把这种最私密的事摆到大庭广众前讨论？男人和女人，不一样的地方太多了。比如有一些男人总爱炫耀自己在外面的艳遇，好像没有艳遇就不是成功男人了。最让她恶心的是有一次某个她认识的男人居然讲起了跟女人在一起的细节。气味，动作，声音。很有现场感。这种男人让她感觉非常无耻。你跟哪个女人好是你们两个人之间的事，为什么要把女人像战利品一样拿出来跟别人分享？不光是不尊重女人，其实也是不尊重自己。为什么女人从来不把这种事拿出来讨论？说到底在人们的认识中，男人和女人，一旦有了"关系"，通常总是认为男人占便宜而女人吃了亏吧。

爆炒腰花也是一道男士菜。但比各种各样的鞭要来得含蓄。至少如果不是有人特意强调，女士也是可以吃的。男人累。在外面拼搏，累身子累心，回到家里还要在床上驰骋。床上的那种时刻是每一个正常的男人都贪恋的。谁敢说在外面那种打拼不是为了最后这一刻的畅快？刚结婚的时候他在这方面的要求尤其旺盛，旺盛到她已经有些承受不了的程度。男人和女人在床上的不和谐与他们高潮来临的时间差有关吗？男人来得快走得快，十几岁开始对女人感兴趣，在床上也是暴风骤雨，一泄为快。女人不行。女人耻于谈性。至少中国的女人打小就被灌输了强烈的羞耻观念。腿要夹紧。羞涩和含蓄是女人的美德，风骚的女人是祸水。从小到大，母亲看管她和几个姐姐的重要事情之一就是她们的站姿和坐姿。无论走路还是坐着。越是读过书、受过教育的女人越是放不开。刚结婚的时候，她在床上像一块木头。真的像一块木头！已经跟男人结了婚、上了床、生了儿子，在床上的那一刻却还是放不开。不敢应和他的粗话。在街头听男人说过的那种下流的话，她想不到自己家里的这个男人也会说，而且每次必说。不好意思张开双腿让男人放肆地进入。不敢放大自己的呻吟。他在床上冲刺的时刻不止一次向她喊："你怎么不叫？！"她就是不叫。她说房子隔音不好，一点动静隔壁都能听到，多不好意思。后来她说怕儿子听到。后来，当她像花朵一样在床上绽放、随时准备蜜蜂来采集的时候，当她恨不得大白天也想呻吟喊叫的时候，他却再也没有当年的劲头了。忙，总是回来很晚。回来了，要么是醉醺醺的，想比量也没了刀枪，要么是压根儿就没有一点儿想法，没完没了地看电视、拿着遥控器调台，然后就着电视在沙发上睡过去，再也没有跟她一起在床上翻云覆雨的兴趣。偶尔兴之所至在一起做一次，总是草草收兵，给她一种敷衍的印象。

她的"性"趣来得太晚。没赶上男人的节拍。

她以为他是累着了。工作太累啊，要操心那么多事情。所以得给他补。吃啥补啥么。那就做爆炒腰花吧。她在饭店里吃过这道菜，不难吃。买回菜谱照着做。居然成功了。劝他吃。刚开始他还配合。虽然吃了也没啥进展，毕竟她在心理上有点安慰。后来他就不吃了："人家外国人就不吃动物内脏！"他现在经常出国，公司是股份制的，和世界接轨了，饮食标准也向世界看齐了。她想说人家外国人还不吃鞭呢，你们不是照样吃。终于还是没好意思说出口。人的说话习惯一旦养成了，再改是难了。

怀疑男人在外面有别的女人，就是从那时候开始的。

也没有什么明显的迹象。一种感觉吧。或者说是女人的直觉。仍旧是很晚才回来，仍旧是不大在家里吃晚饭。仍旧是坐在沙发上看电视看着看着就能睡过去。仍旧是在床上无所作为或者说根本就没有想作为的意思。

好像什么都没变，一点一点地就变成了这种样子。不知道从什么时候开始就变成了这种样子。但又跟从前不一样。看她的眼神不一样了。漠然的。有时好像在躲闪。不跟她直视。是不敢跟她直视？第一次有这种感觉时，她的心里一动，以为自己多疑了。毕竟他们是从年轻时一起走过来的。他们清贫的初婚的日子，他刚下海经营公司时的艰难，他们是一起经历过的。为了他，她是做出过牺牲的。为了评职称，系里的女老师纷纷去读硕士、博士，她不去。她要照顾孩子、照看家，当他的贤内助。跟她资历差不多的早就当上了教授，她比他们差哪儿？

他掩饰得很好。从来没见他在家里接那种很暧昧的、说话躲躲闪闪的电话。也没有女人哭哭啼啼找她摊牌，说自己已经怀孕了、已经离不开他了，求她把男人让出去。甚至也没有人把他在外面有了女人的闲话传递给她。他做得太高级了。这个智商很高的人，他不但生意做得好，在琢磨自己的妻子时也是费了很多脑筋的。

让她不寒而栗。

这个人太可怕了。

红烧肉

五花肉切成麻将大小的方块，放到锅里煮熟后取出来，用凉水冲净。炒锅放小火、放底油，油里加红糖用勺子搅拌，等糖化开变红冒泡时再放一碗凉水，搅匀后把汁盛入碗里。然后再往锅里放油，油烧到七八成热，把肉块放进去，同时放大葱、生姜片与肉块搅拌翻炒，分把钟后将做好的汁慢慢滴入锅中染色。肉块金黄了，再加水没过肉块。随后加适量精盐与红糖，红糖不宜放多，有点甜味儿就行。最后再放大料、桂皮，用小火煮。当肉块变软时，一盘香喷喷的红烧肉便大功告成了。

红烧肉是再家常不过的一道菜。中国人地不分南北、人不分老弱，相信很多人都吃过这道菜。毛主席也爱吃呢。听说江青不愿意让他多吃。是嫌他吃红烧肉显得太农民吗？

他们结婚以后有一段时间还用肉票呢，那时候他又是贪吃的年龄，用两张肉票买回来的肉只够做一盘子红烧肉。做一顿红烧肉得下挺大决心的，你不能为了这一顿饱餐过了顿嘴瘾就让一个月剩下的日子缺油少肉吧。那叫不会过日子。所以，能吃上一顿红烧肉对他们来说像过节一样。男人尤其爱吃红烧肉。时间长了不吃，他会请求。看着他眼巴巴的样子，她总是心软。

后来她就想，自己很多时候吃亏就在心软上。

没办法。就是明白了心软是自己的缺点，还是改不了。

有一段时间他“进去”了。现在公司里的人应该不知道这件事，那事组织上处理得挺低调的。关了差不多两个月，他被放了出来，没判刑，也没开除公职。后来辞职下海是他自己决定的。他说在单位做得太没意思了，有能量发挥不出来。有劲儿使不上。挣那一脚踢不倒的死工资太没前途。那几年时兴下海经商，辞职的人不少。但当他把这个想法很正式地跟她提出来时，她还是犹豫了很久。思想斗争啊。他的工资虽然不多，毕竟是一份稳定的收入。厂子属于大学，应该还算旱涝保收的。实在做不下去，到哪个系里当个普通老师也可以啊。她没那么大野心。但是他有。终于把她说服了。但他不会知道很多年里她因此而夜里失眠。常常做噩梦。什么样的梦都有，最经常的一种梦是面临深渊，往前迈一步就是无底洞。幸好每一次她总是在迈出那一步之前猛醒过来，醒来后身上冰凉，有时候甚至还有冷汗。

这些她从来没跟男人说过。她不想增加男人的精神压力，他的压力已经够大的了。有些事情是需要女人自己扛着的。

他从那个地方出来回家那天，事先她并不知道。下班回家时，他已经在家里了。她惊讶于自己跟他说的第一句话竟是：“晚上想吃什么？”

男人说：“红烧肉。”

“家里没有五花肉。我去买吧。”

“我刚才路过副食店已经买了。”

然后她就脱了外套，进厨房去做红烧肉。一个小时以后，饭菜都做好了。红烧肉，小葱拌豆腐，黄瓜拉皮，炒花生米。四个菜。儿子那天去夏令营了，不在家。他说要喝酒。她陪他喝。平时她是滴酒不沾的人，但那天她陪了喝了白酒。喝得舌头辣，心里更辣。男人吃红烧肉的样子让她心疼。多少天没吃过肉的样子，馋成那样。他们喝酒，但他一个字不提不在家的这些天里自己都遇上了什么事。他一个字都不说。她也不问。两个人很默契，好像从来没发生过这样一件对他们后来的生活产生了巨大影响的事件。

如果不是那件事，他后来肯定还不会辞职经商，也不会有后来的发达吧？

人生的很多事是不可预料的。

那是他最后一次在家里要求做红烧肉。

以后她偶尔也做，但主要是儿子吃。

鸡贼菜或苹果炒鸡翅

鸡贼菜。鸡是鸡翅中。贼嘛，就是蘑菇。蘑菇长在阴暗的地方，所以称之为贼。做鸡贼菜最好用松蘑。松蘑肉厚，吃起来口感好。用榛蘑也行，但榛蘑肉瘦发柴，更适宜放在鸡汤里出味。

鸡翅中洗净下油锅炒，然后加入洗净焯好的蘑菇共同翻炒。然后加葱、姜、盐、味精等调料稍炖至汤干。这道菜营养丰富，优质蛋白和菌类对人好处多多。制作起来简单，各种年龄段的人都适合。

苹果炒鸡翅。苹果炒鸡翅是儿子在电视里学来的一道菜。儿子是天生的美食家，馋，电视里有烹饪节目必看，看完以后给她背菜谱、讲制作过程，然后要求她实践。将苹果削皮切薄片备用。最好是带酸甜味儿的品种，国光最好。将葱姜放入油锅中炝锅，出味后将调料捞出。鸡翅中洗净下热油锅爆炒，肉熟后加入苹果片共同翻炒，最后加盐、味精。鸡翅中香嫩，借了苹果的清香，苹果近泥状，借了肉的醇厚。这道菜特别适宜儿童。血糖高的成人最好不要吃。

都是儿子爱吃的菜。所谓爱吃是相对的，同样以鸡翅中为原料，让他自己挑选的话，十有八九他会选炸鸡翅。类似肯德基里卖的那种。炸鸡翅脂肪含量太高，加上是油炸食品，她不愿意让儿子多吃。垃圾食品。为了给儿子找到替代的食品，她宁愿自己挨累下厨。儿子爱吃鸡，但只吃鸡翅中。有一年秋天几家朋友开车去东部山区看红叶，午餐大家很有兴致地点了一道农家笨鸡炖蘑菇。菜端上来，儿子拿着筷子在菜中挑来拣去，最后只选了两块鸡翅中。鸡的其它部位，在他看来都不是鸡肉，没有可食性。把他惯的！他说是她惯的。她承认。儿子小时候嘴叼，吃东西费劲，所以她得想尽办法迎合他的胃口，一点点地摸索他到底爱吃什么。好不容易找到了小冤家爱吃的东西，能不认真给他做吗？儿子是家里的太阳，是他们婚姻能够坚持下来的基石。结婚了，有了一个家。房子越住越大，钱越挣越多，两个人的社会地位越来越高。但是在她的心海深处，总有一种隐隐约约的对这个家庭不确定性的担忧和怀疑。夫妻本是同林鸟，大难当头各自飞。老祖宗说得没错吧。还有她周围的那些失败的婚姻。她看的多了。她大姐，在一家会计师事务所当注册会计师。挣了很多钱。她大姐长得漂亮，是家里姐妹中最打人的，即使年纪大了，在街上走也是有回头率的。可是大姐夫愣是在外面嫖小姐而且被抓了现形。一想到这事她就恶心。她一直认为自己没有大姐优秀。可是她的男人竟然一下子就能挣这么多钱了。男人有钱就变坏。都这么说。她能不担忧吗？

好在有了儿子。自从有了儿子，她的心忽然变得空前地踏实。是真的踏实，不是自我安慰！儿子使家里的中心实现了战略转移。为他一整天忙个不停。即使白天上班，她的脑子里也时常有儿子的身影晃动。做父亲的怎么样她不知道，反正她常常在半夜醒来，情不自禁地走进儿子的房间，盯着儿子睡熟的小脸，稀罕个没够。儿子有病，发烧或者咳嗽，她一宿一宿地睡不着，只要儿子翻个身，隔着几道门她也马上就能感觉出来。是她身上掉下来的肉，能不惯着他吗？女人有个儿子真好！儿子让她在家里有了仗倚。反正这也是你的儿子。你看着办吧。

所以，儿子要吃什么她就赶紧做。她是家里的厨师长。有时候是自己亲自上灶，有时候是指点保姆动手。至于儿子的爸爱吃什么，一点点地变得不重要了。儿子每天上学离开家时，她都会问一句："儿子，今晚想吃什么？"儿子很配合，差不多总能说出他想吃的东西。这其实让她省了不少心。如果儿子哪天没说出来他想吃什么，她会费一整天的时间琢磨，这比儿子直接点菜更让她难受，更主要的是，如果儿子说不出自己想吃什么了，往往是他有病的前兆。所以，她是多么希望儿子天天能给她点出菜来！

自从有了儿子，丈夫出门的时候，她的告别词变成了："今晚回来吃吗？"

后来，这个话题也不用问了。因为，不回来吃饭对他来说已经是家常便饭。回来他也是吃不吃、吃什么都无所谓了。

酸菜或者三鲜馅饺子

肥瘦猪肉剁馅，加老汤调味，加入各种调料煨好，然后加油。酸菜洗净剁碎做馅，攥干后放入肉馅拌匀待用。如果做蒸饺的话，酸菜馅料不要攥太干。面是蒸饺通常和面的方法，先用开水将一部分面烫熟，然后加凉水和面。面醒好后就可以包饺子了。包好后直接上屉蒸最好，如果是过年人多，也可以将包好的饺子放到外面冻上，吃的时候现蒸，味道基本不变。小时候，只有一年他家是将包好了的饺子放到外面冻上了。那一年他的伯父从四川回来探亲，带回来半扇猪肉！那是他记忆中他们家过得最肥的一个年。

三鲜馅饺子。过年的时候谁家要是能吃上三鲜馅的饺子，那简直要美死了！羊肉对他老家来说不是什么难事，难的是要有韭菜。过年呐，数九寒冬，北风烟雪，千里冰霜，上哪找韭菜去？那时候没有人扣塑料大棚，压根儿就不知道天下还有可以扣塑料大棚这码事。但是有人还就能在北风烟雪中变出韭菜来！从哪儿变？炕头啊！在屋子里种韭菜。钉好的木头匣子里面装上土，韭菜籽撒进去，浇水、施肥，该干啥干啥。算好日子，到过年时刚好割下头茬，包饺子、炒鸡蛋，怎么做都好吃。不光是吃味道，吃的还有那个感觉。东北的冬天冷呀，谁家也不舍得开门放风。在炕头上种韭菜，那种特殊的辣气捂在屋子里面出不去，屋子里的空气不好。而且，还得有人耐心精贵地侍候着。

有了韭菜，还得有虾仁。新鲜的大虾在那么偏远的地方想都不用想。有干虾仁就不错了。有的人家，买不起虾仁，用虾皮替代了。羊肉、韭菜、虾仁。再打上个鸡蛋。说是三鲜，其实不止三鲜哩。三鲜馅饺子，是多少乡下孩子的梦。关于过年的种种幻想里面，通常少不了饺子。各种馅的饺子，尤其是三鲜馅的。

他爱吃饺子。舒服不如倒着，好吃不如饺子。小时候他家里穷，一年能吃上一顿白面饺子，过年的时候。平时馋了的时候，他不止一次幻想过，将来有钱了或者发达的时候，天天吃饺子，天天吃！三鲜馅的，不搿虾皮，一定放虾仁!

现在，他仍旧爱吃饺子。在外面吃饭，如果还有胃口吃主食的话，他一定会点饺子。后来不用他点了，下面人自然会给他把饺子点好。有时候酒喝多了没有胃口吃，他还会觉得桌子上剩下的饺子挺可惜的。“打包，打包。”打完包他让底下人带走。他这么大的人物，不可能往家里带打包的东西。

刚结婚的时候他在家里也张罗包饺子。他下过几次厨房哩。她有时候身体不舒服，或者两个人闹过矛盾的时候。各种馅的饺子他们都尝试过。芹菜馅、辣椒馅、茄子馅、蘑菇馅甚至鱼肉馅、虾爬子馅的，但吃来吃去还是三鲜馅和酸菜馅的最好吃，百吃不厌。偶尔有周末没出去应酬，没去打高尔夫球，女人问他吃什么，他可能会脱口说:“饺子。”饺子其实省事。但他说过也就说过了，因为如果是儿子在家的话，她的问话其实只是象征性的，你就是说了吃饺子，最后她百分之九十九也可能不包。为什么?因为儿子不爱吃饺子。儿子对他那么爱吃饺子表示出极大的不理解:“爸，不就是把肉和菜包在面里吗?那直接吃馒头、吃菜、吃肉不就完了吗?”儿子爱吃西餐。牛排。可以用手抓的肯德基。小崽子，长大出国行了，天生是一副洋胃口，不像他，出国没几天就想米粥咸菜。家里包了饺子，儿子的那种难以下咽的劲儿，让他越看越生气。但看他没吃几口就下桌，显然是没吃饱的样子，他又心疼。所以，再有想吃饺子的时候，如果是在家里，他要看儿子在没在家。

粥的几种做法和吃法

稀粥是他们很多年里的早餐主食。复杂一点的，他们做过八宝粥，二米粥，红枣粥。周末的早晨，时间很充裕，淘好的米下锅，用小火慢慢熬。粥就各种凉拌小菜。芹菜拌杏仁。朝鲜辣白菜。酱肉拍黄瓜。酱小土豆。如果嫌粥不顶饱，可以煎馒头片，或者买现成的早餐面包。

公司刚成立开市场的时候，他经常去广东一带出差。广东人爱吃早茶。吃早茶的时候有许许多多种类的粥。南方人什么都往粥里放。鸡肉，鱼肉，皮蛋，青菜。他不喜欢南方人的那些粥。他们把味道弄复杂了。喝粥的时候应该能从粥中喝出稻米原来的味道才好。南方人叫白粥吧？但是他喜欢南方人吃早茶时的各种小菜。品种之多之丰富，谁家里也做不来。儿子小的时候，她围着儿子转忙不过来，根本没心思为他准备早餐。随便在早餐桌上几块面包就把他打发了。还有袋装的牛奶，袋装的小咸菜。他抱怨过。当然他抱怨的方式是很委婉很艺术的。他说："在外面开会，什么都不如家里好，就一样还勉强：会议的早餐一般比较丰富。尤其是小菜，种类真多。当然，咱谁家里也不可能做那么多样儿。"她是大学老师，智商不低，这点话外音能听不出来？但是人家忙。忙工作，忙儿子，没空搭理他。所以他后来就不提，人家做啥他吃啥。人家没空做了，他也不会伸手。外面的早点很丰富的，随便去什么地方吃点得了。再后来，公司为员工准备早餐，他干脆就到公司吃了。

能吃上现煮的粥是一种幸福。东北的大米是他吃过的最好的大米。走遍世界各地，还是东北大米最好吃。小时候家里总是做玉米糊涂粥。糊涂粥就咸菜。酱缸里腌的茄子辣椒小土豆，还有豇豆、气豆、芹菜根。上大学的时候，别的同学盛糊涂粥喝，他从来不盛。他喝牛奶。喝了那么多年粥，还没喝够吗？

小时候，他最爱喝的粥是大米粥。新煮的大米粥。可惜不是经常能吃上。老家那个地方产小米，大米少见。能喝上大米粥不容易。那种白白的煮得黏稠的大米粥，干净、圣洁、高贵，盛在碗里，不喝也好看。

所以他们结婚以后喝得最多的其实是大米粥。永远的大米粥。

从最早现煮大米粥到后来用剩饭煮大米粥，是从什么时候开始的呢？

谁也记不清了。反正是越来越忙，越来越没有心情早早起床为了一口粥劳动。用剩下的大米饭煮粥速度更快。倒饭里点热水，放火上咕嘟一会儿就好了。滋味是没法比的。能吃饱而已。

到后来，到了他到公司去吃早点的时候，当然是连用剩饭煮的大米粥也免了。

再到后来，现在，她就是想为他煮粥，他也不敢喝了。

他的血糖高了。没到打胰岛素的程度，但要服药。医生说，喝粥血糖升得快，建议他尽量不要喝粥。

他是一个很听医生话的人。因为他的健康不是他一个人的，是他这个家的，还是公司的。你领导着这么大个公司，养活着这么多员工，是本地纳税大户，还有那么多股东期待着你呢。

不能喝粥了。

她虽然血糖不高，但是也不再煮粥了。她现在经常不吃主食。据她自己说是为了减肥，保持体形。

大丰收

大丰收？头一次在饭店的餐桌上看到这道菜名时，他们都笑了。风水轮流转。三十年河东，三十年河西。什么叫大丰收啊，就说生菜蘸酱得了。他们这个年龄的人，小时候谁家不吃生菜蘸酱？生萝卜卷，生黄瓜，大葱。谁家都有酱缸。没工夫做菜时，把生菜洗洗，上缸里舀点酱，就是一顿菜。现在的人大鱼大肉吃惯了，血糖高了，脂肪高了，血压高了，开始讲究原生态，要吃原汁原味的东西了，美其名曰返璞归真。

酒桌上总有人讲段子。一次他下面一个部门经理讲段子，内容是关于城乡差别的。说农民现在的生活好了，能吃上大米白面和肉了，但城里现在却开始吃菜、吃粗粮了。说农民现在能吃上糖了，城里人却开始尿糖了。说农民现在能娶上媳妇了，城里却开始包二奶了。后面还有一大串，他听着脸没变色，心里却有点翻江倒海。那天也是喝高了点儿。他知道那个部门经理肯定不是在讽刺他，公司人员流动很快，他又是一个很低调的人，很多员工并不知道他的出身。甚至很多人当面夸他洋气。他的英语和法语讲得都好，因为工作的关系，也能讲几句简单的日语、韩语。平时穿着打扮总是西装革履，一丝不苟。谁能看出他的出身呢？所以有人拿农村人开玩笑他并不会认为是讽刺自己。但他的心里并不舒服。他已经好多年没回过老家了。父母早已经离世，就是没离世的时候，他偶尔回去，在家里已经住不惯了。有数的回去那几次，他白天陪父母聊天，晚上开车回城里的饭店住，对父母还不能说实话。他说回城里有应酬，谈生意。实际上是已经睡不惯热炕，更上不惯农村老家的厕所。人往高处走，不能回头。偶尔什么事勾起他想起小时候，心里挺不是滋味的。

后来他们不但在饭店里点大丰收，在家里也吃大丰收。省事。有时候他回来晚了，她没做准备，或者她不爱动弹，随便上冰箱里翻点儿青菜出来，洗洗切切，就是一道菜。酱是现成的，超市里卖各种各样的酱，肉的、素的、辣的、不辣的，放一年两年都不坏，方便得很。萝卜、辣椒、水果黄瓜、水萝卜、高山娃娃菜、苦苣、曲麻菜。现在他们一年四季都可以消费大丰收。冬天，最冷的时候，红扑扑的水萝卜，绿莹莹的嫩黄瓜，看上去就有胃口。过春节的时候，关系近的来家里走动，别的礼品不说了，随手搬一箱有机蔬菜，显得既亲密又有品位。

如果不是儿子放假回家，如果他晚上不回家吃饭，她自己的晚餐差不多就是大丰收。永远的大丰收。上一顿和下一顿之间的差别只是内容有所调整而已。但不管怎么调整，黄瓜是少不了的。

据说吃黄瓜减肥。

她从生完儿子开始胖。没结婚的时候她是那么苗条的一个人，一米六五的个儿，体重不到八十斤！以至于婚前唯一一次去他的老家，婆婆背后直为她犯愁。这么瘦的女子，屁股窄得一条条，能生下孩子吗？后来的事实证明婆婆的担忧是没有远见的。谁会想到她这么瘦的女人居然是一沾男人身子就怀孕的主。除了儿子，她还做过好几次人工流产。没办法，戴环都没用。她的子宫好像天生就是能怀孩子的潜力股，不让她一个一个地生下来真是白瞎了。现在，当她一个人守着电视度过一个又一个夜晚时，她常常后悔自己当年为什么没再留下一个孩子。一个女儿！如果她身边还有一个女儿，她现在的生活该是多么不一样。有人陪她说话，跟她一起探讨时装，还有化妆品的优劣。兰蔻儿和资生堂哪个更好。香奈儿五号真的已经过时了吗。在商场里闲逛的时候，她特别爱逛童装柜台。那些小女孩儿的衣服，真漂亮。设想有一个小女孩儿，是她的子宫孕育出来的，长着跟她有许多相似的地方，却赶上了比她好得多的时候，只要她愿意，她想穿什么样的衣服她都会给她买。像个公主！她现在有的是钱。给一个女儿随便买衣服的钱她是不缺的。小时候她总是捡姐姐穿剩下的。上大学之前她就没穿过新衣服！大姐穿完二姐穿。她是永远的丑小鸭。现在，当她可以想穿什么都买得起的时候，她的苗条的体形却一去不复返了。她的体重有多少斤？女人的体重，嘀嘀，这是个秘密。生完儿子她开始胖，再没有瘦回去。然后，过了四十岁，她差不多每年至少胖一斤。怎么节食、减肥都没用，气儿吹似的。其实她不是那种没有自信的女人。知识女性，大学里的教授。硕士生导师哩。知道她家里底细的人都说她是一个有福的人。可那么多漂亮的时装，她只有看的份儿。有钱的男人聚会多。各种派对，圣诞节，感恩节，元旦，春节，找各种由头一起聚呗。他那些朋友，这么多年里差不多都把老婆换了。有的已经换了不止一个。跟那些新换的女人在一起，她觉得自己就是一个大妈。年纪大了，体形没法看了。最主要的是生活观念跟她们就不是一代人！她一直认为在自己的同龄人中她是最优秀的。但是，你不能跟下一代人比！

后来她就越来越少参加他的聚会了。不是为自己担心，而是怕他难为情。

买衣服得去胖人屋。

到胖人屋也买不到合适的衣服以后，她开始吃药。科学发达了，实在想苗条，就吃药呗。

药物对她很起作用。她重新苗条起来。也可以去时装屋买衣服了。

她知道别人在当面夸赞她的同时背后也在讲究她。他们说她：原来是个胖大嫂，减肥以后变成瘦老太太了。这话不好听。他们是在嫉妒她！

别人问她靠什么减的体重，她告诉人家：晚饭吃黄瓜。

她没撒谎。晚饭她确实吃黄瓜。当然，偶尔也吃萝卜。心里美。

海参蘸酱

海参的营养价值非常高。据说海参含有 50 多种对人体生理活动有益的营养成分，海参的蛋白质含有 18 种氨基酸，含牛磺酸、硫酸软骨素、刺参黏多糖等等她说清楚的多种活性物质，钙、磷、铁、碘、锌、硒、钒含量丰富。

海参的通常吃法有红烧海参、雪花海参、玉兔海参、灌海参。

在家里，对海参他们只一种吃法：海参蘸酱。最近这几年，只要他在家里吃早餐，肯定要吃海参蘸酱。水发好的海参其实什么味道都没有，空嘴一般人只能吃一口两口，再多了吃不进去的。只能用各种酱调换口味。通常是辣酱，有时候也用芥末辣根。

她吃得少，顶多一条。他吃得多，三五条没问题。给她的感觉好像一个阳痿的男人在努力服壮阳药似的。那么多海参吃肚子里也没见他在床上有什么作为，也没见他身体比从前怎么强壮了，所以要让她相信他在外面没有别的女人是不可能的。

有一天他难得早早就回了家。身上既没有酒味也没有香水味。他坐到沙发上打开电视，一如既往，把遥控器摁来摁去的。她把遥控器拿到手里，把电视关掉了。然后，盯着他，尽量心平气和地对他说："我只问你一件事。她是谁？比我年轻多少？"

她在他的眼中捕捉到一丝慌乱。那一丝慌乱一闪而过，很快就消失了，不知道消失到什么地方去了，消失到他很深的城府里去了吧。取而代之的是恼怒："你说什么呢？是不是该服延更丹了？"

"我又不是更年期我服什么延更丹？"

"你这么疑神疑鬼不是典型的更年期是什么？"

然后就是吵架。不是那种很剧烈的吵。她不是那种会吵架的女人。慢条斯理的，在跟他讲理。像一个受了多大委屈的女人在找妇联组织上访。可她的倾诉对象并不是妇联，而是她的丈夫。男人当然不肯承认他在外面有了女人。这种打死也不说的男人，如果在战争年代有可能成烈士哩，能成大事呢。

他不承认她也没什么办法。

有一天，看着他一根一根往嘴里放海参的时候，她脑子里忽然闪过了一个可怕的念头。如果她在海参里放了什么东西，他一定吃不出来吧？不，不是放在海参里，而是放在酱里。海参没味道，万一他空嘴吃能吃出来的。酱里有味儿，他吃不出来的。比如砒霜。还有什么慢性毒药？不用很急，慢慢地致一个人于死地。既然他的心已经不在这个家，对她来说他就已经死了。这么死和那么死之间有什么区别吗？

这样的念头一闪而过，让她惊出了一身的冷汗。

该分手了。

再在一起待下去，她没准儿真成了杀人犯。

家庭食谱

那段时间他差不多不回家了。总是她一个人在家。学校快放暑假了，她以为儿子会回来，早早地准备了一大堆儿子爱吃的东西。鸡翅中。羔羊肉。香草冰淇淋。找工人把儿子房间的空调重新清洁了一遍。给儿子换了一床蚕丝被。儿子回来了，他至少要回家住几天，跟儿子亲近亲近吧？他对儿子很溺爱。从小到大，没打过儿子，没跟儿子说过重话。儿子挺争气，除了嘴巴馋点儿，吃饭挑食，学习很用功。考大学没费什么事。遗传基因好。他虽然出身农村，人确实挺聪明的。她也不是笨人呐！

可是临放假的时候，儿子一个电话，把她的心浇凉了。儿子参加了学校的登山社，趁着暑假去爬雪山。儿子对她说："妈妈我爱你。"说得她心里暖和，又有点疼。这个儿子，从小 爱吃西餐，做派也很洋气，一看就不是你能留在身边的那种孩子。长大了不知道干什么、去什么地方呢！才大学一年级就自作主张不回家了！

晚上她睡不着觉的时候偷偷抹过眼泪。睡不着觉，然后起来坐在电脑前打字。有一个晚上他心血来潮，大概是回来取衣服吧。看见她坐在电脑前打字，难得跟她说句话："又赶论文呐？"她"嗯"了一声，让他以为自己猜对了。其实她在打菜谱。她自己也觉得好笑。当年每天需要辛辛苦苦做饭、做菜、没有时间看书、写论文的时候，她是多么盼着有一天自己可以不做饭了。后来她真的不需要做饭了，家里请了保姆。再后来，保姆也不请了，只是保洁工每周来打扫卫生，因为家里基本上不用开伙了。再后来，她竟然对写论文的事无所谓了，居然在家里写起了什么菜谱！

他把自己的东西彻底搬走的那天，她把自己打好的食谱递给他。她拿着U盘到学院把食谱打成了彩色的，每道菜还从网上荡下来好看的图片，放在文字中间。封面用了布纹纸，棕色的，古色古香。

"这是什么？"

看着手里的东西，他愣住了。在他们协议离婚的过程中，她一直表现得非常理性，没哭、没闹，甚至没跟他提一点点过分的经济要求！当然，在经济上他没有亏待她。别墅给她留下了，现金以外，甚至还给了她一部分股权。她的生活应该是没有问题的。他自认为自己不是无情无义的人。那么，她拿给他的会是什么呢？他把手中的东西打开，看了一眼，又看了一眼，然后，竟然有些难为情似地说：“那个人，不会做饭。”

“留个纪念吧。”她说。不带一点感情。

她看见他把食谱随手放进了行李箱里。

那天晚上，当她翻开了自己亲手制作的食谱一页一页翻看时，眼泪止不住流下来，怎么揩也揩不净，一直到把眼睛揉肿了，她才去用冷水洗了脸。

同样的食谱，她做了三份。一份给了男人。一份准备留给儿子。等儿子大了，结婚的时候，她会把食谱当成送给儿子的一件结婚礼物。

还有一份，她自己留下了。

食谱里装着她整整三十年人生。

人生中最好的三十年。

等她老了，她的记性会越来越差的。实际上她现在的记性已经很差了，有些书看过三遍五遍竟然一点都记不住。头一天给自己做荷包蛋，她把鸡蛋打进垃圾袋，把鸡蛋壳留在手里。已经不是第一次干这样的蠢事了！她很庆幸自己在记性还没差到最糟糕的时候做了一个英明的决策。

如果没有手里的食谱，她会不会把这辈子吃过的饭和菜也忘得差不多了呢？

说好了不见不散

座机响起时，女人正在洗奶瓶。

奶瓶是孙子巴图的，陈硕、金妍的二胎儿子，生下来二百多天。儿媳金妍产假期满上班，她这个婆婆，周一到周五，全天候带孩子。现在的闺女们似乎更信任自己的亲妈亲爹，时兴姥姥、姥爷带孩子，但她的一对亲家例外。亲家两口子，一个是即将退休的民俗学教授，一个是曾经的中学校长，都不是一般人——专家，有文化，年纪大了也有大把的事情做。亲家公比她年纪大，据说还有一个国家级的课题没结，还有带的博士没毕业；亲家母退休了，被一家私立高中聘请过去，当常务副校长，搞管理。他们文化水平高，起名字有一套，周末过来稀罕隔辈人格格、巴图，却不可能像她这样，天天囚在家里，侍候孙辈吃喝拉撒。好像带孩子是所有当奶奶的天职啊。还是刚知道金妍怀上巴图的时候，她曾去家政公司打听，寻思着这次是不是要出钱雇个月嫂。金妍生格格时，她比现在年轻，体力还好，侍候月子没显得太累。再说那时候也还不太时兴请月嫂。这一次，她又去悄悄打听，惊诧月嫂的价钱比格格小时候又涨了，比她每个月的退休金高出好几倍，简直说就是离谱、吓人。月嫂这么贵，那还犹豫什么，直接老将出马，再次跃马扬鞭吧。何况自己的亲孙子，她真是打心眼里盼望、稀罕的，疼到心坎、骨头缝里，多看几眼心都能化掉，即使交给月嫂，她也得不错眼珠盯着。老了老了，就这点用处。只要能给儿子、儿媳帮上忙，吃苦受累，那都不是事儿！

儿媳金妍，在证券公司有个职位。产假还没到日子，公司就来电话催上班。这个春天，股票市场格外热火，全民炒股，猪也沾了牛脾气，牛气冲天满天飞。单位人手紧缺，希望她第一时间返岗就位。其实金妍没上班的日子，在家也没闲着，刚出月子，就天天抱着电脑，摆弄她这个退休女工看不懂的红红绿绿 k 线图，给报纸证券版写分析文章，也挺累的。儿媳这工作，看着风吹不着雨打不着，其实不容易，操心累脑子啊，要不怎么小小年纪就长白头发了呢，少白头挺严重呢，全靠焗油膏掩饰。所以，她早早就给儿媳表态了：妍妍，要不，等你上班了，我还天天早上过来带巴图？白天？晚上？全天也行！

金妍瘦，奶水不足，到该上班的日子，只剩下晚上临睡和早晨起来时，还能让巴图嘣上几口奶。剩下几顿，她这个当奶奶的给巴图加辅食，冲奶粉。奶粉是澳大利亚代购的，贵，让她肝儿颤。她忘不了金妍上班第一天，趴到巴图小床前跟孩子恋恋不舍说再见时，扔下的那句话：小巴图，妈妈给你挣奶粉钱去了。这样的话，她这个当婆婆的听了，心里那是相当不是滋味儿。儿子陈硕在大学里当上副教授，收入却不如金妍。她一个月不到两千块钱的退休金，没有能力给孙子买高级奶粉，那就出力气，多干点活吧。

给巴图喂完上午这顿奶，她得及时把奶瓶刷出来。孙子是心肝儿，孙子的事情，大到放音乐早教、适时抱到外面晒太阳补钙，小到换尿不湿、洗小屁屁，一丁点都马虎不得。用过的奶瓶得刷几次，先凉水，后热水，再放进消毒柜。现在的孩子，真是太精贵啦，比她带儿子时难侍候多了。不哄不抱不睡啊。格格小时候睡觉要哄，巴图也是。哄巴图睡觉，经常累得她胳膊抬不起来。也可能，是她身板不如从前了。陈硕小时候，睡觉她从来不哄，往小床上一扔，自己睡去。好儿子，一会儿就乖乖闭眼睛。其实也是没办法，没有时间哄。七个月，就巴图这么大，已经上托儿所了。她每天早晨把儿子送工厂托儿所，中间去喂几次奶，晚上下班再抱回来。酷暑寒冬，周而复始，没有人能帮她。陈硕爸那会儿就去美国了；婆婆还没退休，也很快成了她的前婆婆；她自己的妈妈，1967 年夏天，经受不住剃阴阳头和游街的刺激，把自己交给一根绳子，根本没见过外孙的面。她的后妈——她当面一直叫她姨，心里却总是想着这个女人是后妈，她只在过年回去看望爸爸时，才能说上几句话，指望一个后妈能帮你搭手带孩子，这想法太奢侈，不现实。往事不堪回首。1977年，就是恢复高考那一年，她正怀着陈硕。如果那时没怀孩子，她相信自己会去考大学，也一定会考上的。凭着当年实验中学的老底子，她有自信，没问题的。停课闹革命时，她初三，她想不到，自己将永远失去上大学的机会。刚开始她还天真烂漫，幻想着，下乡就像以前在学校学工、学农，就是几天、个把月的事情。曾经，她的理想是当个外交官，她学俄语非常努力，在年级几次考第一。经历过乡下的寒暑四季以后，她最大的理想是从农村回城，重新当个城里人。还算幸运，在同期下乡的同学中，她不是最后回城的。终于回城，当上工人，一当就是一辈子。一晃儿退休了，一个月拿两千不到的退休金，跟当官、当教授的那些同学没法比，比留在农村没回城没退休金的强。她有个女同学，在农村时很风光，女拖拉机手，当过模范，铁姑娘队的，开拖拉机，出车祸，直接埋乡下了，永远不能回城了。人生不就是这样，大多数情况下，上面有比你强的，下面有不如你的，你只能是夹在中间的那种人。你必须得时刻认清形势，摆正自己的位置。认不清形势，你就可能永远处在痛苦之中。万幸，儿子很争气，从上小学就年年考前面，高中毕业，考上北京大学，拿到博士学位，回老家，凭自己本事进大学工作，娶了教授的女儿，让她脸上有光。自从儿子上学，她最爱听的一句话是：儿子的智商百分之百随母亲。儿子能考上北大，证明她这个妈妈聪明，智商不低。她自己没机会上大学，有个好儿子，她满足。儿媳妇是独生女，难免有小个性、小脾气，但肯生二胎，已经让她喜出望外。现在的80后，普遍晚婚、晚育，三十岁以前能结婚就不错了，有多少结了婚也不张罗给你生孩子，像金妍这种女子，家庭出身好，有正经工作、收入不错，又肯生两个孩子的，实在是太难得了。当婆婆的，苦点累点不算啥。比起担惊、受怕、抄家、挨打、听到妈妈离世的噩耗、看后妈的脸色、听丈夫不归的消息、儿子四十二度高烧不退，比起在水田里弯腰插秧、割稻子、冬天冷得手脚生冻疮、零下三十度的酷寒天气抱儿子挤公交，小菜一碟，都不算事。

座机响了第三声，女人终于反应过来，是家里的电话铃响，绝对不是隔壁放电视剧的声音。赶紧揩干手，去客厅。这个时间往家里打座机电话，除了儿媳，没有别人吧。儿媳刚上班一个多星期，牵挂家里，不放心孩子，问长问短，很正常。她拿起话筒，说了声“喂”，电话那端，却不是金妍，而是一个男人苍老的带点嘶哑的声音：你好，请问这里是陈国庆家吗？

是，我就是陈国庆。陈国庆这名字，已经跟随她六十五年，烙印在她骨子里，但自从退休，除了偶尔去医院看病，已经很少有人喊。她现在是妈、奶奶、大姨、亲家母、姐、退休人员老陈、陈师傅、那老太太……嘶哑的男声，听了她的回答，声调明显高了：哎呀陈国庆，找到你太不容易了！你能猜出我是谁不？

她猜不出来。事实上，她懒得猜。很多年前，陈硕爸爸从美国给她打越洋电话，告诉她他不回国了，准备跟她离婚，她对世界上叫男人的这一部分人，从此就真正彻底失望了，除了抚养儿子，她对自己的生活没有更多的想法，也从不主动跟儿子以外的男人打交道。她当下的重要任务是给她的孙子巴图洗奶瓶。儿子和孙女、孙子，在她生活中的意义，跟男人不一样。他们是她的命。而一个陌生老男人，在不知道隔了多远的电话线那端，让她猜他是谁，她觉得矫情，无聊。没准儿还是骗子呢，推销保健品什么的。儿子、儿媳再三跟她叮嘱过，不要搭理各种推销的，社会上有些人，丧尽天良，专门骗老年人钱财。一个豆沙嗓子老男人，与她何干？

豆沙嗓子不知趣，继续自管自大声说话：我是小皮子，同桌的你嘛！陈国庆你真把我忘了？不会吧？我跟你讲，找到你这个电话老不容易了，你可一定得把我想起来呀！

小皮子？好像是有这么个人。名儿她还记得，长什么样儿有点模糊。没错，这个名字属于她同桌，小学时候的。那时候她跟他划过三八线。他往她桌子里放过毛毛虫，她还找他妈妈和老师告过状。她还记得他妈妈高高的个子，身穿军装、腰系皮带，那真叫一个飒爽英姿。他大名什么来着？一时竟想不起来了！

小皮子？你有什么事吗？嘴上讲话，心里却在想，不会又是给孩子婚礼发请帖的吧？大概五年前，她一个二十多年没来往的初中女同学，肖小凤，忽然打电话来，热情邀请她去参加女儿的婚礼。现在出席婚礼，都要随份子钱的。份子钱从她刚回城参加工作时的五块，已经涨到至少五百块钱了。五百块钱对她很重要，差不多是她退休金的四分之一，够给孙辈买一罐也可能两罐进口奶粉，奶粉多少钱一罐她不太清楚，只是听说很贵。

一下子拿出五百块钱，她心里会咯噔一下，但不至于舍不得。该走的人情一定得走。不能因为自己被丈夫抛弃了，还是个普通工人，就比别人矮一头。问题的关键是她跟那个同学以前关系并不好，也很多年不来往。她想不明白肖小凤同学费了多大劲淘弄到的号码，怎么会下得了决心给自己打这个电话，不明白现在的人都是怎么想的，尤其肖小凤同学是怎么想的。她记下了婚礼的地址和时间，尽管心里有些犹豫，但最后并没有去。从那以后，偶尔有自称老同学的人打电话找她，她心里第一时间都会想到是不是婚礼邀请。给陈硕和金妍摆婚宴时，她只请了家里最直系的亲属，一个同学、同事都没找。记得当时儿子还几次跟她嘀咕：妈，您就真一个同学、朋友也不找吗？您真的没有朋友？确定？

一个不找。没必要。她记得自己回答非常坚决。

尽管她声音不热情，小皮子仍旧滔滔不绝：当然有事啊，这不马上六一儿童节了吗，我们一帮小学同学，准备到北陵公园聚个会，我就是聚会的发起人，正在寻找失联多年的老同学。陈国庆你知道不，为了找到你，我打了三十多个电话，我也真是蛮拼的，哈哈，不容易呀！你是大隐隐于市啊，我一看你这电话号码，你家其实离我家不远，咱们都在皇姑区嘛！我住新乐遗址这边，是不离你不远？原来我以为，你多年不出现，是去哪个外国了呢，现在不都时兴移民嘛。话说咱班同学真有好几个移民的，那谁，你后桌，王红玲，人家现在是加拿大人，我把她都联系上了，说是最近正好回来探亲，也准备要参加呢。

她身上哪个地方莫名疼了一下。说不好什么地方，也许是心脏吧。她没多想，张嘴就说：净扯，都白头发了，六一儿童节跟咱们有什么关系？！

从小到大，她就是这么个直率的人。老爸说她的这种性格像她妈妈。她妈妈当年就是个说话、做事不会拐弯的人。性子烈。想爱就爱，想说就说。

想死就死。

竟然会把自己的命交给一根绳子。

怎么没有关系？咱们也曾经系着红领巾，是花骨朵，祖国的未来呀！跟你讲陈国庆，算上你老人家，我现在已经联系上十四名同学了，到时候咱们每人系一条红领巾，到北陵公园照相、野餐、唱唱小时候的歌儿、回忆甜蜜的少年时代，怎么样？你一定来哦！你把手机号告诉我，再把我微信加上，我把你拉群里，你跟大家就联系上了。现在的高科技真是太好了，微信真是太好了，你不会用多冤枉，赶紧让你家孩子给你申请一个，我记得你有个儿子是吧？听说还挺出息的？你真是挺了不起呀，把儿子带这么好！你赶紧上微信！跟你讲，现在的人，不论住多远，微信一加，天涯若比邻呀。我们这些经常联系的老同学，现在很活跃的，经常一起活动，吃喝玩洗乐，一条龙，五一劳动节时还集体去新民美国郡那边泡过温泉呢。就差你了，学习委员同学，赶紧的，告诉我手机号！

在他的催促下，她把手机号码告诉他，刚说完最后那个数字5，就有些后悔。她没想过要跟小学同学联系。事实上，自从丈夫跟她离婚，她不愿意跟任何同学联系，小学的，初中的，包括当年的知青战友。陈硕的爸爸就是她的知青战友，当年的老高三。刚下乡时，她不会干农活、不会做饭。父亲蹲牛棚，母亲离世，上小学的妹妹友好被山东老家来人接走了。别人春节回家，她无家可归，是他主动留下来，陪她过年，教会她用苞米秫子烧青年点的大灶，和面、包饺子，让她还有活下去的勇气。他投奔海外的姑姑扎下根狠心不再回国时，如果不是已经有了儿子，也许，她也会像当年的妈妈那样，自行了断人生？是奶味儿未脱、从小就爱笑、大眼睛会说话的小陈硕，给了她活下去的勇气。生下陈硕以后，妈妈的某一年忌日，夜半醒来，她曾经责问自己：当年没有成为妈妈活下去的勇气和动力，是自己不够可爱吗？作为一个女儿，如果自己更乖巧，更活泼，多干家务，不跟妹妹争强生气，妈妈会不会有勇气活下去？过了那道难坎，她没准儿是一个长寿老太太。姥姥家是满族，有长寿基因的。文化大革命，那么多人受磨难，挺过来的还是多数呀。

有些事情，不想也罢。想无止境，想了让人心疼。人生怕想。因为你不是哲学家，不是思想家，你终究是个肉身凡胎，一个身高连一米六都不到的小女人，你怎么可能想透人世间的道理？

而同学也好，知青战友也罢，都会勾起她的回忆。她不愿意回忆。不联系、不见面就减少了回忆的可能。

所以，她对话筒那边的小皮子冷冰冰的：聚会的事情，再说吧，我要带孩子，不一定有时间。

自称小皮子的老同学，并不因为她明显的冷淡而消减热情：陈国庆，你一定要抽出时间！就一天时间，实在不行你来半天也行，说好了，不见不散，好吧？我会再给你打电话的，你手机要开机啊！

放下电话，女人陈国庆调低座机音量，回厨房接着洗奶瓶。

把奶瓶放进消毒柜，她开始准备下午煲汤的材料。金妍太瘦了，她应该再胖一点。孙子吃母乳的时间越长越好。当年陈硕吃母乳到一岁半，要不然他哪能这么聪明。儿子现在瘦了。经常熬夜写论文，准备评教授呢，听他说评教授必须得有多少多少篇拿得出手、在一定级别刊物上登出来的论文。而且据说在一些刊物上登论文，还要倒交钱，说是叫版面费，那版面费万八千的，比儿子一个月的工资都高。这种事是不是有些不讲理？她不明白现在的这些事情，只知道孩子们都不容易，她要帮他们。聚会的事情，听一听而已。她可不想去。一群老头、老太太，头发白、眼睛花、走路打晃、随身带着速效救心丸、各种降糖药，还要往皱巴巴的脖子上系条红领巾，还要到公园里唱歌，唱小时候唱过的歌，多滑稽，多可笑。这种事情，想一想算了，真去做，让年轻人笑话，让儿媳妇笑话。想一想，小时候唱过什么歌来着？《让我们荡起双桨》《听妈妈讲那过去的事情》《小鸟在前面带路》《我们是新中国的儿童》《红领巾之歌》。我们的旗帜，火一样红，星星和火把，指明前程，和平的风，吹动了旗帜，招呼我们走向幸福的人生，我们手牵着手，我们肩并着肩，我们向前，我们向前向前向前向前，勇敢向前向前，勇敢向前。这是第一段歌词吧？后面是什么来着？她惊讶于自己还能想起这么长一大段歌词，不知道歌词记得准不准。是《红领巾之歌》吧？下一段是什么来着？给点时间，她相信自己还能多想起来几句。

她其实只想了那么一会儿，就强迫自己把这件事情忘掉。就像忘掉她人生经历过的很多不愉快。人活到六十五岁，不愉快的事情多着呢，要是不尽量忘掉，都记着，那是跟自己过不去的节奏啊。

但是，她发现，有些事情，其实是忘不掉的，只不过被一块刻意遗忘的大石头，压在记忆深处，只要一个契机，那块石头稍微松动一下，过去的那些事情，不是忘不忘掉的问题，是咕嘟咕嘟往外冒，挡都挡不住。

比如小皮子这个人。他的大名，虽然这么多年已经遗忘，从来没有想起过，一个电话的契机，竟然也让她想起来了。小皮子是同学对他的戏称，他的大名叫皮子雄。没错，就是皮子雄。叫他小皮子，既跟他姓名有关，也跟他的性格特点有关。小皮子当年调皮得很，所有捣蛋使坏的事情，在门框上面放垃圾，开门掉下来砸老师满头满脸，往女生课桌上放蛤蟆、毛毛虫，惹得女生哇啦哇啦大叫，把前排女生的小辫儿系在椅子背上，那个年代经典的恶作剧，哪样都拉不下他。有的是他策划的，有的是他单独作案，并且事后供认不讳，不以为耻反以为荣。他就是个爱出坏点子的皮小子。如果不是老师忌惮他家里的背景——他爸爸当时好像在政府里当着一个处长，他早就应该被处分，至少是家长约谈。班里同学，家长其实都不是一般人，大部分是与实验小学一路之隔的政府、军区司令部上班的公职干部、现役军官。小皮子的爸，作为一个老八路、分管教育部门的处长，在学校校长和班主任老师眼里，是有地位的人，他们对一个有地位的家长的孩子，是很宽容的。皮子雄其实也是她实验中学时的初中同学。当年，他爸爸也被打倒过，但没下放，听说后来被结合了。皮子雄跟她下乡不在一个青年点。他在乡下待了不到两年，很快去部队当了兵。听说他还带兵去中越边境打过仗。再后来的事情，她就不知道了。这么说，他还活着。她有多少年没见过他了？见了面估计也认不出来了吧？

皮子雄之后浮现在她脑海中的，是王红玲。皮子雄说得没错，王红玲是她后桌。当然，也是他后桌。他们上学时，经历过大跃进，然后是连续几年挨饿，大家都很难吃饱，胖孩子少见，王红玲在同学中间，算是身上有肉的。黑瘦黑瘦的陈国庆，每每扭头看见后桌皮肤白皙的王红玲，偶尔心里会升起一丝羡慕。王红玲的妈妈是上海人，据说在饮食方面很讲究，很会做饭，王红玲白和不瘦，跟这个有关吧？陈国庆的妈妈，从小离家当兵打仗，在做饭这件事上，实在马马虎虎。她和妹妹陈友好，从来没赞美过妈妈的厨艺。事实上，妈妈忙于工作，很少有时间给女儿做饭。他们家经常吃食堂。她想起来，王红玲当年也是他们班里穿得最美丽的女生。她好多衣服，头上的小饰品，粉色的头绫子，黑色镶银边的发夹，据说都是从上海寄过来的。那些年，家里有上海亲戚，比有海外亲戚让人羡慕。有海外亲戚的大多心惊胆战啊，就像陈硕他爷家那样，家里的年轻人，考大学、当兵、当警察都不可能，政审就不合格。上海就不一样了，虽然是十里洋场，曾经灯红酒绿，但那是咱们自己的地盘，出过南京路上好八连的。她从来没跟别人说过，王红玲身上的花布拉吉，在她少年的梦中出现过。王红玲也下过乡，但她很快回城当了工人，又在1978年考了大学，听说后来当了大学老师。她什么时候去加拿大了？当年，王红玲跟她竞争过学习委员，因为没当上，还哭过鼻子，有一段时间不愿意搭理陈国庆。她学习成绩没有陈国庆好。她还是当年的白胖模样吗？

很多年没见过面、没联系过的两个小学同学，她的同桌和后桌，因为一个突兀的电话，出现在她脑海中，拂之不去。她努力让自己不去想他们。她就不愿意想过去的事情。她拖地，摘菜，清洗炉台、油烟机，把汤煲上，很快一身大汗。又穿多了。刚刚五月中旬，不至于这么热吧？她想进卫生间冲个澡，还没进去，一阵嘹亮的哭声响起来——是宝贝儿巴图醒了！她放下手里正准备洗澡的毛巾，冲到孙子的小床边，开始了又一轮大事——把尿、换尿不湿、喂奶、哄抱。这就是她的大事。她发现，只要孙子有事让她忙活，别的事情，现在，她都可以不想。

这一天跟往常一样，金妍先下班，陈硕下班顺路去幼儿园接回格格。他们是开心、热闹的一家人。全家人吃过丰盛的晚饭，她把东西收拾好，回自己的家。周五晚上了，她愿意回泰山小区的老房子去住。一个人过两天，清静清静。老房子是爸当年走五七回来时分的，后来爸官复原级，分了更大的新房子，坚持把这套房子给他们母子住。爸说，住泰山小区，孩子上实验小学、实验中学更近些。她知道爸是在可怜她。一个被丈夫遗弃、没有花容月貌的女工，独自抚养一个儿子有多不易，她从来没跟爸讲过，但她相信当过领导干部也有过政治波折的老爸明察秋毫，都知道。他心里有数。为这套房子，那个后老伴还闹过几天。后老伴自己也有一个女儿，也缺房子。那时候住房全靠单位分配，还不兴自己买，还没有商品房。泰山小区的老房子，有她和儿子的共同记忆，也有她对去世老爸的怀念。房子虽然已经老旧，但她住习惯了，不想离开。事实上也没有能力离开。这一带的新房子都很贵，尤其通地铁以后，七、八千，上万一平方米，她可买不起。儿子、儿媳住的这套婚房，是亲家两口子出钱买的，她掏的装修钱。这不合常理。通常都是男方家长买房子啊，你家添人进口，娶媳妇嘛。亲家两口子肯掏钱买房，她理解为是老两口对女婿陈硕的一种格外认可。毕竟是北大的博士，才工作几年就评上了副教授。她自己是没有能力给儿子、儿媳妇买这么大房子的。能把儿子的博士供下来，她已经尽全力了，靠着自己不高的工资，还有陈硕十八岁之前，他爸爸每年象征性给的那点抚养费。陈硕爸早就再婚了，听说在那边又有了儿子、女儿，但生活得也并不算富裕。听说哈。听说他一直在唐人街的一家印刷厂，当排版工人，英文水平限制了他的发展。这些都是陈硕偶尔去奶奶家，带回来的信息。自从离婚，她再没进过婆家的门。她有志气。陈硕爸也许是真不富裕，也许是富裕了，但不想再往这个他根本就没见过几面的儿子身上投钱？一切都过去了，无所谓的了，她不愿意多想。在她人生最艰难的时刻，他给了她活下去的勇气和能力，给了她一个世界上最好的儿子，他给过她。人要生活在现实中，要认命，要知足。明天早上，又是周末，是亲家两口子过来稀罕孩子的时间。周一早晨，金妍上班之前，她会再过来。她和亲家，他们各有分工，各有各的时间与晚辈相处，互相不打扰。这样挺好。

她从儿子家往泰山小区走。春天来了，迎春花开过了，丁香正盛，街边的各种树，杨、柳、枫、槐，叶子也都绿了，看上去干干净净，很新、很美。走路是最好、最便宜的锻炼方式，除了费鞋，成本很低的。还可以呼吸一下外面流动的空气。春天虽说风大，也经常有雾霾，外面毕竟跟室内空气不一样，北陵公园附近的空气，相对来说还好些哩。皇帝给自己找的睡觉地方，错不了。北陵公园里树多，夏天比外面温度能低好几度。陈硕小时候，北陵公园不免票，进去要花钱的。现在早晚都免票了，住在附近的人，到公园里锻炼很方便。如果白天非得要进去，也可以办月票、办年票，没几个钱。白天她可没时间。她从北陵公园东门儿子家出发，快步走了两站地，很快到了北陵公园正门，又想起了皮子雄的提议。晚上的北陵公园，嘎嘎冷的冬天都人头攒动，更不要说眼下越来越温暖的春天了。跳舞、踢毽子、暴走、放风筝、玩滑板的，各有各的玩法。从她老房子泰山小区到北陵公园正门，步行七八分钟，但她很少进去，通常只是顺便看一眼。她是大妈，但没炒过黄金，没跳过广场舞，更没出国旅过游。她孤僻，不愿意凑热闹，不愿意进入任何一个吵闹的环境。好不容易可以休息，她愿意一个人在家里静静地待着，干点手工活。岁数大了，干活累了，想想过往，不容易。这个晚上，她从北陵公园正门经过，面对喧响的春天、热闹的人群，却忽然想到一个问题：小皮子说要系红领巾聚会，且不说这主意如何，她去还是不去，单说他们上哪儿找红领巾呢？现在的小学生还系红领巾吗？他们小时候是系的，加入少先队，那是大事。红领巾是红旗的一角，是烈士的鲜血染成。儿子小时候也是系的，她还记得陈硕小时候总是系不好红领巾，每次都是她给孩子动手，老师开家长会时还特意提过，说有的家长什么都帮孩子包办，结果孩子连红领巾都不会系，连鞋带都不会系。老师没点名，但她知道老师说的很可能就是她。儿子学习成绩好，动手能力确实差。小时候不会系鞋带、红领巾，到现在领带打不好。她知道自己有责任，她太惯着孩子了，恨不得替孩子做一切，但她忍不住不做。自己受过苦，她不想下一代再去受苦。人生来如果就是为了受苦，那有什么意思呢？又想到红领巾的事情——现在街上走路上学的孩子，她没注意还系不系红领巾啊！借都没地方借吧。她自己小时候的红领巾，肯定早就没影了。家都抄了、没了。儿子小时候的红领巾，哪儿去了？也许还在？自从有了泰山小区的家，她像个守财奴，一根布条都不舍得扔，除了生活垃圾，她很少往外面丢东西。她珍惜这个家的一切。失去过才知道有的宝贵。翻翻箱底，也许，还能找到？

事实上，这个夜晚，她回到家里，曾经翻箱倒柜，却并不是寻找红领巾。她在找一本书:《毛线编织大全》。格格的个子长得很快，秋天就要上小学了，她要给格格再打一件新毛衣。现在的商场里，小孩子的衣服样式真多，也真是好看，但也真贵啊，经常比大人的衣服还贵呢。她已经买了毛线，准备给格格再织一件图案新颖大方的。金妍不反对她给格格织毛衣，给格格往身上穿，还拍了照片往网上传，儿媳妇说这叫晒，说婆婆织的毛衣有很多人点赞。儿媳妇的肯定，是她的动力。连她的亲家都夸奖过她的手工。亲家是民俗学教授、专家，说她的手工可以送到省里参加展览会，一定得奖，拿到外面能卖大价钱呢，现在手工活最值钱了，会手工织毛衣的人越来越少了。她听了一笑了之。她知道比她织毛衣手艺好的大有人在，很多她这个岁数的女人都会，她这个真不算什么。她把亲家的话当成一种客套。教授、有知识的人，就是有教养，知道怎么夸奖人、安慰人。能找到这样的岳父，儿子也算有福气了。她看得出来，教授亲家对陈硕很赏识，爷俩在一起有话说。陈硕从小没跟爸爸在一起，他的生活是有缺失的。有个好岳父，也算补偿吧。明年是亲家两口子结婚四十年，她听见过金妍在跟陈硕商量怎么庆祝。要不，让他们坐游船去环球旅行？咱爸妈好像说过要去长江坐游轮。出去一回，索性让他们游远点儿。儿子和儿媳商量这种事，一般是背着她的，她只零星听见几句。她心里悄悄算计着，她要给亲家老两口子各织一件大毛衣外套，要织那种底子大红、带抽象福字的。她正在设计图案。等图案想好了，织好了，给他们一个惊喜。老两口子的身材，她心里有数。她有这个本事，前后左右看人一眼，织出来的毛衣肯定就尺寸合适。儿子曾说这是因为她立体几何学得好，她笑说儿子这是儿不嫌母丑。织毛衣的活，她是回城以后跟厂里的女工学的。她跟教授亲家说的不是谦虚话，她在工厂的那些女工同事，很多都会织毛衣，她不是手艺最好的。妈妈不擅做饭、不会织毛衣，这些本事，都是她后来摸索着学会的。你不会做饭，自己就吃不上，儿子也吃不上。你不会织毛衣，儿子就穿不上好看的毛衣。她要让儿子吃饱吃好、穿暖穿好，不比别人家孩子差。儿子曾经是她最大的动力。

周六、周日两天，格格的毛衣已经有六分之一模样了。周一早晨，她要把针和线都带到儿子家，赶在格格上幼儿园之前给她比量一下肥瘦。毛衣刚开个头，万一肥瘦不合适，需要返工的话，也没多累。

陈国庆不会想到，找她的电话，会打扰儿子一家的周末。

客厅电话响起时，陈硕两口子还在睡周末的懒觉。

响第一声，金妍马上就醒了。她一直睡眠不好，有了巴图以后，尤其不好，雨点打窗户都能把她惊醒，更不用说儿子夜半醒来的动静了。第一感觉是巴图醒了。扭身看一眼大床旁边的小床，儿子睡得正酣。这儿子，真是个宝，自从他出生，熊了多少年的股市噌噌噌往上涨，以致公司同事在微信群里纷纷笑称，金妍的儿子，简直就是个送财童子，自从他出生，咱们公司佣金也噌噌噌往上涨，钱多得像做梦，到了手得赶紧花掉，不花掉让梦收回去了。那段时间，公司里的同事经常在外面下馆子喝酒，开心得不行。谁家里有闺女的，赶紧订娃娃亲啊！儿子不光是个送财童子，还很少哭闹，很省心。大概也知道她这个当妈妈的正困，还没想起床吧，小嘴巴嘟嘟着，睡得香着呢。儿子酣睡，她又以为是手机闹铃响。一般情况下，她都是在闹铃声之前就能醒过来的。产假期满，上班以后，她怕万一早晨起床晚，影响上班，特意设了闹铃的。掏出压在枕头下面的手机看一眼，手机并没有动静。七点多一点了啊。这才想到，今天是周六，她根本没打算早起，也没设今天的闹铃。

那就是座机了。用脚捅一下身边的男人：接电话！

困着呢！谁这么早打电话？广告、推销吧。

这么早，不是你妈，就是你学生。

不可能。我妈昨晚刚走，她能有什么事？你听说学生有这么早起床的？再说学生也不知道家里电话。该不是你爸你妈吧？

更不可能。他们这会儿应该在早市。

电话铃声在他们的猜测中消失了。他们接着睡，但不到十分钟，又响起来了。金妍只好自己爬起来去客厅。万一是爸妈打来的呢？每个周六的早晨，他们去早市买她爱吃的青菜、水果，有时候拿不定主意，不知道家里冰箱还有什么存货，需要补充什么，确实也有打电话来商量的时候。自从儿子出生，金妍把主卧室的座机线拔掉了，怕电话响影响孩子睡觉，但这样一来，接座机电话必须去客厅，也挺麻烦的。

金妍起床去接电话。她还没十分睡醒，想着接完电话回去继续赖床。拿起话筒，哑着嗓子，说了声：你好。

电话那端，一个男人在大声说话：陈国庆，大懒虫，这么晚你还不起床？！

话音未落，金妍的睡意已经消失了。陈国庆是她婆婆，尽管她当面喊妈，从来没说出过婆婆的名字，心里是不止一次这么叫过的。什么人跟婆婆说话这么放肆、亲昵？！从她和陈硕结婚，尤其怀上巴图开始妊娠反应，婆婆经常过来帮忙，她从来没发现还有电话打到家里座机来找婆婆的。她一直以为婆婆是一个跟外界几乎没有什么联系的退休老太太。为此，她还跟丈夫陈硕说过：咱妈这样是不是太孤僻了？现在像她这样的老人太少了，你看外面那些退休老太太，不是炒黄金、跳广场舞，就是国内外旅游，疯着呢。陈硕说，我妈一直就这样，我都习惯了。看来她这个儿媳妇的情报工作还是有死角啊，居然还有男人用这种语气跟她的婆婆说话。会是谁呢？难道婆婆的生活中真有隐藏很深的男人？没想到。不会吧？她清了下睡了一夜还没透亮的嗓子，像在公司接待重要客户：对不起，您找陈国庆吗？她不在。有需要转达的，您可以跟我讲。我是她儿媳。

啊哈，你是她儿媳啊？那什么，打扰了！我是陈国庆的老同学，打她的手机不接，短信也不回，那就麻烦你转告一下，我周五给她打电话说过的事情，麻烦她回复确认一下，这边都准备好了，就差她没确认了，好吧？谢谢你！

放下电话，金妍人回床上躺下，觉却是睡不成了。她把手伸进陈硕夹被，摸到男人的腋窝，想把他胳肢精神，陈硕却顺势抓住她手往下边送，她使劲挣脱出来，小声跟他说：找咱妈的电话。一个男的，说是她老同学。

什么事儿？

有什么说过的事情让她确认，再具体没说。神神秘秘的。要不你抽空问问，别是传销、卖药什么的。也没听她说跟老同学有什么联系啊。

知道了。

要不现在就打电话？为什么手机打不通？平时她不是总开机吗？我怎么心里不踏实呢？

也许手机没电了？或者她正不愿意接电话？她有时候心情不好就不接别人电话，你知道的。

这样说着，陈硕还是起床，关了房门，到客厅里打电话去了。

门一关，客厅小声说话的声音，基本听不见。

金妍起身看一眼酣睡小床的儿子，重新躺下。陈硕去客厅打电话之前把门关上，是不想惊醒巴图，也是不想让她听见母子对话吧。她这个婆婆，性格有点怪。把自己包得太严实。也太不爱说话了。她跟陈硕谈恋爱时，去家里坐，婆婆那时也经常跟她没话，没有血缘、不熟悉的人在一起，没话说是很尴尬的，金妍只好东拉西扯，没话找话。她曾经跟爸妈说过自己的苦恼。爸劝她：一个退休工人，你不必要求太高。不跟你多说话，也许是好事。老话讲，沉默是金，碰见一个啰唆的婆婆，你该嫌人家嘴碎了。妈嘲笑她：你不是总嫌我嘴碎爱啰唆吗？找了一个不爱说话的婆婆，不正称你心吗？你咋又受不了啦？看来我闺女就是个叶公好龙啊！

不管怎么说，婆婆不爱讲话这条，还是让金妍往心里去。婆婆也不是完全不爱讲话。她只跟一个人讲起来没完，那就是陈硕。母子在一起时，婆婆嘴不闲着，金妍走近了，婆婆又马上闭嘴。金妍曾经跟陈硕开玩笑：咱妈是不是背后讲究儿媳呢？挑儿媳毛病呢吧？要不怎么我一过去就不讲了？陈硕捏她鼻子：婆婆的醋你也吃，你还有出息没？

是的，在陈硕面前，金妍是个有出息的女人，她不想做跟婆婆一起争男人的那种小女人。婆婆一个人把儿子带大，不容易。但在这个家里，金妍也是有事情要争的。她要争的事情，还没想好什么时候跟陈硕讲，也还不知道怎么开口跟婆婆讲合适。但总有一天，她会讲的。作为家里的独生女儿，爸妈对她宠爱，几乎她所有的要求，他们都能满足她，但很小的时候，她心里就认定了，爸爸骨子里其实是喜欢男孩的。爸爸从来不肯公开承认，她就是能感觉出来，谁让她是个聪明的姑娘呢。爸爸有个关系特别好的大学同学，金妍管他叫李叔。李叔家有个儿子叫李壮，比金妍小一岁。小时候，两家经常一起聚会，每次聚会，爸爸差不多总能把李壮整哭。要么抱起来往天上扔得老高，吓得李壮哇啦哇啦乱叫，要么用言语撩闲刺激，让李壮不开心乃至眼泪汪汪。一开始，回家以后，她还埋怨爸爸有失斯文，不该这么粗暴对待李壮，后来她就不吱声了。有一天，她忽然醒悟，爸爸对李壮的种种行为，看似反常，其实是他太喜爱男孩了，他在对女儿的温柔里，有亲情，埋藏着怜惜，却不是欣赏。爸爸想要个儿子。因为这个发现，金妍心里很长时间都在纠结。可惜你们只能生一个孩子。可惜我不是男孩。可惜。自从结婚，她一直有一个心愿，那就是，自己一定要生一个男孩，不光让老爸稀罕，还得跟随老爸一起姓金，要把金家的姓氏传下去。金巴图。这名儿不错啊，叫起来多响亮。她不止一次在心里这么称呼儿子，也试探着在陈硕面前小声喊出来。金巴图真比陈巴图听着顺耳。她知道现在就在户口本上把儿子改叫金巴图，一定很难。婆婆把陈硕的姓从原来的方，改成她自己的陈，说明她对儿子姓什么是十分在意的。对儿子在意，对孙子更得在意。实在不行，退一步，格格随自己姓金也行。金格格。这名字也不错。时机。时机很重要。

陈硕打电话回来，重新躺回床上：那人是我妈同学。他们六一儿童节要去北陵公园聚会。我妈有点不想去。金妍笑：咱妈真是，不想去就说不去，何必不接电话躲着？

她就那样，你不用管。让她自己决定好了。

接着睡。事实上，却是不可能睡着了。金妍有了新的心事。婆婆虽然只是个普通退休女工，她的那些老同学，据陈硕说，很多是颇有社会地位的，一定也还有非常有经济实力的，或者他们的子女非常有实力。龙生龙、凤生凤，这话有道理。今年股市红火，是金妍入职以来没见过的阵式，火得发烫，火得让她有些不敢相信。业绩，业绩，业绩！业绩就是钱，是收入，是儿子的奶粉钱，女儿的钢琴费、择校费。没准儿那些人里还有没入市但有可能开户入市的，或者有计划理财买基金的。他们都是潜在的客户。也许。她应该利用这个机会，跟这些人认识认识、联系联系。多个关系多条路。业绩跟人脉有关，是点点滴滴积累的，时刻都要努力。牛市来一次不易，说千年等一回有点夸张，七八年等一回是有的。上一次牛市她没赶上，这次她算见过世面了。能赚到手的钱，不能放过。也许，她应该动员婆婆去参加活动？她打开手机上的日历查看，发现六月一号那天是周一。周一是她开始忙碌的一天，婆婆如果不在家带孩子，她可就不能上班了。现在的市场形势这么好，不上班是不可能的。除非病得爬不起来。要不让妈妈请一天假过来带孩子？妈妈从来没单独带过巴图，说心里话，把巴图交妈妈手，还真不如婆婆带让她放心。

一个有心事的女人，是睡不成懒觉的。

何况，一个光着脚片的小丫头，已经噔噔噔从另外一间卧室跑过来，推门而进，跳上他们的大床，把大床当蹦床了。是女儿格格过来疯了。

期待了一周的周末早觉，到此结束。

放下陈硕的电话，陈国庆生气了。生皮子雄的气。电话没人接，打不通，说明我不想跟你联系，你再别打就完了，这么死缠烂打啥意思？你以为是你当年在中越边境带兵打仗啊？还把儿媳、儿子的早觉搅没了，这不好。儿子、儿媳都不容易，在社会上打拼，养活两个孩子，周末了，早晨想晚起一会儿，可以理解。人老了没觉，年轻人可是缺觉的，正是贪睡的年龄。六十多岁往七十奔的人了，多少年不联系、没见过面，张罗什么聚会，有意思？纯粹是没事闲的。我不接电话，就是根本不想去。

想过把电话关机了事，又怕万一儿子、儿媳打电话找她。找不到该着急了。家里的座机，几年前拆掉了。有了手机，再留着座机，浪费。儿媳给她办了套餐，手机是免费接听，不花钱。她一个人，有手机随身带着足够了。人在哪儿家在哪儿。不能让小辈人为咱担惊受怕。

翻看过家里的万年历。六月一号那天是星期一。那就更不可能了。金妍说过，周一股市开盘，是一周冲锋陷阵的开始，她最忙的一天。让儿媳妇找不到人带孩子，或者把孙子巴图交给她不放心的人带，自己跑到北陵公园去玩乐、去疯一整天，那是不可能的事情，那她的心得多大啊。

不想去跟同学聚会，其实也是有些人她不想见。比如曾经邀请她参加女儿婚礼的初中女同学。跟皮子雄一样，那个女同学，也是她小学同学。都是政府大院的孩子。虽然毕业以后基本没有联系，她的名字，她从来没有忘记过。肖小凤。肖小凤是他们班里少有的非干部子女。一个小业主的女儿，怎么会成为实验学校的学生？听说她爸爸以前在中街开理发店，头发剪得好，烫一手好头发，不知什么时候调到政府大院后勤部门，给首长剪头，也很受苏联专家女眷的欢迎。肖小凤的头发，总是熨熨帖帖，一丝不乱，像是烫过，你又不能肯定人家就是烫过。肖小凤总是随身带着一面小镜子。她的身上好像总有一股子桂花油的香味，从同学身边走过时，若隐若现，暗香涌动，撩拨着一帮小男生心神不定，甚至有男生为她动手打架。这样的女生，在当时的校园里是异类，很惹人注目。一个小资产阶级的娇小姐！肖小凤是她小学同学里最后一个系上红领巾的，也是她初中学校唯一被剪过阴阳头的女生。一帮女同学出手剪的。陈国庆发誓自己没有动过剪刀，但也没有阻拦。当妈妈自缢的消息传来，她脑海中第一个出现的画面，竟然是肖小凤被剪头发时的表情。绝望。没错。绝望。还有怯懦。还有她永远说不明白的内容。那种眼神、目光，她永远不想再见。妈妈下决心离开时的表情，也是那样吗？她没看见，不知道。不敢想。她没看见妈妈的最后时刻，只见过一个简易骨灰盒。如果遗忘能够治愈创伤，她愿意遗忘。妈妈即使活着，也已经是九十多岁的老人了。也许她根本就活不到这个岁数。虽然人终有一死，但不应该自行结束。上苍自有安排！人要坚强！妈妈！肖小凤就是一个坚强的女人。她还敢邀请同学参加她女儿的婚礼。那些剪过她头发或者在一边看热闹没有阻拦的同学。她为什么就那么坚强呢？

星期一一大早，走路半个小时，陈国庆出现在儿子家门口。她要赶在儿子、格格出门之前出现。抱格格亲了几口，给儿子抻了抻衣襟。这孩子，从小到大，就不知道注意一下自己的形象。冬天穿羽绒服，拉链划上就行，拉链外面的粘贴永远支棱着，扣不紧；夏天的T恤衫，上趟厕所出来，衣襟经常一半皮带里一半皮带外。她曾经反思，儿子动手能力差，确实可能是自己惯的。习惯了为他系鞋带、理衣襟，让他忘记也有注意自己形象的义务。除了读书、教课，他好像别的方面都不太行。所以，她更得多为他做点什么，这样，他在媳妇面前，才能抬起腰杆，更有发言权，不至于受气。

儿子经常给她找事情做。有大事，也有小事。学问上的事情，她帮不上忙。能帮上忙的，也未必是小事。

昨天早晨，儿子给她打电话，说了皮子雄打电话的事情，顺便布置了一项新任务，极有挑战性，让她哭笑不得。

新任务是，把一本他刚做完的新教案做旧。

教案是前段时间儿子熬夜费劲新做出来的，电脑打印，装订得规规矩矩。上个星期，她在儿子家看过这本印出来的教案。儿子当时说，学校在搞学科建设考评，上面来检查，院长委托他要把教案做好。她在电话里说，你教案做得挺好，做什么旧呢。儿子说，我把教案拿学校去了，院长说：你这教案看上去太新了，不像几年前做的。咱们学科建设考评，人家要的是证明咱们几年前就搞了这个学科，就有完整的教案，教案是用来做证据的。所以，为了稳妥起见，要把整理出来的教案做旧，做出是几年前写成的样子。院长听历史系的人讲，可以用古董做旧的方法，具体怎么做旧，人家不肯多说。院长让我回家琢磨琢磨。

儿子在电话里，把琢磨琢磨的事情交给她了。也就是说，新的一周，她不但要给宝贝孙子冲奶粉、洗奶瓶，还要给儿子的教案做旧。是得琢磨琢磨！这活儿真的很有挑战性。把新东西做旧，这不就是做假吗？当一个大学老师这么费劲吗？她是一个不愿意做假的人，但学校的院长这样要求儿子，说明这是领导认可的。现在的大学都这样，她这个老太婆跟不上形势了？非得动手，她当然相信自己一定做得比儿子更好。如果皮子雄再打电话来，她就更有理由回绝他了。她是个不会说谎的人，有就是有，没有就是没有，她不会编。儿子的指派，虽然她并不理解，做起来牵强，但既然是儿子的事，她就不能不做，虽然是一件让她费心的事，她不接手让儿子咋办？试一试吧。

为了完成任务，昨天下午，她特意跑了一趟鲁园古物市场。古物市场在三好街，鲁迅美术学院对面，她以前曾经从门口走，没进去过。从北陵公园正门坐 265 路公交车，鲁迅美术学院门口有一站。古物市场就在公交车站右边，下车就能看到。她进市场，东走西看，不知道怎么张嘴跟人打听。后来，在一个卖杂项的柜台，她站下了。她看见柜台里摆了一些毛主席像章，还有一些过去的各种旧纪念章。军功章，劳模章，世界反法西斯大会纪念章，第 27 中学校徽，第 120 中学校徽，沈阳师范学院校徽，写有北陵公园、千山旅游字样的纪念章。她想起来自己家里好像还有一些像章，她记得还有陶瓷的毛主席像章呢。这么说，她也是个收藏专家啦。她知道怎么跟人开口搭讪了。在那个柜台前，她问老板：旧的毛主席像章多少钱？老板是个年纪跟陈硕差不多少的年轻人，一直拨拉着手机玩，不知道在干什么，她问话之前，根本就没抬头看她。听了她的问话，年轻人抬起头来，笑答：阿姨，毛主席像章价钱有高有低，年代、材质、品相，讲究多着呢，十块八块的有，几百上千的也有，您得拿来，让我看看，我才敢给您说价钱。看样子，您手里有是吧？

是的，我手里有。她想告诉这个年轻人，她手里不但有毛主席像章，应该还有当年的红卫兵袖标呢。估计这个也是有人收集的。她甚至还有一枚解放军长江渡江纪念章。抄家的人，当年对这类小东西好像不当回事情，他们摔花瓶、找发报机。不知道爸爸是怎么保存下来的，还是后来战友送他的？他自己收集的？这枚小章，是老爸去世以后，她在爸爸的遗物中找到的。房子、存款，都归后妈了，剩下些后妈不屑的一堆小零碎，她只在里面翻拣出了这枚纪念章，还有一支已经快磨秃了的派克笔。她真想把这些跟年轻人讲一讲，但她像以往一样，在陌生人面前，把嘴巴牢牢闭上了。

那您哪天拿来让我瞅瞅？或者您告诉我个地址，改天我上门去看看？

好，没问题。我先请教一个问题。譬如新印出来的小册子，怎么才能做旧？做得像是几年前打印出来的？

年轻人笑：阿姨，您把我问住了，我还真不做这个，但我可以帮您打电话问问。您把电话给我留一下？我可以上门，去看看您家里的像章吗？

当天晚上，也就是昨天晚上，年轻人居然真给她往手机上回了电话。给她支出的招法，让她似信非信：阿姨，您可以把小册子放到蒸锅上，烧上水，熏一熏，然后再拿出来晾干，听说这样纸张就会发黄、显旧。我只是建议啊，灵不灵不知道，您自己试试！那什么，您什么时候有时间，我上门去看看您家里的像章？还有别的吗？好的，等您电话啊。

她是个不爱打电话的人。她没把自己打听来的方法马上告诉儿子。反正是她自己动手，告诉不告诉儿子都行。万一这招不灵呢？她得摸索着来。

睡了一宿觉，今天早晨，往儿子家走时，她的心非常急迫。她突然想马上告诉儿子，自己找到做旧的办法了。

至少可以一试。

她没给皮子雄回电话。同学聚会的事情，就忘了吧。就当没这回事。她忙得很。

皮子雄也没再给她打电话。一连三天，她手机一声都没响，也没有短信留言。连垃圾广告都没有。很好，这说明皮子雄终于成熟了。他压根儿就不该张罗这种没谱的事儿。不同的年龄，就应该做不同的事情。你没有儿孙让你忙，你去北陵公园打拳、甩鞭子也行，去老干部活动中心上老年大学也行，画画水墨，写写书法，甚至写写回忆录，像她老爸晚年那样。做你应该做的事情。聚会？多可笑的想法！

电话铃终于又响起来时，她正在客厅阳台上给教案翻篇儿。被水汽熏过的纸张，必须马上翻开，千万别粘连到一起。做旧的最高境界，当然是看不出来做旧，看出来就失败了。巴图正呼呼大睡，她有时间摆弄教案。电话声吓了她一跳。看来电显示。还好，不是皮子雄的号码。她拿起话筒，电话筒那端传过来的，是个女声：陈国庆，是吗？你猜猜我是谁！

又来了！她不猜。一个活过六十多年，到今年十月一号就整整六十五周岁的人，认识的人数不过来，怎么能凭着电话里的声音，说猜就猜出来一个人？如果硬猜，那就得往能够直呼她姓名的人身上猜了。单位的人喊她老陈，陈师傅。只有过去的同学、青年点的战友，才大大咧咧喊她陈国庆。不会是肖小凤。头几年肖小凤给她打过电话，她忘不了她的声音。而且肖小凤一直喊她国庆姐。那会是谁呢？电话那端，一阵笑声：你猜不出来？哈哈，我告诉你，我是王红玲！

王红玲啊？咱多少年没见了？我听小皮子说，你去加拿大了？你现在回来了？

因为是王红玲，她的声调高起来。王红玲能给她打电话，确实出乎她意料。那可是个骄傲的人呢。

是啊，他给我打电话，说同学聚会的事情，我就动心思了。我不是特意回来的，要不然我也想最近回来一次。办点事情。跟你说了吧，你猜怎么着？头几年我炒股票你不知道吧？我后来套住了，赔了挺多钱。也不能说赔，就是套住了吧，你不卖掉就不能说赔，叫账面亏损是吧？我女儿在多伦多生孩子，怕我上火，跟我说妈你别炒股了，你赶紧过来帮我带孩子吧。这么着我退休就去加拿大那边了。对，那边华人很多的。头几天跟那边的华人朋友聊天，说国内这一阵子股票很火，我才想起来我当年的股票。我上网查了一下，我当年买的宝钢股份，还有一些当年买的基金，已经快解套了。我打电话问当年的证券公司，那个公司已经被别的公司兼并了，说我的账户多年不动，身份信息都不全了，算是僵尸账户，得本人回来，拿证件激活。这不事情就凑到一起了吗？我就这么回来了。

那是小皮子给的你我电话？

是啊，我跟他闲唠，听他说你有点不愿意参加，所以我才给你打电话。也是想你了呢呀，想说说话。你得来呀，我还给你带深海鱼油了呢，软化血管的。你一定得来。再说，我偷偷告诉你，见了面，你可别当面问皮子雄——他快不行了！

什么？！

他得了胰腺癌！听说这病很快的，说走就走。

他本人知道吗？

应该知道吧。我跟他媳妇联系比较多。他媳妇你认识吧？也是咱们实验学校的，比咱们低两届。她家里也是上海那边过来的，解放的时候，她爸爸和我爸爸都是专家，支援东北建设来的，所以我们两家熟悉。他媳妇说他知道，但不让她跟外面人讲。所以我说，要是可能，你还是参加吧。好歹同学要见见面哎。咱们这个岁数的人，可是见一面少一面喽，真的，我这么说不是悲观，我很唯物的，就是这样子的。

她想了一下，告诉多年没见的老同学：那好吧，我尽量参加。不过我得跟儿子、媳妇商量一下，让他们谁请个假。我媳妇生了二胎，刚上班没几天，我在这边帮着带孩子呢。现在一共多少人了？还有小皮子没联系上的，咱们也打打电话？我就知道肖小凤的电话。我记在家里电话本上了，应该能找到。等我找到告诉你。要不然我给她打？我告诉她？

你不要讲肖小凤了，怪吓人的。她前年已经没了。你不知道？

什么？怎么没的？！

听说也是癌。乳腺吧？还是子宫？我不是很清楚。咱见面再说。

好的，见面再说。

放下王红玲的电话，陈国庆发现自己身上一层冷汗。肖小凤没了？肖小凤没了？！又一个她认识的人，说没就没了？！

聚会的事情，儿媳好像比她还积极。

王红玲的电话，金妍是从婆婆那儿要来的。晚饭桌上，婆婆跟她讲了六一儿童节老同学要聚会，讲王红玲炒股票被套，肖小凤去世，皮子雄得了胰腺癌。她一句句听婆婆讲话，忽然想到，原来婆婆也是很能讲话的人呢。看来婆婆跟自己没有话讲，只是因为她不知道讲什么。她想了一下，跟婆婆说：妈，儿童节聚会，我看您还是参加吧。巴图我们自己想办法。妈，您把那个王红玲电话告诉我吧。

干什么？

我想帮她一下，给她处置股票提点建议。像她这种多少年不炒股的老人，又是从国外回来的，对盘面的感觉已经很差了，信息也不灵，我可以找时间跟她唠唠。

她记下了王红玲的电话，第二天就找时间给她打了过去。她不但跟王红玲唠了股票，还跟她讲了自己支持他们聚会。她给王红玲提议，这个提议是她头一天晚上半夜醒来时想到的：阿姨，我有个建议啊，不如你们聚会改在周日呢。对，就是六一儿童节的前一天。儿童节那天是周一，周一开市啊，这样不耽误您到证券公司办事情，您把原来的关系办完，然后把手里的股票转到我们公司来就可以了，有什么信息，我可以及时告诉您。对，如果您想买基金，我可以给您推荐，您看看介绍，买不买自己决定。

您可能经常出去在外面，没有时间在家里盯看电脑，再说天天看电脑确实对眼睛也不好，尤其对老年人不好。您可以买基金。基金投资有各种方向，也有偏股票型的，其实就是替散户炒股么。对，专业的事情，让专家团队来做。没问题，您和我婆婆是老同学，能帮忙的事情，我尽力办啦。

她从王红玲那儿要来了皮子雄的电话。打通电话，她喊他皮叔：皮叔，我是陈国庆的儿媳妇，我叫金妍。对，那天早晨我接过您电话。作为儿媳，我非常支持你们老同学聚会，也支持我婆婆参加，就是有个建议，你们聚会时间可不可以改成周日呢？就提前一天啦，意义不变的。我婆婆年纪大了，她去聚会的话，在外面待上一天，我们也不太放心。改成周日就简单多了，你们照样聚会，我们小辈的也可以带孩子去北陵啊，住的都不远么，大家也见见面，认识一下多好啊，然后你们聚你们的，我们自己随意，这样多好。还有呢，我听说你们那天要系红领巾是吧？还没准备好红领巾是吧？才找到两条？那这事包我身上了，一共多少位叔叔阿姨？我负责，没问题，保证不耽误你们事情。不客气，这是我们晚辈应该做的。

聚会的事情，就这么改成了星期日，六一儿童节的前一天。

她上淘宝，搜索红领巾。十条包邮，最便宜的只要五毛钱一条。她一下子订了三十条。万一去的人多呢。或者万一有哪个晚辈也愿意系红领巾呢。她是不愿意系红领巾的，小时候，学校搞活动，每当要系红领巾的时候，她都要嘟囔几句。她嫌红领巾勒脖子。为此，每有大的活动，她都愿意想办法请假逃避，为此妈妈批评过她无数次，而爸爸却无条件支持她，替她撒谎请假。这个老爸，只要她想做的事情，他简直就是无原则地支持啊，这个老爸，他对她是真好。

晚饭桌上，她把和皮子雄、王红玲沟通的结果告诉了婆婆。她看见婆婆张了张嘴，想说什么，又说不出来的样子。她心里很得意。吃过晚饭，她去自己卧室，拿出在网上淘来的套装。那是她专门为婆婆同学聚会买的。快递很给力，她昨天晚上下单，今天下班之前就送到单位了。她估摸着婆婆能穿。如果号码不合适，还可以退换。时间来得及。就这么简单。

她看着婆婆把套装穿上。豆青色，很适合婆婆的皮肤。她想象着，再系上一条红领巾，两个搭在一起很跳的颜色，婆婆会显得更年轻。其实婆婆本来也不老。她希望婆婆不老，身体一直棒棒的。如果你是个孩子妈妈，你就会知道，家里有一个能够帮你看家、看孩子的健康婆婆，你的心会多么踏实。何况她的婆婆还是一个不多言不多语的婆婆。老爸说了，能摊上这样的婆婆，这是她修来的。

天气很好，没有风。她早早就到了北陵公园正门。儿媳妇金妍开车，带她和陈硕、格格、巴图一起来的。他们买了那么多好东西，把后备厢塞满了。野餐的面包、水果，还带了野餐垫、吊床。

她穿着豆青色的套装，脖子上系着鲜艳的红领巾。她的手里还握着一把红领巾。她的头发差不多全白了。金妍曾动员她去楼下理发店染头发，说这样显得年轻。她拒绝了。白就是白了，又不是年轻人，不必了。她看见有人拿手机给她拍照。她笑容满面，扬着脸配合人家。儿子说过，妈妈是笑起来最好看的人。说这话时，儿子十岁，她也还年轻。

她看见一个年纪跟她差不多、头发同样白的男人，远远地冲她招着手，她赶紧也招手，想迎上前去，看看是她哪个同学。有的同学已经好几十年没见了，可别认错了人，那就闹笑话啦。她迈步往前走，腿太沉了，怎么也抬不起来。着急呀。平时太缺乏锻炼了。人一着急，就爱出汗。她发现自己又出汗了。冷汗打湿了衣裳！她睁开眼睛，原来自己是在床上躺着。难道是在做梦吗？那么清晰，跟真的一样。北陵公园跟她天天走过的北陵公园一模一样。她不相信自己是在做梦。她大声喊了一声：陈硕！

她的声音那么响，儿子为什么还不理她？她真想自己坐起来。马上。新衣服都买好了，红领巾都买好了，可别去晚了。

她在努力。一定要坐起来呀。

幸福得一塌糊涂

葛红打来电话时，乐章正在处里开会。年底，哪个单位都得搞总结，下周局里要开大会。处长老田，带着处里七八条枪在一起呛呛总结材料的事儿。老田处长性别女，性格也女，工作细致，对争先进这种事非常在意，每到年底都这么较真儿。处长较真儿副处长自然不敢马虎，何况这几年总结材料的初稿向来由乐章操刀动笔，所以手机虽然震动了，乐章看都没看，还在奋笔记录老田讲话。其实老田的话她不写也未必记不住，处里一年干了什么事，都在她脑子里装着呢，但老田这人不但性格女，心眼儿也女，你不记她肯定不高兴，乐章宁可作状多浪费点墨水，也不愿让处长有别的想法。平心而论，老田对乐章不错，这么多年，光是对象就给她介绍过不下十个，不屈不挠，虽然一个没成，乐章对她还是很感激。人家给你介绍对象图个啥？关心你，为你好么。

其实这种开会的场合，她就是看了电话也未必就接。来电显示出一个陌生的手机号，电话簿里没有。没准儿是陌生人拨错了号码。顶头上司就在身边坐着呢，耽误不了事。第一个电话乐章没接，隔了几分钟，手机又震动。赶巧那会儿老田手机也响了，老田站到离大家有些距离的办公室窗户跟前去小声讲话，乐章得空看了一眼自己的手机，还是没接。一分钟后，来了一条短信：官升脾气长啊，电话都不接啦？葛红。

原来是葛红。活该，谁让她换了手机号不通知一声！老田回来接着往下讲，乐章就没给葛红回短信。让她等着吧，让她着会儿急。一个幸福的小女人，折磨折磨她，让她偶尔尝尝失望的滋味儿，不是什么坏事儿。

一直到散了会，乐章回自己办公室，才用座机给葛红回电话："钱夫人，啥指示？"

葛红脆笑："架子挺大么，连我的电话都不接啦？！"

乐章反唇相讥："哼哼，我又不是葛红爱好者。"这话有典故。葛红长得漂亮，上大学时追求者甚众，本系、外系的都有，女同学私下里把葛红的那些追求者编排到一起，统称葛红爱好者，听着像什么俱乐部的名字。"怎么换号了？"

"我来开会，临时买个卡，省漫游费。"

"越有钱越抠，那么大个款儿还在乎电话费啊？"

"建设节约型社会人人有责么。"这丫头还是那么伶牙俐齿！

"住哪儿啦？下班去看你。咱俩吃晚饭？"

"不影响你吧？我住金星宾馆509。"

"用不用把你爱好者召集起来？"

"呸！狗嘴！你说不出好话来！免了吧，愿意联系我自己打电话，不用你代劳。"

放下电话，乐章开始写总结。乐章电脑好，打字速度能跟上思路，刚才老田讲话的时候她手里记着心里就在琢磨了。电脑里还有去年总结的底稿，拿出来参考参考是必要的。年终总结么，今年和去年没什么大的差别，职能就那些，换上今年办的具体事儿就成了，再讲些缺点、不足，把明年的打算写上，完活儿。她把打完的稿子存了盘，进网易邮箱发到自己另一个设在搜狐的邮箱，又拷到U盘里一份。这是她的习惯。电脑有时也闹脾气，赶上出故障、染病毒，白劳动一场的教训她有过。

电脑屏幕上显示，已经下午四点了。机关五点下班。年底了，人心散，从四点开始，陆陆续续有人撤，能坚持到五点的不多，没走的也是身在曹营心在汉，浇花，收拾东西，打一些白天没顾上打或者不方便打的私人电话，两口子商量谁去接孩子，谈恋爱的商量在哪儿接头。差不多都在办私事，大家心照不宣。这个时间基本上没外面人来办公。乐章属于规规矩矩遵守时间的那种，她没孩子可接，不必寻思晚上回家做什么饭菜，商量跟谁在哪儿见面。单身有单身的好处。平时，这个时间她上网闲逛，看新闻、浏览时装，今天却有点分神，心不在焉，互联网上一条条信息让人眼花缭乱，哪一条她也没往心里去，纯粹是在消磨时间。脑子里在想呆待会儿去哪儿吃饭。葛红是讲究人，嫁了个有钱有地位的好老公，平时养尊处优，吃的不会差，不知道她最近口味上有没有新爱好。

上大学那会儿，葛红馋，嘴不闲着，花样百出的小食品，还经常嚼口香糖，说话时气吐芬芳，草莓味儿，薄荷味儿，橙子味儿，都很好闻。白，个子高且胖，男同学给她起外号：唐朝大美人。乐章和葛红同系同年不同班，乐章是中国史专业，葛红学世界史。刚入学时，中国通史还有政治、公共英语课都在一个阶梯大教室，但两个人并没有什么交道。让她们有了交道的是一次撞衫事件。乐章的个子也不矮，比葛红稍稍差一个手指头，也比葛红稍微苗条一点。上中国通史课，乐章穿了一件艳黄的T恤，一条白牛仔裤，是她新婚嫂子送的行头，据说花费不菲，乐章很喜欢。乐章上大课时爱坐第二排，坐定了，正跟邻座男生说话时，看见小男生的眼睛直了，顺着小男生的视线，乐章就看见了第一排正准备落座的葛红。葛红穿了一套跟她一样的衣服！一样的黄T恤，一样的白色牛仔裤！而且，这套搭配在葛红身上看着非常舒服，干净、明亮，朝气蓬勃。葛红坐到第一排，自然后面的人全能看见她了。这家伙傲气得很，不回头，不屑于看后面有什么反应，是那种牛哄哄的女孩子啊。从看见葛红打扮得跟自己一样开始，乐章的血往上涌，有一种英雄所见略同的感觉，还有一种莫名的抵触！从家里回学校之前她站在镜子前反复端详过自己，她穿这套衣服很好看，试衣服时她还在心里夸嫂子有眼光，也舍得给她花钱。现在，当她看见前排的女生也穿了同样的衣服时，尽管内心不舒服，却不得不承认，这套衣服穿在人家身上好像比在她自己身上更适合。心里堵，一天的课都没上好。第二天有英语课，还是在阶梯大教室，上课之前乐章犹豫着是不是换一套衣服，想了想，决定不换——就算撞衫了，凭什么我要回避她？我哪儿比她差吗？再说，自从穿了这套衣服，以前的那些衣服在她心里都逊色了，她想不好换哪一套。

乐章在家中三个孩子里最小，咬尖儿，任何事不让份。进了大学，在同学中间也不肯轻易服输。

接连三天，两个人天天穿着同样的衣服在同一间教室上课。谁也不肯先换衣服，谁也不跟谁说话，但彼此知道，她们是较上劲了。

第四天仍旧有大课，仍旧是乐章先到。乐章挺不住了，换了衣服。虽是秋天了，穿了三天的衣服肯定也是再不能穿了。如果那个白胖丫头愿意坚持，让她坚持好了。乐章是宁可干净不要面子了。

结果呢，那天葛红也换了衣服。看来两个人的心理极限也非常相似。

不打不成交。那天下课她们第一次打招呼说话，从此竟然成为朋友。一起去商场买衣服，故意撞衫，有时候还约好了一起穿，不熟悉她们的以为是双胞胎。两个人的个子相差不多，穿了同样的衣服，莫名地有些连相了。总在一起，又有人根据她们性格的不同分别给她们起了外号，葛红叫唐诗，乐章叫宋词。葛红和乐章被人起了外号并不生气，都是国宝啊，没什么不好。

大学毕业，葛红跟男朋友钱程去了北连。北连是小地方，虽然濒临海边，毕竟城市规模小，也不繁华，谁都没想到葛红会跟钱程去。葛红本来可以留在省城，钱程分回北连，她竟然追随而去，让很多没看好他们恋爱的人大跌眼镜。大学里谈恋爱，毕业分配时劳燕分飞很正常，当时可能有人说三道四，很快大家就都释然了，葛红这种条件，跟钱程谈恋爱本来大家都不看好，就是分了手，也在情理之中，葛红却随钱程到北连的师范学院当了个老师。岁月荏苒，社会一天天在变，后来同学就慢慢改变看法了，从一开始认为葛红傻，到现在呢，开始有人认为葛红眼光长远，因为时间证明钱程非常值得葛红为他做出的牺牲，工作以后他很快离开组织上分配的单位，去一家官办的公司，成了一个戴红帽子的生意人，而且，是一个成功的生意人，葛红成了花钱不打锛儿的董事长夫人。这个时代，发财是无数人梦寐以求的美事，葛红有远见，能在钱程还没成气候的时候就把他变成自己的老公，并且这么多年恩爱有加，是那一届历史系女同学中最幸福的一个，这种评价一点不为过。

就因为她的这种幸福，这几年，乐章感觉自己跟她越来越疏远了。一晃儿，至少半年她们连电话都没打过。这里面的原因很复杂，好像葛红主动联系她的时候也少了。也许，年纪大了，又不在一个城市里生活，每个人都有自己的事要忙吧，疏于联系也没有什么不正常。

没打电话不能隔断她们的友谊。见面第一个动作，不是握手，而是狠狠地拥抱在一起！葛红还是那么丰满、那么白皙，身上一股淡淡的香奈尔五号的香水味，淡黄色的羊绒衫罩在她身上，干净、清爽。她还是那么偏爱黄色。她的肤色和气质也配得上黄色。乐章现在不怎么穿浅颜色衣服了，人在机关，穿着要庄重，没人这么跟你公开讲，但你到机关里待几天就能看明白，花里胡哨的衣服在机关里不招人待见，何况乐章还是个副处长，经常跟着处长、分管的局长出去开会，花大姐似的跟在领导后面，你把自己当花瓶招摇啊？领导不烦死你。乐章现在穿灰的、黑的，最亮堂的是米色。以前她还把家里和单位分开，不上班时穿些亮堂、带花色的衣服，时间长了，没有耐心讲究了，家里单位一个样，全是深色、素色，好搭配，省心、省力、省钱。所以，看见葛红身上的鲜亮，她的心里一动，既而又想：毕竟在小地方生活，就算有钱，穿衣服的品位却很难提高了。社交场合、办公场合最高贵的颜色是黑色，颜色越深越讲究，葛红知道吗？

拥抱完毕，乐章把自己扔到葛红对面的另一张单人床上，问葛红："开什么会呀？怎么选了这么个鬼地方？！"

金星宾馆原来是部队的招待所，装修有些过时，房间里的壁纸已经能看见有打卷的地方，暖气也不很热，屋子里冷飕飕的，唯一的好处是离商业街近，逛街买东西方便。

"开什么会不重要，重要的是我来了。"

"想吃什么？你们会议晚上自由行动吧？"

"没人管。吃什么无所谓，咱俩能说话就行。我请你吧。"

"别恶心我，请你吃饭还请得起。"

"老实说，不知道想吃什么。我现在好像吃什么都行，又吃什么都不香。真想念书那会儿，生花生米放嘴里都是香的。人老是不是从胃口开始的？"

"你不是老，是富贵病。饿你几天试试，什么都爱吃了。"

乐章嘴上揶揄葛红，心里却又是一动：她自己何尝没有这种感觉呢？吃什么都无所谓，吃什么都不香。难道真像葛红说的那样，是胃口先老了吗？以前她没往这方面想，以为自己是单身过日子、没有家庭的缘故，原来有个幸福家庭的人也跟她一样。这让她心里又有些安慰。

讨论了半个小时，最后决定去市府广场旁边的天天渔港吃自助海鲜。

自助餐这种形式比较自在，想吃什么各自随便，而且海鲜不胖人，最主要的一个理由是，卓展购物中心就在市府广场旁边，她们决定吃完饭一起去逛卓展。已经好几年没在一起逛商场了！

吃饭时，葛红坚持开一瓶红酒。乐章不胜酒力，在酒桌上练了多少年水平也不见提高，好在未婚以及女性的身份让人对她比较宽容，能不能喝也无所谓。葛红能喝，上大学时就跟钱程和他一帮男朋友在酒局里混，偶尔还上阵帮钱程抵挡，后来钱程做生意，葛红继续当他的后盾，需要时可以在酒桌上放倒一片。有她撑腰，钱程尽可以敞开酒量，实在不行有夫人给他收拾残局呢。有一年校庆时同学聚会，钱程特意把这一条当作葛红的功绩跟老同学夸耀过。至少在酒量上，乐章自愧不如葛红。现在，两个人相向而坐，一人手里端着一杯红酒，乐章只是象征性地倒了个杯底，葛红却给自己斟了满满一大杯，一口气喝了半杯下肚，让乐章对她油然起敬。这家伙，身上的那股子豪爽劲儿，像个大生意人贤内助的样子。钱程有她，生意肯定越来越红火吧。她名字里就带个红，吉利，有旺夫运。

一瓶酒，两个人只喝了半瓶不到。主要是葛红喝。当时乐章还觉着葛红确实是海量，到卓展买东西时，才发现葛红的酒量也不见得怎么大，因为她发现这家伙在商场里乱花钱，乐章拦都拦不住，一看就是喝多了！

卓展是什么地方？省城最高档的购物场所之一，世界品牌店林立，国产名牌在这里显得寒酸。东西贵得离谱。乐章偶尔去，是下了决心要犒劳自己的时候。一个人生活，挣钱跟葛红的老公比也许是九牛一毛，但跟一般的工薪阶层也不算少了，偶尔消费一次两次还有可能，不至于影响日常生活。机关里的女人，看上去穿着朴素、不张扬，使的是暗劲儿，都是一个素，品牌、款式就很重要，一些关键的场合，没有几件像样的品牌，心里面就莫名地觉得比人矮。没有可以骄傲示人的老公、孩子，在穿着上便不能输给别人了。所以，尽管乐章的衣服、用品不见得全是世界大品牌，但她自觉在品味、搭配上还讲究，名牌不需多，身上有一件两件，证明你的品位就可以了，多就显得俗了，跟有钱人脖子上拴粗金链子是一样的。比如，葛红的身上，乐章一眼看出来差不多全是世界名牌，包是LV的，外套是香奈尔的，靴子也是LV的，甚至她的香水味乐章也能闻出是经典的香奈尔五号，但这么多名牌武装在她身上，让乐章感觉，有些多了，有一些暴发户的意思了。喝完酒的葛红站在Gucci专卖店一口气买了两个竹包、三瓶香水、两条丝巾，乐章心算了一下，得万八千块钱。葛红出手毫不犹豫，就像乐章在超市里往购物车上装饼干、巧克力。有一种香水叫“嫉妒我”，葛红顺手拿了两瓶，当时声明送乐章一瓶。乐章没拦她。这种场合，葛红列出来的架势，她就是想通过购物在气势上压住自己，乐章已经看出来了。这种感觉当然让她非常不舒服，但也没什么了不起，她不会拂袖而去。顶多以后不再跟她一起上街购物罢了。跟这种人在一起乐章不舒服，不是因为葛红有钱、敢花钱，而是她炫富的那种轻狂劲儿。几年没在一起上街，就这一次，让乐章认识到葛红已经被金钱宠坏了。被金钱宠坏了的这种人乐章不喜欢。以前的葛红，尽管也爱美、也有虚荣心，但总的来说还单纯，不是现在这样子。金钱除了能让人过上富裕的日子，也能使人变得俗不可耐。

买完这么多东西，葛红意犹未尽，还拉着乐章逛，一边逛一边讲11月去香港的事：“买品牌还得去香港，品牌越大和内地差价越多。听说圣诞节打折最多，有的三折、五折了，他们有去的，感觉像不要钱似的。”

“那你怎么选了11月，不圣诞节去？”

“钱程不同意。说小宝要期末考试了。”

这是她们见面以后头一次提起钱程。以前她们见面，葛红把钱程挂嘴上，频率之高，到了乐章难以容忍的程度。嫁了个好老公是美事，那也不能无休止地向至今未婚的女友炫耀，起码不礼貌么，哪壶不开提哪壶，不知道这种话题刺激人吗？这次见面好几个小时了才提到钱程，乐章有些意外，忍不住主动问了句：“钱程好吧？”

“还那样儿。”葛红淡淡的，不愿意提他的样子，乐章就不好意思再多问了，正好她也不愿意跟葛红在一起说钱程。万一葛红没完没了起来，想打住她话题都难。

分手时已经是晚上十点。到金星宾馆楼下，葛红说：“要不你今晚别回去了，反正还闲着一张床。”

以前，葛红来省城开会，乐章偶尔也陪她住过，两个人说上多半宿的话，什么时候困了什么时候睡，有一次甚至说了通宵。但是，今晚，她却不想陪葛红。心里有一种莫名的抵触，感觉累，想尽快离开，回到自己的小窝里去。所以，尽管她看出葛红的眼神中含着一种渴望，她还是狠狠心拒绝了："我明天早晨有个会，还是回去住吧。明天再打电话联系。"

她要是知道第二天葛红给她打电话泣不成声、要死要活，这个晚上无论如何是不会走的。好朋友是干什么的？好朋友就是有了难处、有了伤心事可以跟你倾诉，关键时刻可以出手拔刀相助的。

她和葛红就是这样的朋友。

单位没有会。一上午竟然没有一个外来办公的。年底了，该忙的事大家都抢着忙完了，心都放在马上就要到来的新年上。老田甚至没问年终总结写没写好。老田是急性子，乐章的性子也急，但这么多年的经验告诉她，这种交材料的事，还是不要太急的好，所有的会都是不到正式开会材料都定不下来，早交意味着可能就要多改几遍。乐章的体会是：抻到实在不交不行的时候再交，顶多再改一遍半遍。

葛红的电话是在中午时分打来的，乐章拿了餐具正准备去食堂吃饭。电话打到乐章的手机上，乐章听出葛红说话带着哭音："乐章，你心真狠，我要死了，你还不来看我？！"

葛红的哭声吓了乐章一跳。她从来没见过葛红哭，这丫头，心大着呢，说话不笑的时候都少，好好的哭什么？！乐章心慌了，有一种不好的预感："哎，你怎么了？有话好好说！"

"我要死了！我难受！"

"好好的说什么丧气话？有事说事！"

"我告诉你，我要死了！我难受！"就这么几句，然后电话就断了。乐章往回打，竟然不接！

遇到什么事葛红这么想不开？听她哭哭啼啼的口气，难道是喝药了？真不想活了还是说气话？乐章心突突狂跳，身子一下子凉了！脑门上全是冷汗。急忙去敲老田门，跟她请假："处长，我一个大学同学从外地来，突然发病了，我得带她去医院，我请半天假！"

以打冲锋的速度坐上出租车，在车上给葛红打手机，手机没有人接听，乐章心里又急又悔。急的是不知葛红出了什么事、是死是活，悔的是昨晚不该拒绝她的邀请。如果昨晚自己大气一点、放下架子，陪她住一宿，让她把难心的事说出来，也许她就不会有今天的举动了吧？好好的她能有什么难心事？不缺钱，工作既清闲又有社会地位，得绝症了？钱程出事了？

脑子里一团糟，胀呼呼的，头疼。跳下出租车进宾馆，等不及电梯，直接从楼梯跑上五楼。咣咣咣砸响509的房间门时，她已经做好了没有人来开门的准备，那样她就得报警了。希望还没糟到这种程度！

还好，有人来给她开门。是葛红！活着呢！披着睡衣，赤脚，头没梳，脸没洗，眼睛通红。给她开完门，连声招呼都没打，回床上躺着，被子蒙头上，不理乐章。谢天谢地，她确实还活着！乐章掀开被子，摸她头，小心问："你发烧啦？"她听见自己的声音中充满了惭愧。

"没发烧，心里难受，想死！"然后就开始哭，一条毛巾沾湿了。伤心伤肺的那种哭。哭不动了，开始诉："乐章我不怕你笑话我，我不是来开会的，都快放寒假了，哪来的会！我是从家里跑出来的！"

"钱程欺负你了？"

"欺负我？他恨不得杀了我！他在外面惹了个小妖精，逼着我跟他离婚，还说小妖精已经怀孕了，B超做出来是个男孩子，他喜欢儿子，他非得要个儿子不可！这个王八蛋！当年我为他做人流多少次啊？！那里面肯定也有儿子！为了支持他安心创业，结婚十年我才下决心要了女儿小宝，他怎么能说为了要儿子就跟我离婚呢？！"

原来是跟钱程闹矛盾了。乐章如释重负，一颗吊着的心落地了。两口子闹矛盾，就算闹到要离婚的程度，也比钱程出事要好。网上关于企业老总的消息不断，那个叫黄什么来的，中国首富，听说就出事了，头几天还有上市公司云南铜业的头儿，一窝好几个同时上审判台，据说光受贿就有几千万，还有出差嫖娼的，乐章听着都觉得恶心。穷得只剩下钱了，位置再高、再有钱，却没有女人真心相爱，只能花钱去买快乐。或许男人是觉得这种花钱买乐的方式更简单省心？钱程如果是在外面花天酒地、花钱买乐，葛红是不是还可以接受？她要死要活，是不是因为钱程越了界，想要解除他们的婚姻？

"就算他要跟你离婚，你不愿意可以跟他闹，自己要死要活干吗？你不是傻吗？！"

"我是傻！当初为了跟他去北连，跟家里都闹掰了，我妈为此好几年不理我，为我得了冠心病，这些我没好意思跟任何人说过，怕人笑话。你说我能怎么办？我那时候真心爱他，离开他几天都受不了。谁想到他后来会变成这样？告诉你乐章，男人是这个世界上最虚伪的东西，他们就是希望天下所有的女人除了自己的老婆以外都性解放，他们愿意干什么就干什么。你别看钱程个子矮，长得也一般，他对付女人可有手段了，在这个小妖精之前，我就知道他有别的女人，但是我没抓住把柄，他也没逼我离婚，我就忍了，反正他挣钱多，我花钱从来不用打锛儿，日子过得还算舒坦，我一步步后退，心里想，男人不就是那么回事，彼此需要吧，办事时戴个安全套别染上病，别把最后那层纸捅破就行。谁知道他会得寸进尺！乐章，这两年我没怎么给你打电话，不是疏远你，实际上是看不起自己，不敢跟你说心里话。当年那个心高气傲的葛红沦落到这个份儿上，我认为自己很失败，没有脸面见你。其实我在心里有时候还挺羡慕你的。不用跟男人在一起将就生活，一个人愿意干什么干什么，不挺好嘛！非得找男人干啥！”

葛红的话让乐章百感交集，身上冰凉，心里疼痛。一个受过高等教育的女人，长相不差，性格温柔，工作也很出色，可她找不到自己可以嫁的男人，这是她人生最大的失败。在葛红面前，她曾经多么自卑，越来越不爱给她打电话，因为她发现她把自己的心封闭起来了，不敢向葛红敞开，没想到葛红也有向她封闭的一面。人哪，为什么要彼此设防？！

乐章陪葛红流泪。不知道是同情葛红，还是同情自己：“不管怎么说，你们有过好日子，有了小宝。比我强，我什么都没有。别哭了，好好想想，怎么办。你能不能割舍钱程，还有他的钱。”

“我昨天一宿没睡，想了一晚上。人我早就不稀罕了，钱我也可以割舍，但我不甘心。凭什么？！我没错——他工作我全力支持，陪他在外面喝酒、公关，家里的事情他一手都不伸，他成功了我有功劳。作为女人，我长得还算漂亮吧？我在家里温柔得要死，温柔得我自己都不认识自己了，还让我怎么的？就为了我不再年轻了？就为了他想跟小妖精生个儿子吗？没那么容易。他想离婚，他得考虑付出多少代价！”

“你要是这么想了，那还想什么死？好好跟他谈不就得了？”

“他不跟我谈。你不知道钱程这个人心眼多多。我怕他算计我。我现在已经坐病了，三天两头把车开到四S店去检查，就怕有人做手脚、刹车失灵出车祸，我死了，他名正言顺地可以把小妖精娶家里了。有时候开车在街上走，从后视镜里看到有车在我后面时间长了，我都得寻思寻思是不是他派来的人想暗算我，你说我这日子还能过吗？”

“你言重了吧？就算钱程有了别的女人，想跟你离婚，至于下那么狠的手吗？好歹你还是他女儿小宝的妈，你们曾经相爱那么多年。”

“哼，你不知道他这个人下手有多黑。手不黑他也混不到今天。他那些糗事我都知道。这么多年他不敢轻易开口提离婚，就是因为他怕我。”

“那他现在不怕啦？”

“他要是不怕，我至于跑出来吗？我怕他下黑手！”

乐章无话可说。钱程是她们俩的校友，物理系的，他跟葛红谈恋爱时乐章就认识，刚开始还给他们当过灯泡。乡下来的孩子，说土也行，说纯朴也行，就算这么多年有变化，在社会上混复杂了，也不至于像葛红说的那样，想对她下黑手吧？什么事那么严重？葛红是不是疑心太重了？

这样想着，她就不知道说什么好了。清官难断家务事，最好的办法也许还是葛红和钱程面对面的交流。乐章把这个想法说了，葛红怒目圆睁，眼睛红得像兔子：“你可千万别告诉他看见我了。我是离家出走的，压根儿就没告诉他自己去哪儿。”

“他那么神通广大的人，会找不着你？”

“到现在为止，我只给你一个人打过电话。原来的手机我关掉了。如果钱程给你打电话，拜托，别说你知道我在哪儿，别说我找过你。”

说钱程、钱程到。手机陡然响起，看来电显示，乐章有点慌：“你老公，接还是不接？”

“接。不接他该疑心了。你就当没见过我。”

乐章摁了接听，耳边响起钱程带点海蛎子味儿的北连口音：“乐章啊，我是钱程。”

“钱程你好。刮台风了啊，怎么想起我啦？”

“过年了呢么，给老同学拜个年。最近怎么不来北连啦？是不一晃好几年没来啦？”

“我业务跟北连联系不多。”

“等夏天让葛红开车接你过来玩儿，到海岛上住几天，洗海澡、吃海鲜、散散心。”

“谢谢。葛红最近好吧？”

“好什么好，净跟我吵架，更年期提前了。有机会你替我劝劝她，知足常乐多好，别净胡思乱想。”

“哎，我知道了，有时间我给她打电话。”

“你单位还在原来的地方吧？”

“是啊。”

“我派办公室主任去省城了，过年，给老同学送点年货，一点心意啊，笑纳啊。”

然后电话就撂了，乐章甚至没来得及说声谢。

乐章一脸困惑：“人家也没问你呀？！”

葛红鼻子里哼出一声：“是没问，可你想想以前过年的时候他给你打过电话吗？给你送过年货吗？”

“那倒是没有。”

“至少钱程怀疑我跟你在一起，他已经想到你这儿了。他这个人才不会那么直接呢。”

“他还会给别的同学打电话吧？”

“可能吧。”

因为这通电话，葛红不哭了，也不说了。沉默了一会儿，忽然紧张起来：“糟了，我登记用的是真名。他刚才说办公室主任来了？”

“是这么说的。”

“完了，没准儿今晚就能查出来我住这儿了。”

“那怎么办？不行你住我家去吧，我家不用登记身份证。”乐章开起玩笑，想制造点轻松气氛。又说：“我新搬的家，单位也没什么人知道。”

“只好如此了。我到现在连自己家都没敢回，连电话都没敢打一个，我这种样子，我妈见了，还不得犯病？！”

说完又开始哭。

乐章劝了她一会儿，替她收拾东西，又去前台办了退宿手续。等她回到房间，葛红已经穿戴整齐，手里一个超大拉杆行李箱，还有一大堆购物袋。看她拉着那么大的行李箱，简直像出国一样，不知道她是不是把自己值钱的家底都随身带出来了，看起来还真有点打持久战的意思了。两个人坐出租车到乐章家楼下时，天已经见黑，乐章左顾右看。她住的是自己买的商品房，左邻右舍都不熟悉，没有一个单位同事。乐章四顾周围，心里笑话自己：没有这么严重吧？整的跟地下党似的。

第二天早晨乐章正常去上班，临走时叮嘱葛红："座机电话别接，有人摁门铃也别开。我找你打你手机，听见没？冰箱里有吃的你先对付，晚上我从超市再带点东西回来。"

整的真像窝藏了个逃犯一样！

她给葛红留下一套备用家门钥匙，让她非常情况下使用。

到单位，第一件事是把总结材料打一份出来，交到老田手里。葛红藏在她家，万一再闹点什么事出来，她得能有分身的时间。老田把材料放到桌上没看，跟她说事："小乐，下周总结大会同时要选先进，咱俩分分工，跟有关处室分别打打招呼。评先进还不是那么回事，你平时干多干少是一回事，评先进还得看人缘。不是我爱争这些，一年到头了，同志们事情没少干，争个先进也是对大家的一种肯定。"

老田的这种吩咐，乐章虽然心里头烦，却不好意思拒绝，谁让你是副手呢。田处长这人，乐章跟她共事将近十年了，不烦人，工作细致、认真，就是有时太小气，你像评先进这种事，乐章一直搞不明白她干吗这么认真。跟她有代沟。按乐章的想法，先进这玩意儿，能评上就评，评不上拉倒，犯不上低头跟人求情。作为机关里唯一的女性一把手，平时老田的脖子是仰着的，她从来不服气那些男处长。乐章心里承认，老田的工作能力确实不比那些男处长差。难道有这种评价还不够，非得要个奖状证明吗？显得小气了吧？人不求人一般高，你一有求于人，就显得矮了。想是这么想的，却仍旧按处长的吩咐，利用吃午饭、送报表的机会，悄悄跟几个处室的头儿委婉表达了意思。这种情况下，通常人家都会表示给这个人情，但是乐章知道，真到了投票的时候，答应得好好的最后也未必真能投你票。按老田的说法，你不打招呼人肯定不投你票，你打招呼了，人家可能投你票，这就是成绩，就有打招呼的必要。机关里有一种说法，老田之所以这么斤斤计较先进的事，是她想在五十五岁之后留任，再干几年。果真如此，乐章对老田这种做法就不太理解了：累不累啊，到了正常退休年龄，拿着退休金回家休息多好，非得在机关里你争我夺，不知道她是怎么想的。这种事，没法交流，没法问。你去问处长，人家也许以为你是着急接班，惦记着处长赶紧退休呢。不去招惹也罢。

白天，她给葛红打了两次电话。一次葛红在看电视，还有一次，她说在洗澡、做面膜。都有心情美了，看来情绪还稳定。

但乐章心里仍旧不踏实。昨天钱程说他已经派办公室主任到省城送年货了，一直到现在，她也没看到东西。按理说昨天下午她不在，有人来机关送东西，门卫会给她打手机。早晨上班时，门卫跟她打招呼问好，没提有人送东西，难道是他忘了？这种可能性不是没有，比较小。那么，钱程说送东西是不是只是个借口，只是在试探葛红是不是跟她在一起？

又不能打电话去问。等吧。

让她心里不踏实的还有嫂子的电话。父母一直跟哥嫂在一起过。虽然磕磕绊绊的事有过，总的来说还算和谐。最近这两年，事情开始多了。嫂子这次打电话，是在控诉她的公公也就是乐章的老爸：“乐章，你说你爸现在怎么回事呢？昨天晚上因为妈提醒他吃药，竟然把妈给骂了，当着我们的面说什么这辈子你妈净看着他了，让他什么也做不成，不行就离婚！把妈都气哭了，脸煞白，嘟囔着要跟他分居。这么大岁数了，你说这事闹的。我让你哥带爸去医院看病，你哥总说没时间，你看爸这种症状是不是小脑萎缩又严重了啊？”

嫂子话说到这种程度，乐章已经多少明白她的意思了，心里就有些别扭。哥、嫂在企业工作，收入一般，这么多年一直住着家里的大房子，两口子自己攒钱，买车、出国旅游，就等着两个老的走了把房子留给他们擎现成的吧。乐章的姐不在国内，乐章自己花钱买了商品房，哥是唯一的儿子，他们是不是在琢磨着两个女儿不会跟他们争房子？乐章没准备争，问题是我们不争，你们也不能得寸进尺，想把老人往外撵怎么的？谁老了都有毛病，爸是小脑萎缩，脑袋糊涂说错话、办错事肯定免不了，你当儿媳妇的多担带点不就完了？

想是这样想，跟嫂子说话还挺客气，她对嫂子一直挺尊重：“嫂，你辛苦了，这几天单位事儿太多，我抽空回去看看，说说我爸。”

她没说把爸、妈接出来。她从家里现成的大房子搬出来、宁可自己还房贷，就是不想跟爸妈在一起住。四十来岁的人了，你跟男人随便打个电话，他们就可能以为你是在谈恋爱，那种没完没了审问的劲头，让乐章受不了。心理压力太大。她宁可自己还房贷承受经济压力。所以，想让她松口把爸妈接出来住到她这儿来，嫂子不知道怎么想的。一点儿可能性都没有。他们嫌麻烦，有本事自己买房子搬出去，谁也没规定他们非得跟老人住一起。二老工资都高，花钱雇个保姆，独立生活一点问题没有。

放下嫂子的电话，乐章往家里拨了个电话。是妈接的，听声音情绪还行：“三儿，你咋好几天都不回来？”

“单位忙。爸这两天又作人了？”

“可不是咋的，说不上哪句话没说好，他就发火。”

“你身体还好吧？”

“就那样吧。你爸昨天跟我生气，去厨房拿了把菜刀，说要杀我呢。”

“他也就是说说吧，还能动真格的？他不是有病么。”

“我也知道他是有病，但一看他气势汹汹的那样儿心里就突突。人老了咋这样呢？你爸年轻那会从来没对我发过火，谁想到老了老了，变成这样了。拿菜刀的事我都没告诉你哥嫂，怕他们跟着白操心。”

话说到这，妈开始嘤嘤哭。妈一哭，乐章心揪得疼：“你哭啥？我这两天回去看看，我说他，啊？”

在乐章的印象里，爸是个帅男人，而且脾气好。有时候反思自己没有合适的婚姻，乐章甚至往爸身上推过：爸有责任。什么责任？他立的标杆太高了。乐章从小对爸崇拜，在她心里标准男人的形象就是老爸那样的。所以，当她自己面临婚姻时，她是不自觉地在以老爸为标准了。老爸这样标准的男人不好找。

就这么好的一个男人，到老了一样有招人烦的时候。竟敢拿菜刀去吓唬老伴了，他是怎么想的？拿菜刀的话是妈讲出来的，要是嫂子讲的，她还得想想是不是真的。

乐章决定明天一定回去看一眼爸妈。

快下班时，乐章接到一个电话。自称姓韩：“你好，乐处长，我姓韩，是北连钱总派来给您送年货的。您现在单位么？”

终于等到了这个电话，乐章感觉一块石头落了地，心里面却开始了另一种忐忑：姓韩的未必是一个人吧？该怎么回答他呢？乐章不会撒谎，回答他：“我在单位。”

“您什么时候下班？东西挺重的，您要是嫌搬东西不方便，我们等您下班，直接给您送家里得了。”

乐章心里一惊：想认识门呀？我可不上当。想了一下，她说：“我晚上还有活动，这么着，你们把东西放门卫吧。”

“乐处长您甭客气，出来时钱总特意吩咐过我们。”

“没关系，你们把东西放下就行，谢谢了。”

姓韩的再没说什么。下班经过传达室，门卫喊她：“乐处长，有您的东西。”

野生大虾、稻田河蟹、有机大米、干扇贝丁、切好装袋的海蜇丝。晚上两个人可以喝酒吃螃蟹了。乐章让门卫帮自己到街上叫了一辆出租车，把大虾和螃蟹先拿上了。到家门口，她用钥匙自己开了门。屋子里一片寂静，葛红在哪儿？她喊了一声“美人儿”，葛红从洗浴间出来了，一脸的紧张：“我以为谁呢。”

“还能有谁？瞧把你吓那样！来吧，赶紧煮大虾、螃蟹，钱程挺够意思，犒劳咱俩来啦！”

葛红看见大虾和螃蟹，像看见钱程一样紧张：“谁送来的？”

“我没看见人，说姓韩，我让他把东西放门卫了。不想见他。”

“韩主任，钱程的狗。”葛红恨恨地说了一句。“你上来后面没有人跟着吧？”

“没有。”乐章说完自己也拿不准了：“我没注意。”

“没有就好。”她们进厨房，洗干净虾和螃蟹，放锅里蒸。半个小时以后，屋里座机电话哇哇响。乐章犹豫着接不接，过去看一眼来电显示，是一个陌生的手机号。她决定不接。关键时刻，多一事不如少一事。

手机也开始响。铃声像定时炸弹的计时器。乐章看了一下，跟刚才打到座机的是一个号。她还是决定不接。下班了，不会是公务，也不可能是爸妈。

大虾和螃蟹很快都熟了，乐章打开一瓶圣诞节时朋友送的冰白葡萄酒，给葛红倒满一杯，自己也满上了。这个夜晚，她们不用再出门，喝多无妨。

乐章诚心想陪葛红。有酒量的葛红这个晚上却忧心忡忡，东西没吃几口，酒也不见下。逃难似的躲在同学家里，她的心情肯定好不了，乐章能够理解她，小心翼翼不往敏感的话题上引。她不引，葛红自己却开了话题："乐章，我完蛋了。"

"啥意思？不就是他要离婚吗？你把事儿想清楚，有什么大不了的？你看见我的生活了，一个人，也没什么了不起。"

"不一样。我们有小宝。白天我实在忍不住，把原来的手机打开了。那里面有一大堆钱程留的短信。他说小宝病了，希望我回去。"

"你就那么傻？说小宝病了不是最好的借口吗？你就上当啊？"

"我知道他是骗我，但又怕万一是真的。"

"那你就打个电话回去问一下。"

"我打电话，他不就知道我在哪儿了？"

"你不打电话，他就不知道你在哪儿了？"乐章心里想的是，葛红不可能永远躲在她这里。不现实。最现实的办法还是要回去解决问题。躲得了初一躲不了十五，离家出走不是长远办法。

就像在说预言一样，乐章的话音刚落，她的手机又响了起来。乐章瞄一眼来电显示，心一下提起来了："是钱程！"

"不接！"葛红说话的声音已经变调了。不接就不接。手机接着响，然后，不响了，来了一条短信："乐章，我知道你在家，我也知道葛红在你家，你让她接个电话。"

她把短信给葛红看，葛红脸白了，很快，眼泪滴哩嗒啦往下滚。

男人和女人之间的有些事情，乐章理解不了。是因为她没结过婚、没跟男人在一个锅里搅过马勺吗？她是因为不理解这种事情才没找到合适的婚姻吗？比如眼下，她以为葛红不可能再搭理钱程，不可能去给钱程打电话了。没错，乐章接到了短信，接到短信她可以不回，就是回的话也可以打赖，没准儿钱程是在诈她呢。钱程就是在诈她，他怎么知道葛红肯定在她这儿？她不回，葛红忍不住了，竟然打开自己的手机，给钱程打电话，当着乐章的面。而且，就那么明明白白告诉钱程："我在乐章这儿，你过来接我。"声音镇定、自若，好像两个人从来没发生过争吵，她也不是躲出来的。

气得乐章一句话说不出来，想动手扇她！你也太不值钱了吧？就算你自己扛不住了，想老公想孩子想回家了，也不能这么直截了当啊，不能这么把我出卖了呀！我以后怎么面对钱程？

却什么都说不出来。两口子闹矛盾，人家这会儿和好了，想回家了，你跟着瞎掺和什么？清官难断家务事，夫妻俩的事说不清楚，谁敢保证葛红说的就都是真话？就算钱程真变了，真在外面彩旗飘飘孩子都快生下来了，大不了离婚，多给她分点财产，至于变到想暗算她的地步吗？

刚出锅的大虾和螃蟹还没凉透呢，散发着腥鲜气。刚开瓶的冰白葡萄酒连三分之一还没喝上呢，她就这么要走了？钱程不害她了？也许，她这么跑出来不过是对付男人的一种策略？她根本就舍不得那种富贵的生活，也离不开这个有地位有钱的男人，只不过想吓唬吓唬他，给他点颜色看，钱程找到她，她就顺势下台阶了？

乐章不懂。想不通，也不能拦着葛红说你别走。门铃已经嘀铃铃响了，她趴到门镜那儿往外望，果然是钱程。一个人，手里捧着一个鲜花篮，让乐章身上陡然起了一层鸡皮疙瘩。乐章家附近没有花店，不知道他从多远的地方淘弄来的。尽管钱程现在发达了，在乐章眼里，他还是那个围着葛红身后团团转的乡下来的大学生，说话一口海边人的口音。钱程个子矮，葛红如果穿高跟鞋，看上去比钱程还高一些。上大学时，钱程有一次在校园里跟哲学系的一个男生打架，起因是他的自行车带气门芯坏了，动手去拔旁边自行车的气门芯时，被车主逮了个正着。这种人品质有问题。修车摊就在100米之外，角八分钱的东西，就值得去偷梁换柱？别看小事，小事见真情。乐章那时候就看不上钱程，不能理解葛红为什么会对他那么死心塌地。现在，葛红要跟他走了，回去过日子了，乐章虽然不能理解，却管不着。她从门镜那儿转过头，小声问葛红："你想好了？"

"想好了。"

"那我开门了？"

"开吧。"

开门时有一种英勇赴刑场的感觉。回头看葛红，却是一脸的淡定，好像没她什么事儿似的。

穿着羊绒外套的钱程带进来一股掺杂着男用香水味的寒气，还有满嘴的海蛎子味儿：“乐章，你这房子不错呀，地段很好，这两年没少增值吧？”男人用香水而且能让人第一时间闻出来，让乐章不舒服。这种商人的直截了当更让人不舒服。张嘴就是生意经，连句客套都没有。再看葛红，默默地接过钱程手里的花篮，转身放到茶几上，然后，接过钱程脱下的外套，顺手挂在衣架上。一脸的温柔。温柔似水。丝毫看不出她为这个男人哭过，为他要死要活！两口子之间默契非常，钱程不说他怎么找到乐章家的，葛红也不问他怎么来的。好像他们之间早就约好了到乐章这儿集合！

葛红的第一句话是：“小宝怎样？”

“还行，让小秀带奶奶家去了。”小秀是他们家保姆。

“你吃饭了吗？”葛红又问钱程。

“没有。乐章，咱们出去吃点东西怎么样？我请你们姐儿俩吃大餐，想吃什么你们随便点！”

“免了吧，你送来的大虾和螃蟹我和葛红还没吃几口呢。”不知道为什么，自从钱程进门，乐章浑身不自在。这么多年，从来没有男人不经邀请到自己家，钱程是头一个。她已经不习惯家里有客人了。尤其这种一点精神准备都没有的客人。有葛红一个人住这儿心里面已经满得受不了，再添个钱程，她感觉自己的心满得要从喉咙里漾出来，头要爆炸。

幸好，葛红还通情达理。葛红说：“我还没去我妈那儿呢。”

“那咱们去接他们，一起出来吃饭？”

当着乐章的面，葛红给她父母打电话，告诉他们：“我和钱程在一起，钱程说带你们一起出去吃饭。你们吃过啦？那待会儿我们一起过去，你们在家等着吧。”

钱程在一边提示：“告诉他们，有大虾，还有螃蟹。”

怪不得这几年大虾和螃蟹价儿看涨，原来成了钱程跟人见面的出手礼，需求量增加了啊。

超大号行李箱，还有这几天买的大包小包，都让钱程直接带楼下了。葛红没有丝毫反对的意思，心安理得地看钱程搬东西。趁钱程去门口摁电梯的工夫，葛红趴乐章耳边，小声说了句：“看一眼你枕头底下。”钱程回来了，她离开乐章，像什么都没发生。

乐章送他们到楼下。一辆北连牌照的黑色轿车堵在楼门口。她跟钱程握手，跟葛红拥抱，看着黑色轿车扬尘而去，身子一下子像被抽去了骨头，真想找个地方躺着一动不动。累！

回到家里，第一件事是去翻枕头底下。枕头底下有一张纸条，葛红写的：乐章，谢谢你的款待。你是我在危难关头唯一能信任的朋友。有些事情你可能理解不了，我也不能跟你多讲。钱程肯定会来找我，我得跟他走。你书柜最上层《鲁迅全集》第二卷的书套里有一把钥匙，那是银行保险柜的钥匙，密码以后我会告诉你。如果我有什么意外，你去把保险柜打开。但愿你没有打开保险柜的机会！朋友之间的友情是这个世界上最值得留恋的美好之一。真想回到大学时代。好好活着，找个好男人嫁出去，如果碰不到合适的，不要勉强。祝你幸福永远。葛红。

字写得非常工整，看得出来葛红是在一种很认真、很平静的心态下写的。她是在见到乐章之前就把东西存了银行保险柜，还是白天趁乐章不在家自己出去办的？葛红走得匆忙，乐章没有机会问她。也不想问。乐章希望生活简单，她不希望自己的生活莫名地增加变数。葛红的突然来临，已经是变数了，让她心里疲累，再加上钱程，再加上什么保险柜，整的跟侦探小说似的。两口子过日子，有这么复杂吗？乐章将信将疑，像葛红说的那样，但愿她没有打开保险柜的机会！

煮熟的大虾、螃蟹打包，乐章回家去看爸妈。这么多新鲜海物，她一个人吃太可惜了，也吃不了。如果不是葛红来闹腾这么两天，接到嫂子电话她就应该回去。两个老的，退休金不少，房子住的也够大，身体虽不太好，得的也是他们那个年龄的常见病，老人哪有没病的？有病上医院治就是了，都有医保。跟农村人比，他们的日子简直是在天上。头几天单位去远郊县里扶贫，党员一人包一户对口，乐章那户，老的九十多了，床上躺着，你说什么他都听不见；儿子智商有问题，看样子身体还行，村主任介绍，说这个家还就这傻儿子在支撑，因为能下田种地，村里照顾他，分田的时候给他分到一户种田高手旁边，邻居种啥他种啥，能带他一下。媳妇是从黑龙江那边讨来的，智商也不高，没文化，对付能干点家务。最让乐章心疼的是这家的孩子，男孩子，快一米八的个子，见了生人，除了傻笑，一句话都不说。回村部的路上，乐章很不客气地问村主任："按计划生育政策，他们家这样的不允许生吧？"

乐章是省里来的干部，肩膀快够上县长了，又是来扶贫送钱送物的，村主任赔笑："按政策是不允许，可一个村住着的，三叔二大爷，多少都沾点亲，你能看着人家绝后吗？人家好不容易讨了媳妇还怀孕了，咱就愣不给人盖章，也太不近人情了吧？农村就这现实，复杂。计划生育政策是好，到了咱农村，不变通还真不成。"

人口素质不提高，扶来扶去还是贫呐。

乐章回家，把扶贫的事先跟爸妈讲了，把老妈的眼泪都赚出来了，一个劲儿叮嘱乐章："下回再去，把咱家那些用不着的旧衣服都带去，多带点米面油什么的，怎么现在还有这么穷的人呐？！"

乐章爸妈城市出身，一直都在大学里当老师。退休这么多年，对农村的情况缺乏了解。乐章给他们讲扶贫的本意是想让他们好好过日子，没想赚老妈的眼泪。老妈为农村人流过眼泪，又开始控诉了："这日子没法过。你爸总说我看着他，说我管他，不让他自由，你说我能吗？我是那样人吗？"她们在厨房把大虾和螃蟹装盘，准备往餐厅端。进厨房时，老爸在客厅喝茶，不知道什么时候站到厨房门口，听见老太太对女儿讲他话，发火了："你背着我跟孩子乱讲什么？！"表情凶狠、语气猜疑，看他的眼神，听他说话的口气，乐章感觉陌生。这是她的老爸吗？

"谁背后讲你什么？谁有时间讲究你？我跟三儿讲大虾呢。这大虾不错，挺新鲜的。"

"新鲜个屁！是不是在外面吃饭剩下打包回来的？不孝顺的玩意儿，白养活你们了，就这么对待老人吗？！"

乐章看一眼老爸，嘴张得大大的。心疼得一抽一抽的。

泪水在眼睛里含着。她知道爸是真有病了。精神病。爸从来没这么跟她说过话，没这么爆过粗口。平时不知道对妈多狠呢！怪不得妈天天控诉，看来她的话句句是真！一个好男人老了都能变成这样，像她这样，不嫁也罢！妈年轻时幸福，老了这是在还债呢。天下没有免费的午餐，连夫妻感情都是。爸说妈老看着他，有他病的一面，是不是也有真心在里面？难道多半辈子的恩爱，他是在装吗？人真的可以如此虚伪吗？爸老了，腰弯了、说话糊涂，身上散发出一股老男人特有的浊气，让乐章想跟他亲近也亲近不起来。小的时候，她是最愿意猴在爸身上的，爸带她去公园，五一、十一，她现在手里还有那时候的父女合影。那时候爸看着多么干净、明朗！人老了怎么可以变成这样呢？乐章无话可说。

哥、嫂都不在家。也许是在找借口躲着老人吧，不到睡觉的时间不进家门。趁他们还没回来，乐章落荒而逃。他们回来还得跟他们费口舌。爸这种样子，谁都受不了。别说嫂子，就是她这个亲生女儿时间长了也无法忍受。感情告诉她，应该把妈接到她那儿住几天，哪怕几天，让爸尝尝离开老伴是啥滋味，让妈喘口气，休息几天，然后再让妈回家。但理智又告诉她，不能开这个头儿。有第一次就有第二次、第三次。这是一场折磨人的马拉松，不会有什么结果。

出家门，听老妈在身后把大铁门关上，乐章如释重负。一边下楼一边心里骂自己：爸说的对，你就是没良心，就是白养活你了。你怎么能不管他们呢？！怎么忍心看他们就那样互相折磨？

快到自己家小区门口时，她终于想出了一个补救的办法：周末，她要到花鸟鱼虫市场给老爸买几条金鱼，再买两只小乌龟。老爸的变态一半是病，一半是闲的。他没有事情可做，可不就整天围着老妈，脑子里转的全是两个人的事情。越转越小，越转越琐碎。乐章曾经想过给他们买狗。她看见街上不少人遛狗，管狗叫儿子、闺女。但她听说养狗太麻烦，洗澡、消毒、顿顿做饭，天天出去遛，没完没了。嫂子是干净人，第一个会受不了。养鱼、养龟相对简单，换水、喂食，没养好死了再买新的。

能为他们做点什么她心里还能踏实一点儿。

乐章的心刚刚放松一点，一下子又揪了起来，吊到嗓子眼儿了：家门口站着一个人！

是钱程！

幸好是钱程，不是另外什么陌生人。乐章的房子属于高档小区，单元门带密码的，不是本单元住户一般进不来。如果是陌生人，她就惨了。没等她喊出救命可能就被劫了。但钱程一样是她害怕、不想见的人。他是怎么进来的？！他要干什么？葛红不是已经跟他走了吗？

乐章惊魂稍定，强作笑容，问钱程："落东西啦？"

钱程顺着她的竿爬:“围巾。”围巾?钱程来时系围巾了吗?乐章没有印象。出门去爸妈家时匆忙,她也没检查客厅。是不是他故意留下了围巾,好给自己找一个回来单独见她的理由?这个男人,太狡猾!葛红不是他的对手,乐章也不是他的对手。

“葛红怎么没一起过来?”

“跟她妈在一起说话呢。小宝病了,明天我们要回北连。”

在电梯里乐章就已经掏出钥匙握在手里。这是她的习惯。她不知道自己应不应该把家门打开让钱程进来。她开始后悔自己说了落东西的话给了钱程借口。钱程即使是怀着恶意而来,也不至于对她绑架动手吧?她站在门口犹豫着是不是开门,钱程看她笑:“拿我当坏人是不?”

就这一句话,让乐章再不能犹豫了。好歹他是葛红的丈夫,是她的大学校友,他们往日无怨近日无仇,至于害她吗?也许他就是围巾落下了。有钱人的围巾,便宜不了。也许是用惯了,也许是哪个亲爱的送的,总之值得他回来取一次。问题是,他怎么就敢肯定她晚上肯定在家?如果她今晚上心血来潮在爸妈家住下,他就这么在门口傻等一宿?

带着一肚子疑问开了门,进客厅,刚才葛红给他挂外套的地方,衣架上没有围巾。围巾在地上,带小米格,burberry 的特有标志,世界名牌。这两口子身上全是名牌。乐章弯腰捡起围巾递到钱程手里,围巾上一股暗香。钱程接过围巾,问她:“不请我坐会儿?”

男人都这么无耻吗?乐章有点掩饰不住的恼:“你这种人属于不请自到型的,自己坐呗,客气啥。”

钱程根本不在乎她话中的讽刺,果然自己坐到沙发上,大大咧咧,好像这是他的家。他这种人,不成功才怪。脸皮厚的人才能成功。老百姓话讲:脸皮薄,吃不着。跟钱程这种人相处,有些事情总好像是他在背后推着你往前走。不知道葛红是不是有这种感觉。乐章不喜欢钱程这种类型。葛红会和这种男人睡到一张床上,让她感觉不可思议。

钱程不但坐下了,而且没有马上想走的意思。跟她说话:“乐章,你不用张罗给我倒水,我坐几分钟,说两句话就走,不耽误你休息。”一副泰然的样子,好像乐章正在张罗给他倒水似的。乐章听了他的话,顺势坐到他对面的沙发上,再不想动弹。看他怎么表演吧。

“乐章，谢谢你收留了葛红。我估计她肯定在你这儿说了我一堆坏话，她说了什么，我不问你也猜得差不多，说我在外面搞女人什么的吧。我想跟你说的是，她的话你可以信，但别全信。我这种人，不是吹牛，真想搞女人，我会瞒着她，瞒得好好的，怎么可能让她知道？实际上是她跟我分心了，这几年背着我自己存私房钱，让我发现了，她竟然要挟我。在社会上混，跟个把女人近便些的事情可能有，像她说的那么严重，不可能。我多大岁数了？这点道理不懂？倒是葛红现在闲得无聊，穷讲究，总找我的茬，我怀疑她是不是更年期提前了。有时间你多打电话劝劝她，我会感激你的。毕竟她在我一无所有的时候跟我去北连，这事我会记一辈子。至于她存放在你这儿的东西，你就好好替她收着吧，难得她还有信得着的人。行啦，我走了，你把门锁好。再见！到北连给我打电话！”

钱程说话算话，事情说清楚了马上走人，没乐章想象的那么难打发。乐章却出了一身冷汗：钱程知道葛红在她这儿存了东西？是他猜的，还是葛红有意告诉他的？他为什么不逼着她把东西交出来？就像那些警匪片里演的那样，手里拿把枪或者什么钝器，让她想反抗也反抗不了。如果真是那样，她肯定做不了江姐，不用他动手打她没准就招了。反正葛红给她留的钥匙没头没尾的，既没说哪家银行，更没告诉她密码，交给他还不等于白交？

且慢！葛红这样把钥匙交给她，是不是已经预料到钱程会识破，会来找她？！告诉钱程她背着他存了东西，然后看看钱程的反应。天哪，这两口子简直绝配！打的什么哑谜、玩的什么把戏？！乐章理解不了他们，头疼，上床之前祈祷：让我睡个踏实觉，谁也别来烦我！

葛红跟钱程回了北连，一次电话没给乐章打，人间蒸发了一样。乐章乐得她不来电话。不知道应该跟她说什么。这丫头变了，不光是穿着打扮、做派上的变化，是骨子里变了，变得乐章不但感觉陌生，甚至有些担心害怕。她跟钱程之间的事情，太复杂，乐章想不明白，也懒得去想。如果夫妻之间非得这么提防、这么互相算计，乐章早就不会考虑要什么婚姻，就是有了婚姻早晚也得散伙。所以，尽管乐章年近四十仍旧是一个人生活，她却自认为生活得很快乐、很幸福。一个自认为生活快乐、幸福的人，说话办事通常会浑不吝，自信让一个人阳光灿烂，别人说点什么过头的话也不会往心里去。一般三十岁以上还没结婚的女人，在熟人眼里多少都性格怪异，跟她们说话要小心，乐章却没给人留下这种印象。一些聚会的场合，甚至有人专门拿她的未婚开玩笑，因为知道她不会恼。岂止是不会恼，有些时候，乐章反唇相讥的一些玩笑让那些结了婚、什么话都敢说的男人都得费点心思应对。最近的一次，大年初六，跟党校一起读在职研究生的同学聚会吃饭，乐章给男同学的敬酒词是："祝在座的各位男同学新年身体健康、心情愉快、工作顺利，如果新年里有同学想离婚换老婆，请优先考虑本人，本人大学毕业、研究生在读、行政级别副处、有分期付款大房子一套、未来两年之内有买小轿车的打算和实力，而且性格温柔、长相上乘，请大家不要客气！"包房里正准备倒酒的服务员小姐笑喷，倒酒时手止不住乱抖，男同学哄堂大笑之后谁都不敢搭言了，怕一句话没说好成为众矢之的。男人就这样，你在气势上把他们压住了，他们也心虚。都是在社会上有地位的，开开玩笑行，偷偷摸摸有个把情人可能，让他们大张旗鼓离婚另娶，没几个男人有这种胆量。那叫自毁前程。男人虚伪着呢，虚荣心强着呢，一般情况下乐章不会主动去招惹他们，但乐章敬酒之前颇有几个男生仗着酒劲对乐章的未婚说三道四开露骨的玩笑，乐章干脆把话说透，你说透了，他们只能吓回去，意料之中，意料之中。

和葛红疏于联系，除了对那两口子有看法，还有一点特殊的情况在里面。乐章又谈恋爱了。对象吴昆仑是老田介绍的，在一个区里的工商所当所长。工作不错，年龄也相当，只比乐章大三岁。唯一遗憾的是以前有老婆。老婆有病，治了几年没治好。庆幸的是两个人没有孩子。对于吴昆仑的婚史，乐章倒不是很在意。以前她是在意的，结过婚的一概不考虑，后来发现自己如果还想结婚的话，对这个条件就必须放宽。男人哪有几个过了四十岁还没结婚的？男人和女人的不同之处在于，男人总是早早就把婚结了，没结婚的都是女人，而且是条件好的女人。丑女人都能嫁出去。吴昆仑长得也不错，尤其穿上制服，很有点国家干部的尊严。据说他对死去的女人很好，一直伺候到死。也算是个有情义的男人吧。而且，随着两个人交往的不断深入，乐章从这个男人身上找到了越来越多的优点，比如，工作上进，从他的言谈话语中你能感觉出来这是个很敬业的人。出手也大方，拉着乐章去几回汽车专卖店了，只要乐章点头，马上就会掏钱买车的意思了。乐章迟迟没点头，表面的借口是没有一下子看上的车型，其实是心里对她和吴昆仑的关系还没最后下决心。乐章不是那种占人家便宜的小女人，如果她决定嫁给这个男人了，她可以要这辆车，一家人么，不说两家话。现在是她还在犹豫。上床归上床，上床离嫁给他还有那么点儿距离。在心底深处，乐章总还有一种不太踏实的感觉。吴昆仑太聪明了。聪明到什么程度呢？听乐章说了她爸闹人的事，人家很快就给她想出对策：给她老爸找活干。吴昆仑认识一家街道小印刷厂的厂长，跟厂长说好了，派厂子里的人三天两头儿把需要校对的稿子给乐章老爸送去，名义上是让他校对，实际上还不是哄他开心。乐章爸没退休时在大学里教古代汉语，语言功夫那是没得说，当校对是绰绰有余。其实就是他的水平极低，也没什么关系，校对的事纯粹是哄他的，人家印刷厂压根儿也不在乎，校完的稿子看不看都很难说。如果不是吴昆仑的关系，谁会请他干这种活？年富力强的有的是，谁会去用一个七十多岁的老人？

老爸却乐得天天坐到书房里去查字典，对那些写得不成句子的文章破口大骂，把稿子改得一片通红，果然再很少折磨乐章妈。乐章在心里烧高香！

人太聪明了，有时候也让人害怕。

但总的来说，她对吴昆仑真的很满意，就差把他带回家给爸妈看了。既然早晚得结婚，不行就这个吧。

乐章没有兴致去想葛红和钱程的事情，但有些时候，葛红和钱程的形象却不请自到，不知道什么原因一下子出现在她的脑海中，不想都不行。想得最多的一件事，还是葛红交给她的保险柜钥匙。正像葛红说的那样，她把钥匙放到《鲁迅全集》的封套里了，乐章把钥匙跟自己最贵重的金银首饰放到一起，每次换首饰的时候，就能看到那把钥匙。忍不住在心里猜想银行保险柜里是什么。钱程跟女人偷情的照片？有了这样的照片，钱程真想离婚，成本就会很高，他就得考虑离婚这桩生意是否划算。或者是钱程公司经营中一些违法、违规的证据？这种内容，也许是钱程最怕的。弄不好会身败名裂。没见江苏一个什么官就是老婆忍无可忍向检察部门举报的吗？葛红也许生活中有越轨的地方，但以她的条件，顶多也就是有点婚外恋，而钱程抓在葛红手里的毛病，可能会把他送进监狱。

但也许，把东西存银行保险柜里真的只是葛红吓唬钱程的一个手段。保险柜里的东西没准是葛红值点钱的珠宝首饰。葛红这样有心计的女人，也许连朋友也信不过，只是利用她吓唬一下钱程而已。真正机密的内容，她会另有安排。但愿！这是乐章最希望的结果。如果钱程真是一个犯了国法的人，乐章希望他们夫妻之间的事情跟自己一点边都不挨。

有机会去北连是夏天。省里在北连开行业年会。这种年会，一般都在省里风景好的地方开，也是借个由头犒劳大家。正常情况下，这种会老田处长要去的。老田这人爱玩，爱热闹。但今年的年会，老田早早就声明她不去了，让乐章去。她不说理由，乐章当然也无须问，心里明镜似的。局里女同志体检，查出来老田乳房有肿块，确诊是乳腺癌。老田在这件事上很有气魄，当机立断，切除。安了一个假乳房。这件事以后，老田像换了一个人，私下里跟乐章说，她现在仕途上的任何事情都不想了，只想着到日子赶紧退休回家，健健康康地看女儿大学毕业，找个好对象，给她生个小外孙。老田结婚晚，生孩子也晚，跟她同龄的女人，早就有当姥姥的，她家女儿刚刚考上大学。

去北连，走高速公路不到三个小时的车程。夏天，窗外一片绿色，养眼睛。乐章坐在车上，心里乱七八糟的。她在考虑到了北连以后是不是去见葛红。那把钥匙像一枚定时炸弹，搅得她心里不踏实。得找个机会把钥匙还给葛红。还给她的前提是见她。乐章有点不想见她。

会址在海边一家疗养院，住的地方离海边不到二百米，到的当天中午，就有人去海边游泳。乐章也随着大伙去了海边。她游得好，各种泳姿都会，让几个不会游泳只敢在海边湿湿脚的同行羡慕。回到房间正洗淡水澡时，房间里的电话响了。同屋的小柳接了，告诉她有人找。乐章在卫生间接了分机，一听声音，她就知道是谁了："你怎么知道我在北连？正准备给你打电话呢！"

葛红在电话里得意地笑："北连屁大点地方，什么事能瞒过我？等着，我去接你。"

十分钟就有人来敲门，让乐章惊讶北连确实小。门口站了一个穿着大花沙滩套装的女人，墨镜、软帽，一身的休闲。正是葛红。葛红进屋，先给了她一拳："跟我保密哈！"然后，塞给乐章一个袋子："换上！""什么？""沙滩装。我在好娃姨买的，咱俩一模一样！""好娃姨"是什么地方？乐章心里嘀咕了一会儿，看葛红的打扮，忽然悟出来，"好娃姨"就是夏威夷。看看，人家学世界历史、去过美国的跟她这个只因公去过韩国的人是不一样。说地名都原汁原味儿。屋里还有一个小柳，说话不方便，葛红拉乐章走："去我家！"

她家离疗养院走路不过五分钟的距离。这一带是北连的高档住宅区，除了几家疗养院，再就是傍山坡上一栋栋朝向大海的别墅。从葛红家的院子能看见不远处青蓝的大海。乐章穿上葛红送她的沙滩装，那种大花的图案让她不自在，却也不好拒绝。两个人穿着一样花哨的衣裳，歪在葛红家院子里的躺椅上，一边眺望大海一边说话。葛红告诉她："这几天过来住吧，我这儿条件好些，也不影响你开会。"

"拉倒吧，我可怕见你家钱程。"

乐章话里有话，葛红不会听不明白。但葛红的聪明在于她揣着明白装糊涂："你怕他干啥？再说他也没在家。他在美国。后天才回来。"

钱程不在家，乐章心里稍稍踏实了些。原来葛红跟钱程一起去的美国，快开学了，葛红先回来，钱程在那边还有公干。看样子两口子关系修复得不错，都一起出国散心了。夫妻间的事情，乐章真的不懂啊。

正说话时，一个小姑娘过来给她们送茶。葛红告诉乐章："这是小秀。秀，今晚加菜。忙不过来让王姐帮你，待会儿你把二宝推出来，让他晒晒太阳。"

二宝是谁？乐章心里画浑儿。没等她问，葛红自己说出来了："我和钱程收养的一个男孩儿。钱程喜欢儿子，了他心愿吧。"

二宝躺在儿童车里。小秀把他推出来时，二宝刚醒过来，大眼睛，眼睫毛很长很长，眼仁儿黑得像墨，亮且有神。是一个长得很好看的小男孩儿。三四个月的样子吧。乐章没带过孩子，看不大懂，但她能看出来孩子很小，从孩子的长相，可以推测孩子的爸妈应该很好看。再细端详孩子的模样，她心中吓了一跳：孩子的脸上有她熟悉的地方。像一个人！

乐章把她的发现埋在肚子里，不敢说出来。她一眼就能发现的东西，葛红会发现不了？她理解不了这样的事情，更理解不了葛红的泰然。"看出什么了？你还挺行的么。二宝的爸就是钱程。我同意收养孩子的前提是钱程不能离婚，给我和小宝足够的财产外加一个完整的家。钱程也答应了。”葛红说。

看她好像不在乎，乐章才敢说：“读不懂你。”

“有什么读不懂的？二宝就是个人质、是个把柄。有他在，钱程再不敢有别的想法了吧。”

“那二宝的妈妈呢？就你上回说的那女人？”

“出国念书去了。生完孩子就走了。”

“她舍得扔下自己的亲骨肉？”

“舍得舍不得她都得走。这么走她能拿到自己读书的费用，二宝将来的教育费、生活费也有保障，他就是养子，也是活在一个有钱的人家。换个走法，那就不知道怎么回事了。”

正是下午天热的时候，艳阳高照，乐章却感觉身上冷飕飕的。心里也是冰凉冰凉的。她不敢直视葛红。这个女人不但让她感觉陌生，简直就是害怕。她竟然能如此坦然接受钱程跟别人生下的孩子，天天看着这样一个孩子在自己身边成长，她的心里得有多么刚硬？！换成她自己，不知道该受怎么的煎熬，死的心都有吧。葛红的变化让她感觉害怕，让她跟这样一家人一起住几天，她受不了！

乐章坚持要回疗养院去住。葛红看她态度坚决，也没再强留。乐章在北连一共开四天会，再没去葛红的家。中间又见了一次葛红，也见到了钱程。钱程两口子在本市最大的饭店渤海渔家请客，不是请乐章一个人，请的是开会的全体人员！当然，人家是企业家，有实力，你管人家图什么，人家愿意请客肯定有自己的道理。因为跟钱程和葛红有一层同学关系，吃饭的时候乐章被请到主桌上。钱程敬酒、讲话，那种自如、自信，如果不是乐章带着偏见看他的话，还真的有一种成功人士的气派在里面。陪坐在一边的葛红，一套淡黄色的西装套裙，配着颈上白色的野生珍珠项链，高贵、典雅，坐在钱程身边谈笑风生，为钱程布菜、斟酒，一副娴雅、幸福的模样。如果不是有过前一段经历，乐章的心里对这样的场面一定会羡慕得不得了。现在，她的心里百味交集，如坐针毡，恨不得酒会一下子结束。

临走时给葛红打了一个电话，葛红来疗养院送她，这回是开着车来的，后备厢里装着北连的特产，直接放到会议的大客车货箱里。那些特产，一半是给乐章的，另一半，葛红让乐章捎给她在省城的父母。

与葛红分手的时候，乐章把钥匙交了出去。葛红已经不需要她保存钥匙了吧。她把钥匙从包里掏出来的时候，葛红一句话都没多说，接过来就揣进了自己的兜里，脸上的平静和自然，让乐章心里动了那么一下，很快也跟着葛红平静下来。不过是一把钥匙而已啊。但是，临分手时葛红说的那句话却让她心潮澎湃，再也平静不下来了。葛红问她："吴昆仑怎么样啊？什么时候喝你们的喜酒？"

葛红问得漫不经心，乐章心中却是一跳！跟吴昆仑的交往，单位只有老田一个人知道，她连自己的父母都还没告诉，也从来没在葛红面前提起过，她怎么知道？而且知道两个人已经快谈婚论嫁了？！难道吴昆仑是葛红和钱程的卧底？怪不得人家知道你到北连来开会了。葛红还是钱程？把钥匙放到她手里了，等于是把把柄交给了旁人。对她不放心，找个自己人放她身边、控制她？她不知道怎么回答葛红！她自认为迟到的爱情，难道只是人家两口子互相掣肘的副产品吗？老田知道这其中的原委吗？这样的事情，乐章想不明白啊！怎么可能就让她赶上了呢！果真如此，她和吴昆仑还有未来吗？

离开北连，乐章走得慌忙，有点仓皇出逃的感觉。车行半路，才想起来有东西落在疗养院了。是葛红送她的那套沙滩装。头一天晚上洗过晒在房间的阳台上，走的时候忘收了。想给葛红打个电话告诉她去收一下，想了想，把念头打消了。那种衣服不适合她，就是拿回来她也不会再穿了。就不是她的东西。是老天爷让她落下的吧。每个人的幸福感不一样。葛红穿着那样的花衣裳感觉良好，她乐章穿着却不舒服，如芒刺在身。

窗外是成片的大苇塘。芦苇荡起伏跌宕，晃得乐章有些晕车了。

准备离婚

老潘和李迎春正式搬到一起住之前，李迎春对他说过：以后老潘爱上别人，她会尊重他的选择。也就是说，老潘虽然跟李迎春组成了家庭，但随时可以离婚走人。

这里面有点特殊的背景。李迎春农村出身，大学毕业以后分到机关工作，机关没有独身宿舍，给她在办公室临时支了一张床。办公室还算大，李迎春的床被办公橱柜挡在门后的一个角落，外面不知情的人，会以为那里是放办公用品的地方。一个女孩子住办公室，要多不方便有多不方便。算李迎春自己，七个人有钥匙，虽然下班以后办公室里只剩下李迎春一人，通常不会有人再来，但一个没结婚的女孩子刚到人生地不熟的单位，心里难免时刻吊着，总要做好随时有人进来的准备，下班以后也不敢穿家常的衣服，每天早晨更要早早起来——她在办公室住，打扫卫生的任务理所当然地落在她身上。扫地、擦灰、打水，是大学毕业生李迎春的早晨三部曲。

但是李迎春没有怨言。农村出身的女孩子，凭自己的努力上了大学，每个月拿十八块钱的助学金，基本上没用家里搭钱，毕业了还给分配工作，她要有怨言，那是没良心。更何况，安排她住办公室的第一天，主任就跟她说了："临时的，克服点儿。咱机关就这样好，都能分到房子。"

主任没说诳话。李迎春在办公室住了不到一年，机关又下来一批房子，有人搬新房，倒出来的旧房子就可以给无房户或者面积不达标的职工。李迎春是干部身份，又属于无房户，加分上有优势，分房的时候排在中间靠前位置，处里老同志帮她算过，她有希望分到一套独单。没结婚就能分到房子，李迎春高兴，有一个自己的窝，她才算真正的城里人，以后老家来人就有地方投奔了。所以后来听说分房方案可能有变时，她就像十冬腊月被人当头浇了一盆凉水。据说，几个排在她后面分房不理想的老职工，联合起来去找分房委员会，以李迎春没有结婚为理由，想把她的分房资格往后挤。往后挤也能分到房，但不是独立单元了，可能会是两家合住的插间。再往悲观一点分析，也可能这次就真的分不到房了。处里有人同情李迎春，把这个消息透露给她，李迎春的失望就变成了气愤。有热心人给她出主意：去找领导。分房委员会的主任是管后勤的柴副局长，要找就找他。李迎春那时刚毕业，初生牛犊，让她找谁都敢，电话也没打一个，她就敲了柴局的门。到机关工作一年，李迎春还从来没进过柴局的办公室，第一次进来竟然是为了分房子的事。进了柴局的办公室，李迎春心里才感觉有点不安。好在柴局还算慈祥，听了她的倾诉，深表同情："女孩子，住办公室是不方便，我也希望这次能给你解决。只不过房子有限，有些老同志走五七回来的，子女进入婚期，他们的困难也是实情。以前我们没给未婚的同志分过房子，你是头一个，所以才给了一些人理由。怎么办呢，咱们一起想想办法。有对象吗？你现在要是有了结婚证，我就好说话了。"

柴局是"文革"前的老大学生，也是农村出身，对刚毕业分来的大学生李迎春有印象。这姑娘朴实、勤快，工作也认真，处里反映挺好。让一个没结婚的女孩子住办公室，万一出点什么事儿，在局里影响不好，对他这个管后勤的领导也不利，所以他才说了点拨李迎春的话。李迎春实诚，刚开始没反应过来，以为柴局是用话搪塞她。结婚是那么简单的事儿吗？倒是有热心人给她介绍对象，几个对象都是见了她的面就再没下文，李迎春心里明白怎么回事儿，也不再追问。李迎春知道自己长得没优势。她的身材粗壮，在农村老家可能不算什么，这种身材在老家还吃香呢，上山打柴、下田种地，没有强壮的体格行吗？可到城里就不行了，城里的女孩子一个赛一个苗条，杨柳细腰，婀娜多姿，把李迎春显得五大三粗。身材不苗条，皮肤也粗糙，黑里透红的乡下底子，读了四年大学一点儿没见白，女孩子们互相交流往脸上抹什么合适的时候，李迎春总是一言不发，她知道自己参与这种话题是自取其辱。读大学时她的同学里有下过乡的老知青，还有结过婚的孩子妈妈，像她这种未婚的女孩子应该是香饽饽，但因为她的长相，竟然没有一个男孩子追求她。长得丑，李迎春认了，她对自己这辈子的婚姻也没抱什么幻想。所以，柴局提示她只要有结婚证就可能给她房子时，她的心里翻江倒海了一样。哪壶不开提哪壶。这么短的时间内让她拿出结婚证，不是跟尼姑要孩子吗？

想明白了这件事的难度之大，李迎春反而平静了。李迎春信命。是你的早晚是你的，不是你的强求不得。给房子更好，这次不给，早晚得给。住办公室也没什么了不起，她在农村老家不是跟一家人住一铺炕吗？那条件跟办公室比可是差多了，好歹晚上这是一个人，也算单间呢。想开了，在同乡聚会的场合，李迎春就把分房子的事儿当笑话讲了，没想到她的话有人会往心里进，第二天就给她打了电话。

往心里去的那个人，就是老潘。老潘其实不老，年纪也不比李迎春大，不知道为什么同乡都称他老潘，李迎春是随着大伙儿叫的。老潘跟李迎春算大同乡，属于一个市，但不在一个县。他们读的同一所大学，老潘读工科，李迎春读的是文科。在大学里就认识，同乡之间有来往，毕业了分到一个城市，都没结婚，有的是时间，偶尔同乡聚会能碰上，渐渐地就有了来往。老潘毕业分到一家工厂，工厂有宿舍，虽然挤点，感觉还算正规。老潘给李迎春打电话，电话里约了晚上在大光明电影院见面。大光明电影院只是他们接头的地点，他们没去看电影，吃过李连贵大饼，坐在电影院门前的马路牙子上说了一晚上的话，中心话题是分房子。老潘的意思是：机会难得，下次分房子不知道什么时候呢，李迎春你应该珍惜这次机会。李迎春承认老潘说得对，但是她也说了心里话："我总不能为了分房子随便上大街上找一人结婚吧？我就是随便拉一人，人家还不一定敢呢，没准儿以为我是精神病。这种事谁敢相信？"

老潘也承认李迎春有道理，但他还是认为李迎春不应该放弃。身为同乡，他对李迎春有一种莫名的同为天下沦落人的责任感："咱农村人，想在城里有一套房子那么容易啊？我认为你还是不应该放弃。"

"你说得轻巧。咱还是老乡呢，还认识呢，我拉你现在去拿结婚证，你能同意吗？"

李迎春说这话事先可没深思熟虑，纯粹是现场发挥，也是有一种抱怨在里面。没想到她的话让老潘沉默了，老半天不说话。两个人就那么闷着，看马路上人来人往像乡下过年演出的驴皮影儿。光明电影院门口是商业街，夏天的晚上，乘凉的、逛街的，人不少。老潘闷着不说话，李迎春以为自己说话过火让老潘生气了，没想到老潘慢慢吞吞地冒出一句："为了你能分到这套房子，我愿意。"

老潘的这种态度，李迎春没有精神准备，愣了一会儿，眼泪嘀嗒嘀嗒就下来了。李迎春这辈子头一次当着男人的面流泪。老潘的态度出乎她的预料。因为有了老潘的这句话，因为她一点都没有准备地掉了眼泪，她才意识到自己对分到一套房子有多么渴望。所以，当她冷静下来，意识到老潘的承诺不太现实时，她对老潘还是充满了感激："老潘，谢谢你这么安慰我。"

"怎么是安慰你呢？我是真心想帮你！"

"这么大的事，你怎么帮我？你家里能同意吗？"

"还要别人同意干啥？咱就是领张证，把房子分到手再说，又不是真结婚。不想让他们知道他们就不知道，这有什么难的？！"

按老潘说的，这事儿太轻巧了，是不难。包括李迎春的家里，虽说婚姻大事必须通过父母，可这是特殊情况呀，他们又没想真结婚，可以不必对他们说的。天大的难事，到了老潘这儿，好像一点儿都不难了。在这个城市里，李迎春头一次知道自己还可以依赖一个人，一个男人，这个人就是老潘，她对这个本来非常陌生的城市忽然有了一种好感，有了一种回家的感觉。

这种感觉，在她如愿住进一套独单以后更加明显。柴局没有食言。李迎春有了结婚证，柴局在分房会上拍板就很硬气。大学生是人才，重视人才是上面的精神。李迎春分到的独单是七楼，楼层高点儿，但采光好，有厨房、厕所，房间足有十八平方米，看上去是那么空旷，让李迎春犯愁得买多少东西才能把屋子填充起来。李迎春毕业刚刚一年，手里的积蓄极其有限，暂时她是没有能力往房子里多搬东西的。周末，老潘骑自行车拉她去市场买了大白粉，旧房子粉刷一遍，屋子里顿时亮堂起来，像新房子一样。因为她的特殊情况，主任特别默许她把办公室里的那张床搬过来，从此李迎春有自己的家了！

分完房子，处里开始有人问她什么时候喝喜酒。虽然有了结婚证，仪式也还总得搞一个吧。李迎春心里面为难，表面上还得应付，人生第一次撒了大谎，那种滋味，要多难受有多难受，但跟有一套自己的房子相比，这种难受就被压下去了。房子到手，她才发现这事儿其实不像老潘说的那么简单，也不像自己一开始想的那样容易。第一，现在两个人不能马上去办离婚手续。离婚得单位开介绍信，你刚把房子分到手就去办离婚，单位给不给你开是一回事，就算给你开了，你假结婚骗取住房的事情马上就露了，在单位你还怎么待？从此人们不都拿有色眼镜看你了？张不开这个嘴呀！丢不起这个人哪！都说车到山前必有路，路在哪儿呢？李迎春看不到方向。

幸好老潘没拿这事为难她。要说老潘这人，够热心肠，仗义，心也够大的。两个人虽然领了结婚证，在他好像没这码事儿似的，当她面从来不主动提，在熟人、同乡面前，更是一个字都没露过。这样好，李迎春不必难为情，可也让她看明白了老潘确实只是仗义，对她没有一丝一毫男人对女人的那种意思。李迎春对老潘心存感激，另一方面，心里头也是冰凉冰凉的：男人对女人的长相真是没有不在乎的啊。自己这辈子，想找个合适的男人不容易。像老潘这样的男人，那就更不容易了。

同是农村出身，老潘却长得洋气。皮肤白，头发密密实实，还有点自来卷儿。李迎春跟他开过玩笑："查查家谱，你们祖先是不是有洋人血统？也许有老毛子血统吧？"李迎春还真说对了，老潘祖上真有老毛子血统。有老毛子血统的老潘在大学里很招女生的喜欢，已经有了一个女朋友。女朋友是他同学，广东人，家里有海外关系，毕业就去美国留学了。老潘的计划，三年以后他也是要去美国留学的。为什么要三年呢？因为那时候除了国家公派的留学生，大学毕业生想自费出国留学，必须得为国家服务三年。或者你家里拿得出钱，把读大学四年的费用交还国家也行，培养你四年，国家是有成本的。老潘的现实是，他家穷，不像他女朋友家能拿出这笔钱来。所以他只能打定为国家工作三年这个主意。因为有出国留学的想法，毕业分配的时候，他高风亮节，留校的名额、科研院所，他一个也没争。又没想在国内长呆，占了好名额，不是浪费资源吗？

这些事，老潘没跟李迎春讲过。老潘是个嘴巴非常严实的男人。

三年时间，说长挺长，说短也短。往长里说，三年时间足够老潘帮助一个女孩子拿一张结婚证，帮她分到一套宝贵的房子。多少个夜晚，他在集体宿舍夜不能寐想念远在美国的女朋友时，他会觉得时间无比的漫长。过来人常常慨叹青春的短暂，可是作为当事人，当你青春年少的时候，你不会觉得时间短，你会觉得时间长得不得了，有大把的时间可以供你挥霍。老潘那时就是这种感觉。他在工厂当技术员，天天在车间里听机床轰鸣，周而复始的那种单调，让他觉得时间非常难挨，下了班，赶紧找事儿换脑筋，好像只有这样一天的时间才没白过。踢球、喝酒、打扑克、闲扯淡。这些玩乐通常需要有人配合，跟老乡的聚会就免不了。聚会的地点，有时就在李迎春的家。从法律上讲，那也是他的家，但除了他和李迎春单位，老乡们还不知道这件事。选择李迎春家并不是他觉着帮助李迎春分到一套房子自己就有了权力，而是他们那些刚毕业的大学生，大部分都住集体宿舍，有房子并且还是一个人的，李迎春唯一。李迎春虽然长得粗糙点儿，人却实惠，每次有同乡来，烧水、做饭，一点怨言没有，一点花架子都没有，大家感觉自在、随意，都爱来。粗茶淡饭。面条、煮苞米、大米饭、酸菜汤。年轻人，只要有现成饭吃，有玩的空间，足够了！

搬进新房子时间越长，李迎春心里越不踏实，几次想跟老潘提去办离婚手续的事儿，却张不开嘴。她跟老潘已经很熟了，熟到逢年过节单位分了好东西，她可以很自然地打电话请老潘过来帮她吃掉，也算是帮老潘改善生活了。但让她张嘴跟老潘说办离婚手续，她总觉得有点张不开口。恐怕单位开不出介绍信、马上离婚有难度当然也是一个理由。既然老潘不主动提，就当没这回事儿吧，什么时候他主动提再说吧。分房子过程曲折，单位的人都知道她是结了婚的，再没有人给她介绍对象。老潘在法律上占了丈夫的名义却不肯跟她行婚姻的实质，又有点让她有苦说不出。在她老家，她的同龄人孩子都有上学的了，可她的婚姻还没有影儿，能跟她生儿育女、给她一个家的男人还不知道身在何处，一个女人，活到这份上，她觉得自己很委屈，很失败。

所以，那次老潘酒喝多了留下没走，李迎春是半推半就。推是女人羞涩的本能，他们之间从来没谈过感情，一个没有经历过男人的女人，拒绝男人的亲近很正常。所谓就呢，也很正常。老潘是个好男人。长得好，品性也好。李迎春是这么认为的。至于他仗着酒劲不走，李迎春从内心里讲并不反感，甚至有过暗暗的期待。两个人是领过结婚证的，就算将来总有办离婚手续的那一天，早晚也会让大家知道两个人是结过婚的。结过婚却没上床，谁会相信？枉担了虚名就有意义吗？就能显出你的纯洁吗？两个年轻的躯体，当一道门把他们跟外界隔开，当一张结婚证书给了他们合法的勇气，生理正常的身体能做什么事儿谁都想象得到。李迎春没经历过男人，老潘却经历过女人，有经验的老潘引导着李迎春从无知到体验出快乐，不需要很多次。有了第一次，再后面就顺理成章了。李迎春不主动，但老潘只要想留下来，李迎春从来不会表现出一丁点儿的不乐意。李迎春人长得粗，心却不粗。她感觉出老潘这段时间情绪好像不对头，至于为什么她又不好张嘴问。既然这件事能给老潘带来快乐，也给她自己带来快乐，那还犹豫什么呢。每一次结束以后老潘总是平静地睡过去，李迎春不舍得睡，轻轻用手抚摸着老潘比她还白的皮肤，嗅着老潘张开的毛孔散发的男人的气息，李迎春心里既快乐又悲伤。能跟这么优秀的男人同床共枕，在此之前李迎春不敢设想，她发自内心地快乐。可一想到老潘只是她生活中的过眼烟云，她又感觉无比地悲伤。用不了多久，这个优秀的男人怀中将会拥抱一个更优秀的女人，那个女人比她白，比她年轻，比她漂亮。而那时候，又有谁来陪伴她的生活呢？一张单人床，两个人睡着很挤，可她已经习惯了挤，将来老潘不和她一起挤了，她会习惯吗？

所以，当李迎春发现自己月经迟迟不来时，她是悲喜交集。喜的是自己也像同龄人一样有了做母亲的可能，悲的是，这个孩子她有资格生下来吗？！

所以，她把怀孕的消息告诉老潘时，她的内心是悲壮的。老潘是个好人，已经给予她太多，如果这件事让老潘为难，她不会犹豫，她会去医院把孩子打掉，尽管她是那么舍不得肚子里这个没谋过面的孩子。头生子都聪明呢。如果她的孩子长得像老潘，她得多幸运啊！

这一次，老潘没像跟她领结婚证那么痛快。老潘脸色很难看，说：“给我几天时间，让我想一想。”从此电话也不打一个，人也不来了。李迎春不知道他说的“几天”是什么概念，三天还是五天？好像十天之内都算“几天”吧。等了一个星期，已经等到绝望、准备自己一个人第二天就去医院的时候，老潘来了。老潘瘦了，眼睛也没有以前有神，让李迎春心疼，感觉对不起老潘。这件事实在让老潘为难了。老潘的神情让李迎春下定决心，无论老潘做出什么决定，她都不会抱怨一句。她做好了最坏的打算，没想到老潘会说：“咱们结婚吧。”

老潘的这句话，让李迎春又一次流出了眼泪。老潘的决定，毫无疑问是李迎春内心最渴望也是最不敢想象的，老潘真是太好了，老潘是世界上最好的男人。在黢黑的夜里，躺在老潘的怀抱中，李迎春说：“老潘，什么时候你有了真正中意的女人，只要你说一句话，我不会为难你，你随时可以离开。”

那时候老潘刚刚从她身上下去，不可能听不见她的话。但是老潘一句话都没说。屋子里没开灯，李迎春看不见他的表情，不知道他是怎么想的。不管他怎么想，李迎春相信自己一定会说到做到。老潘跟她结婚，委屈他了！

他们是在领过结婚证两年以后正式搬到一起的，那时候李迎春已经怀孕三个月，肚子还没显出来。李迎春曾经在心里暗暗渴望能有一次张灯结彩的婚礼，像单位那些新来的大学生一样，婚礼上的新娘子，一个个看上去都是那么灿烂，一个女人，一生当中应该有那么一次娇艳辉煌的时刻啊。关于婚礼的仪式问题，李迎春只跟老潘提过一次：“要什么仪式吗？”老潘看都没看她一眼，不假思索地回答她：“算了。”“你们家那边儿呢？”“也算了，我跟家里解释。”

这是嫌她丑啊。李迎春心里这样想着，倒也没怎么伤心。老潘能跟她结婚，让她体面地生下一个孩子，而且还给过她那么多快乐的夜晚，她已经心满意足。男人也有虚荣心，老潘大学毕业，他老家的人肯定以为他会娶一个如花似玉的城里姑娘，让他带一个丑的回家，老潘面子过不去，他家里人的面子也过不去。现在这样也好，跟老家说在城里办了，买几斤糖，两个人的单位散一散，跟单位的人说婚礼是回老家办的，单位的人也就理解了，结婚是你们自己的事情，没有人死乞白赖地深究。

李迎春怀孕期间妊娠反应极重，什么都吃不进去。一般的女人只在两三个月的时候反应重些，李迎春却是从头反应到尾，一直到生下女儿娇娇才停止了呕吐。那些日子李迎春很少能吃下去东西，人迅速瘦了下去，生完孩子再没胖回去，别人生孩子长肉，她和别人相反，生完孩子比原来苗条了一大截。李迎春反应重，却从来不在老潘面前表露，能忍尽量忍着。

老潘虽然用实际行动承认了李迎春是他的妻子，但李迎春能够感觉他有点心不在焉，在家里跟她说话时常常走神，不知道他心里面在想着什么。李迎春对老潘的这种态度不计较。他就是这样性格的男人么，虽然平时挺闷的，但关键时刻能站出来，能担起男人的责任，足够了。

生下女儿娇娇，李迎春的妊娠反应才停止，她的心也放下了。她终于生下了一个有父亲的孩子，一个女儿。怀孕期间，老潘基本上不碰她，让她以为老潘是看不上她。本来就丑，怀孕使她变得更丑，她自己知道。她在心中暗自祈祷，希望老潘能够坚持，就算他后悔了，想离婚的话，至少等她生下孩子啊，让她的孩子有过父亲啊，要不然孩子长大了，她怎么跟孩子解释呢？跟亲戚和单位也不好交代啊。因为老潘在她怀孕期间的态度，李迎春已经做好了充分的精神准备。大不了她自己抚养孩子长大。她有一间房子，有自己的工资收入，养活一个孩子还是可能的。像她这么丑的女人，有老潘这样的漂亮男人肯给她做孩子的父亲，她已经知足了。

妊娠反应严重，生孩子的过程却还算顺利。娇娇实在太小，生下来才四斤一两，捧在手里比娘家那只叫花儿的猫还小，让李迎春无比忧愁：这么小的孩子，侍候起来得多难啊！

随时准备着老潘可能提出来离婚，李迎春坐月子时能不让老潘动手时绝不麻烦老潘。不但不麻烦老潘，连老潘家里的人她也不去麻烦。老潘不带她回老家，她不挑。婆婆在她生女儿住院时来过。婆婆像她自己的娘家妈一样，也是农村妇女，从她的眉眼上看，老潘长得是像她哩，年轻时的婆婆一定很漂亮，但农村的女人到老了差不多都一样，操劳的啊。婆婆对她的态度，怎么说呢，既热情又冷淡。给她带了两个篮子的笨鸡蛋，还做了不少小孩子的被褥、衣裳。李迎春长得丑，加上生的是女孩儿，婆婆对她的这种态度她有心理准备。出院回家，婆婆就走了，没侍候完她的月子。说是地里的活离不开。走就走吧，婆婆真侍候她了，其实她心里还挺有负担的。再说家里只有一个房间，添了一张娇娇的小床，也真住不下外人了。

老潘第一次跟李迎春提出离婚那年，娇娇五岁。五岁的娇娇长得极漂亮，像洋娃娃。女儿继承了老潘的优点，白皮肤，卷头发，大眼睛。母女俩走在街上，有回头率。虽然跟女儿走在一起像陪衬人，有一个这样的女儿，李迎春还是知足，骄傲。她就愿意听别人跟她讲女儿长得不像妈。老天爷对她公平呢，知道亏待她了，在她女儿身上找补回来了。为了这个女儿，她吃多少苦挨多少累都心甘情愿。

事后回想，老潘提出离婚其实是有预兆的。老潘平时很少做家务，属于油瓶子倒了不去扶的那种丈夫。有点反常的就是那段时间。下班以后，老潘按点回来不说，偶尔还能淘好米，帮她把电饭锅插上，把晚上要做的菜择好。周末主动带女儿去公园，一玩儿一天。还用单位发的奖金给她买了一条水晶项链。他们结婚的时候，就是老潘把行李搬过来，老潘可是什么都没给她买过。老潘的这种改变，老潘对她的这种好，让李迎春受宠若惊、心里不踏实。老潘的反常掩盖着他内心的愧疚，他是在为自己后来的行动积蓄一种力量。她的预感很准。六一儿童节的晚上，娇娇早早睡了。白天幼儿园组织演出，娇娇有表演，李迎春和老潘都去看了。李迎春把娇娇白天演出穿过的服装拿到厨房去洗，上衣不知道蹭了什么，反复洗也洗不净。老潘坐在厨台边看她洗衣服，一根接一根地抽烟。李迎春被呛得咳嗽了几声，老潘才把烟掐了，说："别洗了，跟你说件事。"

说的就是离婚的事。虽然对这件事有精神准备，事到临头，说不激动是假的。李迎春努力控制自己的失望，不让自己的眼泪流下来，问老潘："阿秀回来啦？"

阿秀是老潘大学时的那个女朋友，后来去美国留学了。老潘没跟她讲过不等于李迎春就不知道。她还听说阿秀去美国以后没多久就跟一个洋人好上了呢。李迎春提起阿秀，老潘愣了一下，眼神却是暗淡的，又点了一支烟，猛吸一口："跟阿秀没关系。"

"她漂亮吗？"

"谁？阿秀？"

"我没问阿秀。那个让你想离婚的女人。"

"跟漂不漂亮没关系。"

"噢。"

跟漂不漂亮没关系！可能吗？！

李迎春伤心。自从搬到一起，她拿老潘当祖宗一样供着，不用他干家务，不跟他伸手要钱，他愿意吃什么就给他做，回来晚她从来不盘问他去干了啥，无数个夜晚，当他像所有的男人一样向妻子求欢时，她从来没拒绝过他，她像后宫里的妃子终于能够等到皇帝临幸一般去逢迎他。她把家里稍微富余点的钱都用在他身上了，用在他家里人身上了。给他买衣服、买高档自行车，他家里打井、盖房子、买农药，只要婆家人张嘴，她没空过手。难道这些还不够吗？！李迎春委屈得上班躲到洗手间去哭，把一双眼睛揉得像得了红眼病，回到家里，却像没事人一样答复老潘：“你想好了。什么时候想去办手续告诉我一声。我说话算数。”

“我什么都不要，净身出户。娇娇的生活费我给。”

老潘说话不看她。

李迎春很伤心，她甚至不肯问老潘那个女人是谁，虽然她是那么想知道她是谁，想看一眼她长得什么样儿。

离婚的事出了岔头是因为娇娇又病了。娇娇生下来先天不足，从小多病。婆婆埋怨他们给孩子起的名字不好。农村孩子，从小都起贱名，老潘小时候就叫过狗子。起贱名阎王爷不稀罕，好养活。你们给孩子起名叫“娇娇”，不明摆着是娇惯孩子吗？李迎春在农村长大，婆婆的话她懂，她李迎春自己的小名就叫丫蛋儿。农村的丫头、小子几乎都有一个贱名，她知道。但她的女儿是城市孩子，城市孩子跟农村孩子不一样。就算现在改过来也晚了，李迎春已经习惯了管女儿叫娇娇，让她给女儿起个别的名字，女儿还是娇娇，在她心里是改不了的。再说农村人那种看法还不都是迷信？

但不管怎么说，娇娇身体不好是事实，几乎没让她和老潘闲着。一岁时得疱疹，两岁时气管炎，三岁时支原体肺炎。无数次的伤风感冒就不用提了。娇娇瘦，有几次住院打针，手背上打不了，血管太细，护士说不好找，只好打头皮，还打过脚背。娇娇每得一场病李迎春都像被扒掉一层皮。娇娇五岁了，就今年好，除了一场小感冒，还没得什么大病。但小孩子的病是不能惦记的，李迎春刚想过女儿今年挺让她省心，娇娇就又病了。这回是身上起大扁包，莫名其妙地起。洗完澡，上外面走走，或者什么都没干，忽然就起来一片。去医院检查，大夫说是荨麻疹，过敏。化验过敏源，花了三百多块钱，几十种能做的过敏源都检查了，查不出来。你家孩子是过敏性体质，这种体质的人不少，但是身体强壮的犯病的就少。长大了也许自然就能好。光是过敏还好说，反正这种包也不痒，过一阵可能自己就下去了，关键是娇娇不光起包，还哮喘。严重的时候上不来气似的，嗓子咝咝的，像拉风箱。犯病的时候，李迎春每听她呼吸一口都难受得很。大夫说哮喘也跟过敏有关。

老潘提出来离婚，是不是也跟娇娇挺长时间没有病有关呢？老潘喜欢女儿，这是不争的事实。娇娇长得像爸。李迎春甚至觉得，老潘之所以在她生下女儿之后没有马上跟她提出来离婚，其实跟他舍不得娇娇有关。毕竟是他的骨血。娇娇从小多病，老潘放不下女儿。现在他看女儿长大了，又一年多没病，他才下了决心。可是她的女儿不让他走。父女连心吧？李迎春不会残忍到要告诉女儿老潘想跟她离婚的事情，女儿太小，跟她说她也不会懂。她也不想用这种事情伤害女儿。可是娇娇偏偏这时候就病了，好像她知道只有自己病了，而且病得很严重，她的爸爸才能不和妈妈离婚。这种联想让李迎春想哭。她心疼女儿。在女儿的健康和完整的家庭之间选择，她宁愿选择娇娇的健康。

娇娇哮喘，老潘不吱声了，天天下班去幼儿园接女儿，需要看病打针的时候，他就请假耽误工作陪女儿。老潘对女儿内疚。李迎春是这么认为的。其实娇娇的病跟他想离婚没有关系，老潘对女儿好，是个善良的男人。李迎春对他没有怨言。他想离，那就离吧。你把一个男人硬拴在身边，那是拴不住的。离了婚他也仍旧是娇娇的爸，这是什么都改变不了的。

娇娇的哮喘，一直到小学三年级时才稍微好一些。老潘是个尽职的父亲，上医院给女儿看病的事情几乎让他包了。按理说李迎春单位也不是特别忙，一个机关，忙能忙哪儿去，早八晚五按时上下班理所当然。关键是李迎春上进，要强，上班时间至少比别人早半个小时，平时家里有事也不好意思请假。也许从一开始工作就住办公室的缘故，每天早晨打扫办公室卫生成了她的习惯。结婚，生了女儿，这个习惯没改，到后来，打扫卫生好像天经地义就成了她分内的工作，比她晚来的年轻同志，级别比她低的老同志，对她的这种表现习惯了。累的时候，早晨挤公交车来不及的时候，李迎春也想过自己这是何必呢？晚去一会儿什么都不耽误，办公室又不是她一个人的。想是这么想，第二天她该早去还是早去。工作一年单位就给她分了房子，她知足。老潘的单位，像他一样一起毕业的大学生，哪有房子啊，不是找了当地的姑娘当倒插门女婿，就是在集体宿舍挤着呢，老潘跟她结婚虽然委屈，在住房这一样上，比他的那些同事还是强的吧。

离婚这事，像娇娇的病一样，不能想。你一想它就来。女儿上了小学，虽然身体比同龄孩子还是弱，但学习好，每门功课都排在前面，学得还轻松。每次期末考试娇娇把成绩单拿回来，老潘的脸上总是喜滋滋的，李迎春能看出来。老潘在女儿五岁的时候提出过离婚，女儿得了哮喘，老潘再没吱声，但李迎春心里是做了准备的。老潘早晚还得走，她一点不怀疑。只不过是什么时候提出来罢了。

所以，李迎春在单位接到那个女人的电话时虽然愣了一下，很快就像一块石头终于落地那样变得坦然。那个女人声音挺甜、挺柔，说的又是"请找李科长"，让李迎春以为她是办公事的。没想到那个女人要约她见面。办公时间，陌生人约她见面，这事蹊跷。李迎春问她："你有什么事儿？"那女人说，"跟老潘有关。"再不用多说一句话，李迎春马上明白了。这一天终于还是来了。李迎春对这一天的到来有思想准备，但没想到这次不是老潘而是由一个女人出面。

打电话叫她李科长的女人叫田禾。李迎春和田禾约了在青年公园湖边见面，那儿离李迎春的单位不远，可以利用午休时间。田禾的年龄，在二十七八岁到三十几岁之间的样子。城里女人的年龄，李迎春一直看不大准，未婚女人的年龄更是不好判断。明黄色的T恤，白色的长裤，白色的休闲鞋，让这个女人看上去高贵、干净。李迎春是个讲礼貌的女人，但这种情况下她不想伸出手去。她在老潘面前可以低头，在一个陌生女人哪怕是漂亮的跟老潘有关系的女人面前，她犯不上。女人眉眼清秀，有一股子小家碧玉的劲儿，如果不是因为老潘，李迎春可能也会喜欢。原来老潘是这种口味的。李迎春没见过阿秀，阿秀是不是也这种类型呢？

田禾不再称呼她李科长，而是管她叫姐："李姐，我今天是来求你的。我听说你是个非常善良的人，求求你把老潘让给我吧。"

李迎春答应过老潘随时可以走人，但她不欠这个女人的，所以她的声音里就有了不屑："老潘答应娶你了？那他自己怎么不跟我说？！"

"老潘说娇娇有病。他不忍心。"

"娇娇是有病，不过一个男人如果不想娶一个女人，他可以找出各种理由。我跟你没有冤仇，以后也不想再看见你。想嫁老潘，你自己找他做工作，以后请你不要给我打电话。我工作很忙。"

扔下这句话，李迎春转身就走。十分钟结束会见。她之所以答应见田禾的面，是想知道老潘的爱好。她没有义务听这个陌生女人唠叨，听她诉说和老潘之间的感情。李迎春跟老潘没谈过感情，她也不想听老潘和别的女人之间的感情。哪个女人受得了这种刺激？

跟田禾谈过话的那天晚上，李迎春按时下班回家，在家门口的菜市场买了半只老潘爱吃的炸鸡。老潘接女儿还没回来，李迎春换衣服进厨房淘米做饭，等父女俩进了屋，厨房里已经饭菜飘香。老潘吃光了半只炸鸡，还喝了一瓶冰镇的雪花啤酒，白脸被啤酒醉红，看上去一副忠厚相、心满意得相。就是这张脸征服了那个叫田禾的城里小女子？他知道田禾来找她吗？李迎春相信他不知道。如果他铁了心想离婚，他只要张嘴就行了，他们结婚之前就说好了的，她不会变卦。上次是他自己没下文了，他不再提，李迎春也没必要再提醒他。现在，李迎春该干什么干什么，她不会因为一个叫田禾的小女子而改变自己。老潘是怎么想的，她猜不着，她更看重他怎么做。

李迎春从此更加小心翼翼地观察着老潘的一举一动，竟然没看出来老潘和平时有什么不一样。每天早晨带上李迎春给他准备的饭盒，骑着赛车去上班。下班回来先去接女儿放学。如果晚回来，他会先打电话告诉李迎春。老潘有时候在外面喝酒。或者名义上喝酒。那么，他和那个田禾，就是在那些个以喝酒名义的晚上了。他们在哪儿约会呢？老潘除了这个家，在城里没有别的亲戚。也许有朋友，也许田禾也是个有房子的女人，有条件让他们共处。但老潘没有夜不归宿。即便回来很晚，过了后半夜，他也还回来。回家晚，老潘自己用钥匙开门，去厨房洗漱，悄声上床。这样的晚上，老潘不会再去碰她。老潘不回家，李迎春通常睡不着觉。老潘回来了，即使不碰她，李迎春也能马上睡着。老潘上床那会儿李迎春是在假睡，老潘真上了床，李迎春好像有了定心丸，他碰不碰她都无所谓了。他的激情都在外面挥霍了吧。那个田禾，就是老潘在女儿五岁时想跟她离婚的理由吗？如果是她，他们已经坚持几年了。老潘对女人真有这么大魅力？这个男人，除了长得帅，真就有那么多优点让女人留恋？除了上床、壮女人的门面，男人还有什么用？其实在很大程度上，李迎春感觉这个家是自己在经营。家这片儿学区不好，是李迎春托人让娇娇上了这个重点小学。在机关里工作，毕竟认识的人多些，不像老潘周围都是工人。家务事，李迎春全权代理，除了老潘主动伸手，她不会给他下任务。但李迎春没有抱怨。其实女人也有虚荣心。机关里的人有见过老潘的，当着李迎春的面夸奖老潘长得好，夸奖李迎春有眼光，李迎春心里美滋滋的。尤其他还给她一个这么漂亮的女儿。娇娇长得真好，瓷娃娃一样，即使她不听话，犯了错误，李迎春都不舍得说很深的话批评她。老潘的脾气还好，很少发火。虽然只是个普通的工程师，据说在单位也是技术能手，也是有地位的。这样的男人，不好找。所以，只要不是老潘自己提出来离婚，李迎春才不会去管什么田禾地禾之流的女人。让他们去空想吧，她会想办法对他更好。

田禾找过李迎春之后的一段时间，老潘没跟李迎春提离婚的事，一个字都没提。李迎春的心稍稍往下放了放。看来老潘没有离开她和女儿的意思，至少是暂时没有啊！

那段时间李迎春心情不算坏。老潘看上去踏踏实实跟她过着日子，没提离婚的事，而且单位又要分房子了。按李迎春的级别，这次应该分到一套八十五米的房子。李迎春第一时间就把可能分到房子的消息告诉了老潘，而且，那天晚上是她主动拥住了老潘。老潘没有反对的意思，虽然一如既往地缺乏激情，不热烈，直截了当，但毕竟没拒绝她，在她的身上驰骋了一会儿，还把主动权给了李迎春。事后老潘还像从前一样很快入睡，李迎春却睡不着。有那么一刻，当她像驭手一样跨在自己的男人身上时，她的思想竟然溜号了，脑子里闪过田禾那张柔媚的小脸。虽然他们只见过那一次面，但一次成为永恒，李迎春忘不了。老潘跟她在一起时肯定会更有激情更主动吧？那个女人，如果老潘不跟她结婚，她会坚持下去吗？

这种精神上的溜号让她扫兴，差点把她从老潘身上闪下来，但另一个念头马上又给她充了气一样：万一是最后一次呢？再说你现在还是我的男人，凭什么我就不能快乐？！如果是最后一次，让我快乐死吧！

李迎春把有可能分到大房子的事告诉老潘，她看出老潘还是有点往心里去了。一次正吃着饭呢，老潘忽然问李迎春：“什么时候分房子？”还有一次也是他主动对她说：“有两个房间，咱可以给娇娇自己准备一个屋了。孩子大了，单独一个房间学习更专心。”

这种说话的语气李迎春听了心花怒放！他是在想着维持这个家啊！他

跟那个田禾，看来还是女人主动的成分更大。什么样的男人能驾住漂亮女人诱惑？女人如果想主动，男人谁也抵抗不了。可是一旦上升到谈婚论嫁，男人还是会三思的。一时动摇可能，遇到挫折，马上就缩回去了。说到底，男人们别看人长得高大，实际上也是脆弱的，也是贪恋现成的。组成一个全新家庭，对一个男人的心理考验不会小，对一个男人的物质能力也是考验。老潘连一套自己的房子都没有，如果他要求离婚，李迎春肯定会留下女儿，净身出户是他唯一的选择。三十大几的男人，连个住处都没有，至少自己不能给女人提供住处，要想组织新家庭，有难度。说到底，能下决心拆散旧家建新家的，是极少数啊。

想是这样想，李迎春对老潘像对待一只拍卖场上宝贵的瓷瓶，还是小心翼翼呵护，不敢有半点马虎。有几次，她和老潘单独在一起的时候，她已经冲动到要问老潘田禾是怎么回事儿了，话到嘴边，她强迫自己咽了回去。既然老潘都不提，你自己主动提那个女人，不是找病吗？咱可不能这么傻！！

娇娇的病是李迎春的痛。老潘生活当中另外的女人也是李迎春的痛。这两种痛此起彼伏，让李迎春的心时刻提到嗓子眼儿，把她变成了一个清瘦的女人。年轻时的粗壮，不知不觉消失了。娇娇喘得可怜的时候，看她张着小嘴往上捯气的样子，李迎春的脑子里除了女儿别的什么都不想。那些女人，那些狐媚的小家碧玉的年轻的白皙的能够让老潘心动的女人，去她们的吧！跟女儿的健康相比，她们什么都不算，老潘稀罕她们，让他稀罕去吧。他想离开这个家，跟那样的女人在一起，她成全她们！她李迎春不是那种离开男人就活不下去的女人。可是，当娇娇的哮喘稍微轻一点儿，李迎春的心又会转移到老潘的那些女人身上，她努力让自己不想都做不到。当着老潘的面她装聋作哑，但背地里，李迎春也不是一味防守。倒不至于背后去盯老潘的梢儿，或者对跟老潘有任何联系的女人都疑神疑鬼。李迎春还没小心眼儿到那种程度。但是，对跟老潘有联系的女人，她都提高警惕，让自己时刻紧张起来，这种事倒是有的。

那个叫邱可可的女人，是李迎春无意中发现的。

自从搬了新家，李迎春和老潘的生活有变化。正像老潘说的那样，有了两间卧室，娇娇分出去自己住了，他们夫妻终于像刚结婚那会儿，有了独立的空间，夜晚，做夫妻之间那种事，可以更放得开，不必像从前一样偷偷摸摸，怕娇娇突然醒来看见，怕小人儿听见他们粗重的喘息。新房子的卧室格局很好，两间卧室中间隔着一个客厅，再加上两道门，女儿不可能听见任何声音。如果他们想喊想叫，像刚到一起那会儿，他们尽可以随意。开始的几次，李迎春真有一种解放了的感觉，老潘还没进入她就情不自禁地哼出声来，老潘在她身上耕耘播种时，李迎春更是欢快得欲死欲活，激情流淌，恣肆汪洋，那一刻她身上的男人就是一块沙漠，恐怕也会被她淹没。那一刻李迎春是一片洪水。这个男人是她女儿的爸，是她合法的丈夫，他们在一起已经十几年，他们正在做的事，天下夫妻都做过的这种事儿，给她带来了快乐，也是男人老潘能够最终成为她十几年丈夫的理由。如果她很快乐，为什么不喊出来？！

老潘却无声无息。李迎春不懂，是不是男人在这种时刻都这么深沉。男人老潘，即使他们有了自己独立的空间，即使他出差很多天回来，他的身体像火山一样在她身上爆发，他的声带却矜持地不出声响，他在她身上闷雷一样发作，直到最后喷发出来，然后，倒头睡去，再不跟她说一句话，像从前跟女儿同居一室一样。那时候她以为他是怕女儿听见，可是现在女儿听不见了，他还是这样！看着他睡过去的香甜的样子，李迎春不忍心把他弄醒，却又恨不得把他推醒。为什么不能跟她说几句话？哪怕是虚情假意的悄悄话，体贴话，煽情的话，就一句，哪怕是哄她的话，她都会心满意足。可是他连敷衍她都不肯，不屑于。你就是块石头，这么多年也该焐热了吧？说句话能累死你吗？能让你屈辱吗？

老潘不喊出来，是他不快乐还是跟她在一起没感觉？

女人的本质是羞怯的。李迎春的呼喊没有得到及时鼓励和回应，从减弱到消失，用不了多长时间。李迎春不喊不叫，无声无息，虽然仍旧配合他的动作，老潘也没有什么不满的表示，这让李迎春更加心痛。甚至感到耻辱。说到底，他是不在乎她。

那么，他到底在乎什么、在乎哪个女人？！阿秀吗？不过一个大学同学，就算他们有过肌肤之亲，这么多年，人家已经嫁为洋人妇，据说博士都读了两个，孩子也有了两个，这种女人如果仍旧能让一个男人不理会妻子的温情，让一个男人不能忘怀到不会享受夫妻之间的鱼水之欢，这个男人是不是有点傻？田禾吗？那种瘦弱的女人，她跟男人在一起大概也是为了一个丈夫、为了能有一个家吧，李迎春认为田禾那类女人属于中看不中用型的，拿到外人面前展示可以让男人很有面子，真要是操持起家务，包括上床，未必就比得上她李迎春，不过是满足男人的虚荣心而已吧。处里新来的一个女大学生小孟，结婚两年就离婚了，婚礼李迎春参加了，新郎在税务局工作，人长得帅，据说工资收入也很好，但两个人太优秀了，谁也不肯迁就谁，最后还不是分手了事。小孟跟李迎春在一个办公室，听她唠叨跟丈夫的矛盾，李迎春认为绝大部分是小孟的错，而这种错，在她身上是绝对不会发生的。

女人邱可可是自己撞到李迎春枪口上的。自从有了田禾，李迎春常常偷翻老潘的通讯本，每次洗衣服之前都要用力嗅老潘穿过的衣裳，也许老潘的衣服上会留下女人的气味、痕迹，香水、口红或者护肤用品什么的。李迎春心细，每天上班，只要她后离开家，她都会把床单、床罩铺得平平整整，有的时候会故意放上一根头发，或一点别的什么线头。如果白天有人动了床，她绝对是会发现的。事实证明这一类措施并不奏效。家里的床永远是她走的样子。老潘工作很忙，白天很少出厂区。至少他自己是这么说的。老潘的通讯本上是有女人的名字，但他肯定不会蠢到把一个跟自己有那种关系的女人明目张胆地写下来。比如，李迎春曾经想从老潘的电话本中找到田禾的电话，结果发现电话本上连个姓田的都没有。老潘一定有他特殊的记电话的地方。也许，有了那种关系的男人和女人，压根儿就不需要把电话记在本上，人家早烂熟于心了。

猎人总有一天能撞见猎物。电话本上没有破绽，别的地方未必不露马脚。邱可可的马脚露在小乔的婚礼上。小乔是老潘的徒弟，对象李迎春介绍的，是她家的远房亲戚，管她叫姑。既是亲戚又兼介绍人，婚礼李迎春一定要参加的，老潘的身份跟她一样也是双重的，参加婚礼理所当然。让邱可可露马脚的是酒。喝多了酒的邱可可紧拉着老潘的手不放，桃花一样的脸贴着老潘的脸，那种发自内心的亲昵，那种理直气壮的依赖，让人一眼就能看出这个女人对老潘不是一般的感情。老潘是个招女人喜欢的男人，一个女人看上老潘、爱上老潘，李迎春不奇怪，不会因此就去判断老潘和这个女人就怎么怎么样了。让李迎春做出判断的其实是老潘的表现。老潘那天也喝多了，多到他忘了李迎春包括李迎春的许多远房亲戚也在场。老潘的手同样拉着邱可可的手不放，两个人手拉着手恩恩爱爱的那种忘情的样子，谁看了都会往深处联想，更何况老潘还说了那种话。老潘的话李迎春没听见，是远房亲戚看不下去转告李迎春的："迎春姐，那个骚娘儿们是姐夫的什么人？姐夫怎么说她是二媳妇儿？"亲戚不会在这种场合传没有根据的话，亲戚的话李迎春信，脑子里狂风暴雨，心如刀绞，表面上却还装："酒桌上的话你也信？！"

李迎春那天晚上哭了。她没想哭，尤其没想当着老潘的面哭，但没忍住。晚上睡觉，老潘看完电视上床时，李迎春已经哭成了河，眼泪把枕巾打湿了。老潘的酒早醒过来，还没失忆到全忘了白天的事，并排躺着，先是一句话不说，后来伸手去替李迎春擦眼泪，被李迎春一巴掌挡开了。

"对不起。"老潘说。

一句"对不起"，让李迎春一下子号啕起来。这是李迎春认识老潘以来头一次从他嘴里听到这几个字！李迎春委屈！委屈透了！你可以嫌我丑，你可以随时提出离婚走人，可你不能当着亲戚和那么多熟人的面侮辱我！一个女人，哪怕是很丑很老实的女人，忍受力也有极限的。大不了离婚吧，你不能这么欺负人！

那天晚上是李迎春和老潘婚姻生活的一个转折。从前，李迎春对老潘百依百顺，老潘想干什么，李迎春从来不反抗。自从知道了邱可可的存在，李迎春好像变了一个人。从前那些离开老潘就睡不好觉的夜晚，忽然间变成了另外一种情形：在老潘旁边她开始睡不好觉。老潘睡觉打呼噜。不是现在开始，从年轻那会儿就打，不过年轻那会儿好像没有现在声音这么大。老潘不但打呼噜，而且磨牙。磨牙是后添的毛病，夜深人静的时候，如果一个人睡不着觉，听着另外一个人那种时起时伏的磨牙声，越听越睡不着，那种滋味难受极了，恨不得找根针把身边那个人的嘴缝上。还有那些在外面喝过酒的夜晚，喝过酒的老潘身上有一种特殊的味儿，一种酒精和食物在人的胃中像动物反刍一样发出来的难闻的气味。刚开始她以为这种气味是从老潘的嘴里发出来的，后来发现不是。那种气味是从老潘的汗毛孔里一点点渗出来的，他就是洗了澡上床，一会儿身上又全是那种让人恶心的气味儿。那种时候，李迎春就会抱着被躲到女儿的房间。娇娇的床是单人床，娘儿俩挤在一起，显得十分亲密，有点像当年她刚跟老潘在一起的时候。

男人很脏。李迎春指的是上了点儿年纪的男人。街头上看见的那些年轻小伙儿，一个个看上去还是挺清爽的。男人到了老潘这种年龄，身上的毛病忽然间就多了起来。抽烟让他的嗓子像破锣似的，一大早起来就开始吭吭吭，只要他人在家，满屋子的烟味儿呛人。因为娇娇有哮喘的毛病，老潘还算自觉，在家里抽烟总是躲到阳台上，或者站在油烟机底下，一边开着油烟机一边过烟瘾，但他身上那种烟味儿是跑不了的，抽过烟之后的咳嗽是跑不了的。

李迎春睡觉的时候开始躲着老潘。一开始老潘好像没什么反应，时间长了，老潘感觉出不对头，开始拉她回房间睡觉，李迎春甩甩手，扔给他一张不屑的脸，也不给他解释，仍旧回女儿的床上挤。她在女儿的床上睡得很香，娇娇的小身子软乎乎的，有一种少女的清香。男人，哼！想一想他曾经跟那些莫名的女人在一起，阿秀，田禾，邱可可，还有许多她不知道更不可能叫上来名字的女人。那个邱可可，据说是个人见人上的女人，老潘就认可那种水平的女人，让李迎春感觉恶心。谁知道她是不是有病，谁知道老潘是不是会沾上她的病！一想到这儿，李迎春从心里到身体都不舒服。

男人和女人之间的那种事儿，在李迎春这儿，好像一下子没感觉了，消失了。从前她多么留恋的那种亲密，现在，她想都不想。岂止是不想，简直就是厌恶。李迎春感觉自己就像变了一个人。

可是老潘还在想。看清她在躲他，老潘生气，背着女儿跟她瞪眼睛。李迎春不在乎。瞪就瞪，有本事你离婚。离就离，谁怕谁？娇娇已经上高中了，眼看着就要上大学，女儿的大学学费他反正得管。

夫妻之间的这种对峙，叫什么呢？冷战？李迎春不跟他吵，也不会主动提离婚的事儿。离了这个男人，她也不会去找别的男人。他对这个家有恩，只要不碰她，她不会让他冷着冻着。

除非他主动提出来离婚。等着吧，他那些女人，早晚得有一个逼得他没办法。娇娇马上要上大学了，女儿一旦离开，他不会有什么顾忌了。她等着那一天。

那一天迟迟不来。很多年前整天担惊受怕老潘哪一天会提出来离婚的那种相似的感觉又来了，只不过这一次跟那时又有着不同之处。那时候完全是害怕、担心，这次，心中甚至有一种暗暗的期盼。当然，老潘不提，她不可能主动。她不想承担罪名。

等啊等。

李迎春没等来老潘跟她提离婚，却等来了老潘下岗。老潘的厂子破产了。厂子要破产不是一天两天的事儿，老潘早就知道，也告诉李迎春了。没想到来得这么快，说破就破了。年轻一点的工程师，还有技术工人，有被别的厂接收的，年龄大的，像老潘这样的，一次买断，给了几万块钱，就算退休回家了，以后每个月就领不到一千块钱的生活费。老潘回家，李迎春第一感觉不是他以后挣钱少了，女儿上大学怎么办，而是那些女人——这回看那种女人还给不给你当二媳妇儿?!

老潘回家一个月，天天去早市买菜，晚上下厨房给李迎春和娇娇做饭。娇娇虽然哮喘轻易不犯了，身体还是娇弱。眼瞅着考大学了，没有好身体能挺得住考验人的高考冲刺吗?老潘能安心做家务也好。这一阵李迎春很忙。刚提了正处，李迎春现在负责着一个部门呢，虽然处里只有七个人，那也是个处，局里大事小情的你一个处室的一把手什么都得操心。李迎春一个没有任何家庭背景的农村出身的女人，在机关里能有今天的位置，不容易。李迎春珍惜着呢。说实话她这时又有点怕老潘提离婚了。老潘真要是张了口，她没有理由不答应。但万一老潘真张了嘴，她又有些为难。倒不是她迷恋男人女人那点儿事，而是怕离婚影响她在单位的名声。李迎春是在跟几个副处的竞争中得到这个职位的，得到这个职位，当年的柴局长是起了作用的。柴局长其实已经退了，但现任局长是他提拔起来的，对他的意见也还参考。竞聘前李迎春给柴局长打过电话，柴局长像当年分房子点拨她一样，说了几句关键的话，让李迎春茅塞顿开。其实李迎春给柴局长打电话的本意倒不是想让他给自己说好话，她只不过是希望柴局别给自己起反作用。跟李迎春一起竞聘的一个副处里还有一个女的，机关里传说她跟柴局长关系密切。在机关里，说一个男人和一个女人关系密切，通常意思是比较复杂的。李迎春其实是怕柴局长背后替那个女副处长说话。但通过这件事，李迎春发现机关里的那些传说也许只是传说，她发现人们对当年的柴局长是存了偏见的。至少柴局长对她并不差，而且她自己知道她和和柴局长之间一点没有男人女人之间的那种复杂的关系。当然，这种事只是她自己在心里偷偷想想而已。她这么丑的女人，就是她想跟人家有什么复杂的关系，男人可能也不会愿意吧。男人愿意跟自己沾上绯闻的女人是漂亮的、有才华的。男人骨子里其实都喜欢那种风骚的女人。这是男人的本性。比如老潘。李迎春对此已经习惯了。

但她不想在自己刚刚竞聘成功以后就背上离婚的名声。离婚这种事，你在公开场合是没法解释的，越描越黑。

李迎春没迎来老潘的离婚通告，却迎来了老潘准备离家的消息。那个晚上，老潘给她们娘儿俩包了饺子。娇娇最爱吃酸菜馅饺子。饭桌上，一大盘饺子差不多消灭掉了时候，老潘说话了：

“我准备去深圳。”

老潘言语金贵。就这么一句话，把李迎春震住了。这么多年，吊在她嗓子眼儿的都是老潘什么时候跟她离婚，就没想到老潘会离家出走：“干吗去？”话说出来，她知道自己问得很蠢。但已经收不回来了。

老潘看她一眼，看女儿一眼，说：“有一家厂子，聘我过去当工程师。”

“咱家又不差你这儿点钱过日子。”

“一个大老爷们儿，天天在家里待着，靠老婆养活，有意思吗？”老潘的话让李迎春无言以对。“我先过去看看。不行让娇娇考深圳的大学。深圳冬天气候温暖，对娇娇的病有利。我咨询过大夫，他们说娇娇这种病跟气候也有关系。你看她冬天就爱犯病，还不是因为北方气温低。”

老潘没说离婚。老潘说他去深圳是工作，是为女儿的身体和前途着想。至少他对娇娇能有交代了，也免得她在单位丢脸。老潘虽然这么多年没爱过她，身后有一堆说不清道不明的女人，但老潘还是个善良的男人，在这个年代，应该也算是个好男人了。因为老潘要去深圳，李迎春像好多年没见过这个男人似的，瞪大了眼睛重新审视，心里面竟陡升悲凉。不看不知道，一看吓一跳。老潘老了。真的老了！什么时候开始老的呢？年轻时的白和洋气，好像一下子没影儿了，比那些黑皮肤的人都更显沧桑。也许是因为他的经历本身就沧桑。白皮肤变成了脏兮兮的灰白色，曾经羊毛卷的头发已经白了一半，因为头发剪得短，也看不出来多少卷了。才四十几不到五十，竟然就退休了。这么多年一直在工厂当工程师，帅气和理想都被机器磨没了。他的那些大学同学，有当了企业老总的，留在大学里的至少都带研究生了，还有带博士的，他这个当年的帅哥却没了工作。所以，这些年老潘越来越不跟那些同学来往。人哪，没法看。去深圳也好，没准儿能闯出来一片天地呢。刚毕业那会儿，他要是咬咬牙去美国呢？往事不堪回首。既然生活不能从头开始，那就从现在开始吧。在夫妻那种事儿上，李迎春仍旧对老潘没感觉，也不想勉强自己，可她也不能眼瞅着老潘这么年轻就天天在家里买菜做饭当家庭妇男。那样不但毁了男人老潘，她的良心也过不去。

老潘去深圳，只是向她们娘儿俩通告一声，火车票他自己都买好了，行李也悄悄收拾好了。最后一顿饭，一家三口在外面吃的，娇娇最爱吃的涮羊肉。娇娇吃着羊肉片，吃几口眼泪就噼里啪啦掉涮锅里了："爸呀，深圳那边也没有酸菜呀，我要是考了深圳的大学，想吃酸菜馅的饺子咋办呐？"

老潘看女儿一眼，笑，笑的时候眼角皱纹堆起来了："真是小孩子，就知道吃。深圳咋就没酸菜呢？没酸菜咱不会自己渍吗？忘了你爸啥都会干呐？"

娇娇跟老潘好。因为老潘对娇娇太好了。为了女儿健康成长，他可以一直不跟李迎春离婚。娇娇晚上补课，不管多晚，一年四季，老潘骑着自行车去接她，风雨不误。这么多年，也不容易。所以，那天晚上，李迎春和老潘坐在沙发上看电视，李迎春就对老潘说："那个，在深圳，你要是真碰到合适的人，有想法了，告诉我一声。反正娇娇也大了。"

话说到儿，老潘应该什么都懂。但是老潘看她一眼，竟然什么都没说，就像她什么都没说过一样。老潘一边拉她的手，一边关掉电视。李迎春明白他的意思，想着是不是跟他一起回卧室，想了一下，还是把他的手甩开了，回了娇娇的屋。深圳有的是女人，听说小姐泛滥，亏不着他。她不想让自己跟他有皮肤接触，那样她会觉着自己很脏。

老潘离开以后的生活，简单、清爽。娇娇冲刺高考，两周才回家一次。李迎春自己在家也不刻意做饭，外面有饭局就跟着出去吃一口，自己在家随便在超市买点现成的，好对付。吃完饭穿上运动服去公园散步，快走一个小时，这种健身方式既经济又有效，看见自己融入健身的人群，李迎春有时候还会莫名地升出感慨。做一个城市女人真好。在老家，她的嫂子，她那些没考出来的同学，吃完晚饭一个个累得不行了，恨不得马上睡觉，哪还有什么精力去外面散步。散步这种生活方式，纯粹是生活优裕的城里人吃完饭闲出来的营生。现在，她也步入这个闲人队伍了。散步回来冲个澡，然后，她看电视。看韩剧，看得眼泪汪汪，看到睡意阑珊。老潘不在身边，她也不怎么去想他。偶尔接到他打回来的电话，唠几句深圳那边的天气如何，物价怎样，再彼此问一下身体。老潘说他身体很好，很适合深圳的气候。聘他的那家工厂有宿舍，有食堂，日子过得还行。周日他报了一个驾校，正在学开车。说到学开车，李迎春听出老潘的声音里有些兴奋。老潘学工科的，对机器不陌生，估计他学开车能挺快。除了这些，他们也没什么好讲的。老潘打电话大多是娇娇在家的时候，李迎春知道他是算计好打回来的。李迎春跟他讲几句，就把电话交给女儿，娇娇跟老潘煲电话粥，也不管长途电话有多贵。

老潘每个月给她寄回来一千块钱。加上他在这边的退休金，将近两千块钱，供女儿念书还是够了。

那年春节，老潘打电话回来说给她们订飞机票，让她们一起去深圳过年。他想让娇娇先适应一下深圳的气候，看看她是不是喜欢。娇娇迫不及待，李迎春却不想去。春节值班，大年初一正好轮到李迎春。其实也可以跟同事串换一下，但李迎春刚当上处长，不想让别人为难。三十晚上家家看春晚，谁能早早睡觉？初一值班要早起的。最后是她把娇娇送到机场，老潘那边到机场去接。李迎春人没去，还是给老潘带了些东西。老潘爱吃的松子，老潘喜欢穿的棉线袜子，她亲手织的绒线毛裤。这么多年在她身边，老潘在生活上已经习惯了依赖她，突然间去那么远的地方，不知道他会不会照顾自己。娇娇过了安检不忘回头嘱咐她好好吃饭、别糊弄，说得李迎春一阵心酸。女儿大了，马上就要飞了。她和她那个爸，也许就在深圳安家了。这个家，再不是从前的样子了。种种联想让李迎春心绪复杂，坐进回城的机场大巴，眼泪流下来了。她在心里骂自己没出息。哭什么呢？早晚有这么一天，女儿还是你的女儿，不过上大学远了点儿。她就是真上了大学，好歹还有个亲爸在身边，不是让她这个做娘的省许多心吗？

老潘离不离婚两个人不还是一样？不过有个名义罢了。想是这么想，还是忍不住，如果不是同车人频频看她，她估计自己得哭出声儿来。

娇娇从深圳回来，兴奋，不停地给她讲这讲那："妈，你真应该跟我一起去。我爸把他宿舍的墙都重新粉刷了一遍，以为你能去呢。还叨咕要买榴梿，说你爱吃。妈你什么时候爱吃榴梿啦？我怎么不知道？"

娇娇的话让李迎春心里面热乎。她在心里发誓，如果女儿考上深圳的大学，她一定要跟女儿一起去一趟。看一看女儿念大学的城市，看一看老潘。

六月高考，七月发榜。娇娇如愿考上深圳大学。李迎春跟女儿一起去了深圳。老潘到火车站来接她们，他对深圳已经轻车熟路，李迎春省得到处摸索了。深圳的楼很高，马路很宽，李迎春有一种自己刚毕业时的那种忐忑。一个陌生的城市。很快娇娇就会成为这个城市的一员了，她会不会碰到她年轻时的那些事情呢？好在有老潘。毕竟是她的亲爸，什么事都有个照应。想到这里，她对老潘充满了感激。这个男人，虽然没大出息，没让她住上花园别墅，没像那些发了财当了官的丈夫给自己的妻子儿女留下多少钱财，但他心里有家，尽力了，你还能说什么呢？

单位很忙，李迎春只请了一周假，加上来回路上耽误的时间，在深圳她只住了三个晚上，住的是学校附近的小旅店。她去老潘的宿舍看过，四个人一间，屋子里一股子男人味儿。老潘这么大年纪了还住在这种地方，李迎春心酸。有那么一刻，她甚至冲动地想对老潘说，咱回家吧！这么大岁数了，还出来吃这份苦，值得吗？娇娇上大学了，咱攒的那些钱也够供她念到毕业了，回家住，日子可能不富裕，但饭能吃上，住得也舒服。什么爱不爱的，多少人家不都这么过的吗？

想是这么想，终于是没说出口。没有勇气说。没有机会说。

回家的火车感觉比来得的时候快了许多。白天晚上她都在卧铺上躺着睡觉。到了家，给老潘打电话报平安，本想说两句话就去洗澡吃饭，没想到老潘跟她说："迎春，咱们离婚吧。"

李迎春吃惊，拿着话筒的手发抖。也许是饿了，血糖低了。"怎么现在才说？"

"我怕你一个人回去路上不安全，没敢说。"

“有结婚对象了吗？”

“没有。”

“不对吧？听说阿秀也在深圳。”

“你别瞎联想了，人家现在是老板。”

“就是你那个工厂？”

“不是。我怎么会去给她打工？总得给自己留点儿尊严吧。”

“你不是为她都想离婚吗？”

“我离婚跟她没关系。她又没离婚。”

她没离婚，但他们可以重归于好。老外丈夫身在美国，把深圳的厂子交给妻子打理，妻子在这边与旧情人重温旧梦，钱财也要，感情也有，老天爷眷顾什么样的女人？为什么阿秀那样的女人什么都有，而她除了一个已经远在天边的女儿，什么都没有呢？就因为她长得丑吗？李迎春想哭，却哭不出来。

“离婚得两个人一起去办，你得回来一趟。”

“行。最近厂子订单较多，等忙过这阵儿我就回去。”

“娇娇知道吗？”

“我没告诉她。没想好怎么说。等她适应了大学生活再告诉她也不迟，反正咱们也不在一起，离不离的，不告诉她，她就不知道。”

“那就先别告诉她。”

“娇娇的学费我出。如果收入可以，生活费我也管。家里存款归你。将来娇娇结婚还得花钱，我尽力。房子是你分的，当然归你。”

不提房子还好，提到房子，李迎春忍不住哭出来了。当初，如果不是因为房子，哪有这二十多年的婚姻？！人生一共才几个二十年，这么快就过去了，没影儿了！

假如生活能够重新开始，她会选择老潘吗？女儿娇娇再不会走她的老路吧？现在的年轻人，只要有首付就可以住进自己心仪的房子，她年轻的时候，怎么敢想象！

新生活就这么开始了。等待老潘回来离婚的新生活。现在离婚已经不需要单位的介绍信或者证明一类的东西了。听说现在离婚很容易。不过干部制度里有一条，离婚属于重大事项，应该向组织汇报。汇报就汇报，她相信没有人会说她生活作风不好，从参加工作到现在，李迎春是一个没有绯闻的女人。谁愿意跟她这么丑的女人有绯闻呢?

一个人的生活，需要有很多内容来填充。为女儿忙碌了二十来年，从来都是感觉时间不够用的，一下子有时间了，晚上睡觉不用等谁回来才能睡着，不用揣摩男人在跟什么样的女人在一起，很轻松，很快乐。也很空虚。熬到五一长假，一个人坐了火车，回老家。已经将近十年没回老家了。一到放假，娇娇不是补课就是有病，让她无法分身。娘还在，跟哥和嫂子一起过。逢年过节李迎春会给娘邮钱或者包裹。哥家生活一般，娘的生活也可想而知。也曾想过接娘到城里来住，让娘享受一下城里的生活，却怕老潘不高兴，她一直没敢提这个话茬儿。这次，她想回家亲眼看看哥一家的生活情况，如果娘愿意，接她出来住一段时间。自从大学毕业，她再没跟娘在一起相处过两天以上，让她觉得愧对娘亲。

老家仍旧只通慢车。坐火车，再倒汽车，到家时已经是傍晚。老家的村子，起了许多新房子，有的露着砖茬，讲究一点的，罩了闪亮的外墙砖。正是做饭的当口，在街上跑的都是孩子，没有人认识她。熟悉而又陌生的炊烟，在家家户户的房子顶上飘起来，谁家炸辣椒酱的气味窜到街上，让她有了食欲。她背了很多东西，吃的用的，娇娇穿小却没坏的衣裳。老家总会有人用上的。从汽车站到哥家有三里路，乡下的三里路跟城里的三站地可不一样。乡下的路不平，时时得低头看路，提防脚下踩空，李迎春走起来紧张。到家时她已经累得不行了。一看到哥家那扇多少年没变的大铁门，她的身子一下子放松下来。上炕，吃一顿有汤有水的饭菜，跟娘说一宿话，是她全部的愿望！这么多年，连这么一点愿望都没能实现，人活着真累呀！

没想到，她的这种愿望仍旧没能实现。事先她没打电话回家，没有人知道她要回来，因此，这个家呈现给她的是绝对真实的一幕：嫂子跟哥因为给儿子结婚聘礼的事正赌气呢，冷锅冷灶的，连口热水都没得喝，更别提热乎饭菜了。心一下子凉得像腊月的水井。

跟娘在一铺炕睡了两宿。娘又黑又瘦，非洲难民似的。但精神头儿还好，一宿一宿地跟女儿控诉儿子、儿媳妇的不是。李迎春听够了控诉，说：“妈，你跟我走吧，娇娇和老潘都不在家，你跟我过去，我有时间陪你在城里走一走，也让你享受一下城里的生活。”

娘却说：“有时间你多回来看看娘就行了，给娘撑撑腰，让他们知道这个老太太有人管，就行了。娘不能跟你去。院子里的鸡得有人喂呢。再说了，娘这么多年都是跟他们在一起生活，将来娘就是瘫了，他们也得养活。娘要是跟你去了，再回来就不好说了。”

“他们真敢不要你吗？他们不要你，我养活你。”

“哎呀，农村不就这样，真有走了回不来的。再说哪有长住女儿家的，农村不兴这个。”

住了两宿，李迎春逃也似的离开了老家。住不惯是一方面。炕太硬。屋子里有一股农村家里特有的那种气味儿。娘抽烟，多少年的老旱烟把屋子里的一切都浸透了，毛巾上是那种味儿，被子上是那种味儿，梦里都是那种味儿。娇娇要来，说不定马上犯病。不想长住，主要还是心里面不踏实，怕嫂子和娘问她什么。李迎春是个不会撒谎的人，她怕自己说话时忍不住。跟家里人永远解释不清她和老潘的关系。趁他们还没工夫打听她的事情，赶紧走了吧！所谓回老家，其实更是了一种心愿，回来了，看见了，就行了。再待下去嫂子该烦了。嫂子那种浮皮潦草的热情让她不舒服。

那段时间李迎春有两件事情最闹心。一个是单位的。局里的处级干部要轮岗，不知道这次轮不轮她，能给她轮到什么部门去，她心里面没底。还有一件，其实是她最闹心的，当然就是老潘要回来办离婚手续。老潘说找个时间回来，却迟迟没信儿。李迎春也不打电话去问。偶尔她会给娇娇打电话。娇娇对新生活很新奇，很满意，告诉她跟同学去了哪儿哪儿，周末又跟爸爸出去吃饭，吃的什么。电话里听她兴奋的讲述，李迎春心里忍不住有一股酸意，但也只是心底里稍纵即逝的那么一点儿小感觉，她不想把这种感觉放大。女儿跟父亲在一个城市，女儿有人照料，女儿开心，这二十多年，她不就在努力做这件事吗？现在女儿一切都好，夫复何求？女儿是她的心头肉，只要女儿不委屈，她什么事情都能扛。

所以，这个周末的早晨，接到老潘的电话，说他第二天要回来时，李迎春感觉自己很平静。早晚的事儿，早办完早利索吧。她从抽屉里找出了结婚证。二十多年前的结婚证，两个人的合影照片还是黑白的呢，现在基本上没有人照黑白照片了，到处都是五彩缤纷的，黑白照片显得非常陈旧，细看还有点儿古典。两个人的神情都不太自然。李迎春是不爱照相的人，因为照出来的相片她自己都不爱看。但是结婚证上的照片现在看上去倒不觉得难看了。她是这么看的。毕竟年轻啊。老潘那时更年轻，而且一脸的单纯，帅哥儿一个。

她在电话里问老潘用不用去接。老潘说不用："在家给我包点酸菜馅饺子吧。"

父女俩一样，都爱吃酸菜馅。李迎春自己没渍酸菜，放下电话，赶紧出门去买。

第二天，李迎春在家里咣咣咣剁馅呢，电话响起来了。是娇娇。娇娇在电话里哭哭啼啼，李迎春的心一下子缩起来，手脚一下子凉了："哭什么呀？怎么啦？！"

"怎么啦？我爸中风了，住院了！"

"什么时候的事儿？！"

"今天早晨。在医院抢救呢！"

本来是今天早晨的飞机，准备回来办离婚的。老天爷真会捉弄人。怎么就中风了呢？上火啦？上什么火呀，离婚不是你多少年心里想着的事儿嘛，离就离吧，又没跟你打跟你闹，上什么火呀！男人的心眼儿也这么小啊？！

李迎春到机场办完票才跟局长打电话请假。在深圳待了一个月！老潘住院，娇娇下了课就去看爸爸，一家三口在深圳的医院里会师了。发现得早，命保住了，老潘的半拉身子，左半边，行动不如原来方便了，说话的速度也慢了半拍，支支吾吾的，有时候表达不太清楚。老潘的医保不在深圳，李迎春也不可能长期不上班，住了一个月，看病情稳定了，买了两张软卧车票，把老潘带回来了。

一个人清静惯了，老潘一回来，李迎春手忙脚乱。医生说老潘现在这种情况就是调理了，住院也没用。年纪轻、发现得早，好好将养，有康复希望。李迎春像侍候孩子一样侍候老潘。上班之前得帮他把吃喝拉撒尽量解决了，中午急忙回来给他热饭。下了班，再不去参加什么聚会，第一时间回家，吃过饭，还要搀他下楼，硬拉着他走路。医生说，老潘这种情况，必须强迫他运动。李迎春说请个保姆在家吧，白天也可以带他出去运动。老潘支支吾吾的，坚决反对，急眼，就是不同意。李迎春明白他的意思。

怕费钱吧。娇娇的生活费一个月就得一千块，还不算学费。不能打工了，老潘一个月的退休金不够他自己看病的。好多药医保报不了，自费。自费也得治，哪能眼瞅着他不管啊。

这种新生活，让李迎春沉重，累，整天忙忙碌碌，直不起腰。但也踏实，像头顶上悬着块石头终于落了地。身边的这个男人，估计再不会跟她提离婚了吧。至少暂时不会了吧。他不提，她也不会提。人不能没良心。有句话李迎春一直想问，老潘这次闹离婚，是不是在深圳真的跟那个阿秀重归于好了？或者有了别的女人？在深圳医院的时候她想问娇娇，忍了又忍，没问出口。女儿还小，单纯，对父亲有感情，问她这种话，对老潘恐怕是一种伤害，会影响老潘在女儿心中的形象。从前，李迎春心里最痛苦、最难过的时候，她也从来没在女儿面前跟老潘吵过架，没在女儿面前说过老潘一个不字，老潘这样儿了，她更不能。现在，娇娇不在身边，家里经常只有他们两个人，老潘表达又不是很利索，她也懒得问了，估计问了他也说不清楚。但是在她的心中，总还存着芥蒂，有一座火山，没爆发是她忍着，并不等于没有。

一座火山，而且还是活火山，总归有爆发的那一天。起因是老潘坏肚子，把大便拉裤子里了。李迎春下班，一进门闻见屋里一股臭味儿，知道出事了，开始以为是老潘上厕所忘了冲水，没想到老潘在厕所正自己收拾呢。不收拾还好，换条裤子洗洗就完了；收拾，却收拾不利索，弄得裤子上也是，厕所的地上、便池上哪儿哪儿都是，臭气熏天，李迎春气不打一处来，一把拎起老潘正乱抓的手，冲他喊：“你还能干啥？！让我省省力气行不？！让不让人活了？！”

话冲口而出，李迎春自己都愣住了。这是他们结婚以来，她对老潘说话最狠的一次。她跟老潘没吵过架。有什么不高兴的事情，她都是忍着。这回她没忍住，也没想忍。狠话说出来了，自己先愣住了，看见老潘的表情，她更是一下子受不了了。老潘扭头看她，眼睛里有东西。啥东西呢？水汪汪的，像泪水。虽然没流出来，但含在那儿了，想看不见都不行。李迎春不吱声了，手也没洗，坐到厨房的椅子上，嘤嘤地哭了起来。哭什么？不知道，就是想哭。老潘什么时候站到厨房门口来，张了张嘴，又什么都没说，回厕所去了。

李迎春没吃晚饭。把厕所收拾干净、帮老潘擦洗干净、又洗了脏裤子，已经十一点多了。她没有食欲，吃不进去东西，躺床上也睡不着。老潘却很快睡着了，还打着一点微微的小呼噜。从深圳回来，她和老潘又睡回一张床，这样晚上照顾起他来更方便一些。李迎春累得窗帘都懒得拉。月光从窗户透进来，她能看见老潘的脸。夜色中老潘的脸看上去没有白天那么老，年轻时的轮廓还在。在李迎春眼里，老潘脸上最好看的地方是他的嘴。那些女人不知道是不是被他的嘴吸引的。被那张嘴吻过的女人有多少？李迎春从来没被老潘吻过。从第一次开始，他们之间从来都是直截了当，直奔主题。在他们之间，嘴是用来说话的，没有别的用处。连吵架都没用过，因为李迎春不跟老潘吵。李迎春是一个温柔的女人。

人真是莫名其妙，从前，她对老潘相敬如宾，虽然在一起睡觉，孩子也有了，却总有一种距离在里面，感觉跟老潘没亲到骨子里，若即若离的那种感觉吧。她冲老潘发了火，看见老潘的难过，看见他眼中含着的泪水，跟老潘却一下子近了，感觉这个男人是自己可以随便说话的男人了，真的有了一种是亲人的感觉了。真是不可思议。

李迎春睡不着，忽然之间就有了一种冲动，一种想要亲老潘的嘴唇一下的冲动。她俯过身去看老潘，老潘一动不动，仍在傻睡。近距离看，老潘还是老了，夜色都挡不住他眼角的皱纹。还有呢，左半边脸有点扭曲，不像年轻时那么周正了。躺的姿势不对，脸拧着，一只嘴角向下。他的呼吸中有一股轻微的酸腐味儿，让李迎春犹豫了。也只是犹豫了那么一下，她还是亲了他，亲在他的嘴唇上，蜻蜓点水一般，一掠而过。没生病以前，老潘是抽烟喝酒的，他的身上总有一股子烟味儿、酒味儿。他的嘴上也该是烟味儿、酒味儿吧。

却温吞吞的，没什么滋味儿。真的没什么滋味儿。

睡不着。脑子里有许多想法。对老潘有一点儿怨恨。如果不是他动员，娇娇怎么会考那么远的学校。现在好，他回来了，把女儿一个人扔那么远。想看女儿一眼都不容易。深圳那么复杂的地方，女儿会不会学坏呀。睡着之前她最后一个想法是，得去买张大床。他们身子底下的双人床还是刚有娇娇的时候买的，一米四宽，从前没觉得睡起来怎么挤，现在，只要一翻身就能碰到另一个人。夏天，另一个人的体温烤得人身上热烘烘的。就换张最宽的那种，2 米的吧，互相之间谁也碰不到谁。

当然，买床的事也只是想一想，还没等她动手呢，老潘又要走了。毕竟年轻、发现得早，又因为李迎春照顾得好，老潘竟然又康复了，行动自如了，如果他自己不说，别人是看不出来他曾经得了一场大病的。深圳那边的工厂又开始给他打电话，还想让他回去。一开始老潘是回绝了的，打了几次电话，老潘动心了，把电话的内容告诉了李迎春。李迎春听了，很吃惊的样子，老半天才说：“你自己决定。”口气有点儿冷。老潘看一眼李迎春的脸色，说：“我再想想。”

这一想就是一个多月。深圳的电话仍旧在打，打电话的时候，李迎春可能在家，也可能不在家。如果是她第一时间接了电话，不管打电话的是男是女，总是马上喊老潘，不会再多问一句，也不刻意在旁边听，自己该干啥干啥。老潘的电话有长有短。有时候在电话里指导点什么事儿，技术上的那种话，李迎春听不懂。有时候也支支吾吾，语焉不详，李迎春听了并不生气。李迎春有时候很佩服自己，老潘跟陌生女人说话的那种语气，换了任何一个妻子都会生气，至少要猜疑吧，她怎么就不生气？看来她李迎春也不是个一般人。

老潘终于还是要走了。据说那边要聘他当总工程师，工资也能涨一大块。老潘走前一天晚上，两个人坐着看韩剧，看着看着，李迎春忽然说了一句：“什么时候想办手续，你就再回来吧。没事儿别上火。中医讲急火攻心，容易得病。健康地活着比什么都好，有什么大不了的事呢。”

老潘这人，要说呢，确实是不爱说话。李迎春说了这些话，他仍旧是一声不吭，看电视入迷了似的。

第二天李迎春去机场送老潘，李迎春开了一辆借来的车。李迎春是新手，在路上难免紧张。老潘坐副驾驶位置上给她指点，让她感觉更紧张，找了个路口，硬要老潘坐到后面去：“不行，你坐我旁边我不会开了。”

老潘拿到登机牌，行李也托运完了，催李迎春赶紧回去上班。李迎春站老潘面前，一时没事干，也不知道说什么好。分手时的话竟然是老潘说出来的：“等着，说不定我哪天还回来呢。回来离婚。”

老潘说出这样的话，李迎春愣住了，但看老潘说话的表情，她竟然笑出来了。老潘是笑着说这话的。李迎春笑了一声，一句话没说，转身就走。

连头都没回一下。

离就离呗，你又不是没回来离过。

李迎春上班去了。

中国言实出版社全民阅读精品文库

“当代中国最具实力中青年作家作品选”系列图书

1. 《一路划拳》 孙春平 著 2016年1月出版 9 787517 116974

2. 《香树街》 宗利华 著 2016年1月出版 9 787517 116981

3. 《金角庄园》 海 桀 著 2016年1月出版 9 787517 116967

4. 《眼缘》 郑局廷 著 2016年1月出版 9 787517 117001

5. 《江南梅雨天》 张廷竹 著 2016年1月出版 9 787517 116950

6. 《午夜蝴蝶》 胡学文 著 2016年1月出版 9 787517 117018

7. 《股东》 丁 力 著 2016年3月出版 9 787517 117254

8. 《在时间那边》 荆永鸣 著 2016年3月出版 9 787517 117285

9. 《金山寺》 尤凤伟 著 2016年3月出版 9 787517 117261

10. 《人罪》 王十月 著 2016年3月出版

（该书入选出版界图书馆界“全民阅读好书推荐书目（2015—2016）”）

11. 《桃花落》 温亚军 著 2016年4月出版

（该书入选出版界图书馆界“全民阅读好书榜50种（2015—2016）”）

12. 《莫塔》 吕 魁 著 2016年6月出版

13. 《营救麦克黄》 石一枫 著 2016年6月出版

14. 《界碑》 西 元 著 2016年6月出版

15. 《八道门》 周李立 著 2016年6月出版

16. 《时间飞鸟》 邱华栋 著 2016年6月出版

（该书入选出版界图书馆界“全民阅读好书推荐书目（2015—2016）”）

17. 《戏法》 杨洪军 著 2016年7月出版

18. 《弑父》 曾维浩 著 2016年7月出版

19.	《种春风》	余一鸣 著	2016年10月出版	9 787517 120308 >
20.	《同一条河流》	阿 宁 著	2016年10月出版	9 787517 120162 >
21.	《金枝夫人》	弋 舟 著	2016年10月出版	9 787517 120193 >
22.	《绣鸳鸯》	马金莲 著	2016年10月出版	9 787517 120186 >
23.	《红领巾》	东 紫 著	2016年10月出版	9 787517 120063 >
24.	《吼夜》	季栋梁 著	2016年10月出版	9 787517 120117 >
25.	《你没事吧》	杨少衡 著	2016年10月出版	9 787517 120179 >
26.	《隐声街》	薛 舒 著	2016年10月出版	9 787517 120292 >
27.	《黑夜给了我明亮的眼睛》	女 真 著	2016年10月出版	9 787517 120094 >